永恒的孩子　L'enfant éternel

Philippe Forest　[法]菲利普 · 福雷斯特 著　唐珍 译　人民文学出版社

著作权合同登记　图字 01-2015-7068
图书在版编目(CIP)数据

永恒的孩子/(法)福雷斯特著;唐珍译.
—北京:人民文学出版社.2015
ISBN 978-7-02-011231-9
Ⅰ.①永…　Ⅱ.①福…②唐…　Ⅲ.①长篇小说-法国-现代
Ⅳ.①I565.45

中国版本图书馆 CIP 数据核字(2015)第 271329 号

责任编辑:朱卫净
特约策划:何家炜
装帧设计:高静芳

永恒的孩子
[法]菲利普·福雷斯特 著
唐 珍 译
人民文学出版社
www.rw-cn.com
北京市朝内大街 166 号　邮编:100705
山东德州新华印务有限责任公司印刷　新华书店经销
字数 200 千字　开本 889×1194 毫米　1/32　印张 11.5
2016 年 2 月北京第 1 版　2016 年 2 月第 1 次印刷
ISBN 978-7-02-011231-9
定价:39.00 元

目录

关于他，故事多着呢，比如说，孩子们死了，在黄泉路上，他陪着他们走一段，免得他们害怕。

序

——为《永恒的孩子》中译本而作

五年过去了，然而
一切都印在我的记忆中：
葬礼时的巨大悲痛；
精疲力竭直至全面崩溃；
突然触及世界末日的感觉。

于是，我把自己抛进了撰写《永恒的孩子》那短短四周的每时每刻。

也许我不该承认这样的事实：
一切都已经永远消失，
一切都已经随风飘逝，
哪怕是一种轻率而又前所未闻的原则
也被丢进了虚无。

这个传说属于大家，
因为它讲述了进入恐怖之夜后那个迷人的世界。
在那里，所有的孩子都活着；

在那里，所有的仙女和魔鬼都耐心等待着孩子们的到来。

呵，让传说走遍天涯走遍海角吧！

我难以想象当这部小说飞向世界的另一端时，[1]
将意味着什么？
谁会相信在虚幻境中的某个地方，
有一个快乐岛，
有一个长不大的孩子。

我从未真正自视为作家，
我不读自己的书，然而，
既然《永恒的孩子》已经问世，
就应该独自承担起它在世上的责任。
或许，它会引起赞誉和批评，奉承和保留，热情和仇恨。
然而，
这一切对我来说，全都无所谓。
这本书犹如一个动作，留在了我的记忆之中，
从中获取永生的愿望只是徒劳。

《永恒的孩子》讲述了我们的女儿波丽娜的生与死，
书中的一切都是真实的，
绝无半点虚构。
这是一部小说，然而
是一部真实的小说。

---

① 指这部书稿将在中国出版。——译者注（若无特别说明，本书脚注均为译者注。）

像所有其他的文学一样，法国文学具有毁灭性的传统：

某些创作是为了让死者太平，让活人安宁。

我一心想在我的小说中放进大量的悲伤、愚蠢和情感，竭尽全力引入我印象中的，甚至是活生生的一台柔弱而热切的小机器生产出来的全部。

应该承认：它是从我们的生命中诞生出来的。

《永恒的孩子》是一部小说，

一部真真实实的小说。

因此它也是一个传奇。

在那个如此漫长而又异常短暂的生病期间，

我在最理想的孤独中创作出一个动作，

如果说这是一个举手礼，

犹如孩子高高抬起的小手留下的印记，

我的回忆，

不为任何人，不为任何物。

是谁在一瞬间厚重而无记忆的期限里

记载了那个温柔、天真的缺憾，令人怜爱无比。

五年过去了，

漫长而又短暂，

我依旧不明白这部处女作价值何在意义何在？！

菲利普·福雷斯特

第一章

第一场雪

两岁，是个结束，也是个起点。[1]

---

① 每一章的篇头小语引自英国著名作家詹姆斯·巴里的小说《彼得·潘》。本书引用的译文是杨静远和顾耕的译本（生活·读书·新知三联书店1996年版），文字略有改动。

1

我不知道。换句话说，我已经记不得了。我的生命在遗忘中流逝，而随之发生的事情，我却看不见。我生活在一些固执、荒诞、华丽而傲慢的字词中间，但是我所记得的是：我一无所知。

我现在就处于这一时刻。每天晚上，我习惯性地把那本红书摊放在办公用的木桌上。我合计着时日：我添添加加，涂涂改改，边作笔记边阅读。

“除了一个小孩之外，其余的孩子都长大了。”詹姆斯·巴里写道。彼得·潘历险记就这么开始了。我读着读着立刻想象出伦敦某些豪华住宅区，由于完美而不真实的宽大住宅，被细心呵护而闪闪发亮的草坪。两岁的温迪奔跑着，扑向母亲的怀抱，献上一朵刚刚采摘的鲜花。其他时刻还应该继续现在的场景，然而此后年复一年，再也没有发生过类似的事情。温迪只有两岁，却已经懂得时间是伴随着“滴滴答答”的钟声逝去的。“两岁的孩子都能明白这一点：‘两’是终极的开端。”

让我再次告诉你我们开始故事时的词汇。

故事提到巨人和仙女，海盗和印度人，野兔和小精灵，大灰狼和小女孩。真正温馨的生活属于食人恶魔而不是孩子们。它误导小拇指走进森林深处，它搅乱了森林中小拇指用小石子铺设好的回家的路，真实的生命吞食了汉赛尔，吞食了格莱特，或者把它们永远锁进了地狱的茅屋。它把兰蓬斯遗忘在城堡的尖顶里。生活既是清晰残酷的仙境，又是充满怪石的画片点缀的传奇。它是充满华丽夸张辞藻的神话。连环画周围的空白部分与我们共同感到放心的文字毫无关系，而那里却隐藏着正在计算时日的妖魔和准备毒药的巫婆。我们的故事似乎是一个充满恐怖和温馨的童话，它倒叙并从结尾开始：他们婚后生活幸福，生了一个孩子……一切才刚刚开始，请听我说，因为有一天……

2

那是去年冬天的某一天。我还记得：我们并不知道。也许这样更好些。也许我们一无所知更为有价值。当时我们丝毫没有觉察到“不幸”已经降临了。“无知”保护了我们，使我们免受痛苦。全凭无知我们每个人度过了日日夜夜。有知可能会夺走这份礼物。总而言之，这是最后一个冬天，它在光天化日之下吞噬了以往的一切。

一年就要结束了。我们三个当中的每一个人都钻进了日常纷乱的烦心事中。常见的心烦意乱包裹着我们。但是我们知道，这些都不算什么。我们和以往一样，总是三个人在一起。

波丽娜刚刚度过她三周岁的生日。还有，第二天就是圣诞节了，她已经把放到圣诞树下的东西打点完毕：我们要读的书，旱冰鞋，洋娃娃。早晨，我们早早备好行装，走上爬山的路。我们要去树丛环抱的山谷小屋度假。我们渴望经过冬日阳光下的小憩后，重新获得生机。

我们期待着大雪，因为伦敦和巴黎只是偶尔有纷纷飘落的雪花，波丽娜还不知道雪是什么样子的。我们对屋顶和人行道上的灰色，早已腻透了，盼望着能三人一起面对白雪眩晕着，在雪松和座座山峰打开的流光溢彩中滑过。每天早晨，我们都在打听气象。每天早晨，我们都要改变路线，换一个顶峰去攀登。然而这个冬季却十分温暖，令人扫兴。刚刚有一点下雪的好兆头，我们就希望到隔壁的滑雪站去。然而天空晴空万里、阳光普照。我们只好在住房周围玩耍，把荒芜萧条的大花园、泥泞的草坪、僵硬的花坛丢在一边。到远处去我们只能疲于步行。右边那条路从锯木厂和牧场中间穿过。我们从来不走左边那条经过村头最后几个农家的路。只要走对门的那条小径我们就可以立刻穿过树丛，然后不受任何阻挡，登上山峰。从山上回来后，我们找了一辆木推车，让小家伙坐在车凳上，推着小车飞奔，包着铁皮的大车轮在碎石路上“咯吱咯吱”地欢叫着。

我们满脑子想的都是找雪。一想到对女儿的许诺，我们便如坐针毡，成天都在盘算怎样才能看到雪景。我们在异常温暖的十二月乘上汽车，我们以为只要登上高山，迟早会看到皑皑白雪。阿莉丝把地图铺在膝头查找路线，但是我对周围的环境十分熟悉，便随心所欲地驾驶着车子，顺着蜿蜒崎岖的沥青路爬上山坡，波丽娜被紧紧地束在童椅上，十分专注。我只能从后视镜里观察她的样子。我们不下十次地停在一个个外观一致却根本不熟悉的村子前面。我还记得沿途经过的那些教堂的木结构顶端如翻转的木船，倾斜着；还有难以言表的死人墓穴和长满青苔的石砌水槽。汽车从一个山口爬上另一个山口。终于在傍晚时分到达了最高点。围绕着山尖划出了一条线，线外面就有积雪，我们就从那里过来的。道路愈来愈宽，行车几十米以后，路程更加艰难。车轮开始打滑。我们原来以为不会这么快就遇到雪，所以忽略了给车轮固定防滑链，于是发动机“隆隆”地愈叫愈响，汽车却停留在山坡上，再也无法启动。

在我后面，波丽娜什么话都没说。但是今天我都记得，很久以后，她经常回忆这一时刻，好像那是她没有发挥任何重要性的一刻，只能为这个简单而意外的奇遇，感到有趣和不安。

好不容易在冰冻的路边找了个地方把汽车停好，与积满白雪的沟壑保持相当的距离。我们从后备厢拿出滑雪穿的软皮靴。往后退时，有一条顺势上坡的路，路上没有任何人走过的痕迹。我们踏着厚厚的保持完好的积雪前进，发出“嘎吱嘎吱”的声音。粉末状的积雪掩埋到我们的脚踝。掉落的小树枝在我们的脚下“啪啪”作响，晶莹的冰花悬挂在荆棘和树枝上，随着我们的行进步伐，纷纷抖落下来，算得上是一场小小的破坏吧。没走几步，波丽娜累了。我把她扛在肩头，一路哼着儿歌。我们在树林中散步、嬉戏，因为这里没有狼。既然没有狼，它就不会跑出来吃我们。太阳分外明亮，映照出我们长长的身影，小路向原封未动的积雪的后山延伸下去……在几块宽大的平滑的石头上，我们擦去一层薄薄白雪，雪片飞扬而起，三个人一起坐下来。然后，在走上返回的路以前，我们在阳光下闭上眼睛。

3

此后，我们顺着时间的坡道奔跑下山，进入了充满折叠而无边的峡谷，晚上才反向走出蜿蜒崎岖的小路。汽车像金属弹子一般，在沥青路的沟沟壑壑中滑行。天已经暗下来，一想到期待中必经的村庄和笔直的车路，路似乎变得熟悉起来，以至于提前想到了期待中连绵的弯道和直路。惨淡的黄昏缩短了路程的距离，视线愈来愈模糊。一到村庄，天就完全黑了，夜幕淹没了一团团黑色的景物，在天空深蓝色的背景里，只有山脊和山顶被衬托出来。

我们的家在黑暗中只是一个孤零零的黑影。它的墙壁很厚，窗户狭窄，由于处在乡村边缘的一个交叉路口中心，根本没有人路过。屋子周围有几条路延伸出去，路的尽头是用碎石和沥青铺成的，因此整个形成一个模糊的星形。这种环境更突出了这座木石结构房屋的孤单。由于脱离其他的住宅群，它也不可能位于转弯的通道上。四面墙壁从地窖到顶楼围成了一个空阔而布满灰尘的处所，百叶窗经常开着。这座屋子在一年内仅有几个星期有人住。虽然经常在装修，但是仍然改变不了荒凉僻静的面貌。以前曾祖父住在这里，感觉他们现在还在。内墙和屋顶交相呼应，都装上了油光锃亮的护板。这座山间小屋犹如一只大船，而每个房间都像是豪华但并不舒适的船舱。

晚上是用来读书和做游戏的。我们缩进那张后来留给父母的老朽床铺，躲在一床年代久远的鸭绒被里取暖，头顶上方是一个巨大的黑色十字架和干枯的圣枝，还有几张保存完好的照片。屋子里保留了许多孩子们玩过的玩具，其花样之繁多，简直令人难以置信。屋里的那些圣诞节玩具和生日礼物——这都是兄弟姊妹和姑表亲们留下来的。那些东西一旦失去了新颖的魅力，就全部像废旧破烂一样，被堆放在那里。一天，我们在顶楼里翻箱倒柜，到壁橱里搜寻杂物，把积满灰尘的纸板箱翻得底朝天，撬开了那些被人遗忘的柳条箱的钥匙。我们小心翼翼地在这些残缺不全、令人难以置信的童年遗留下来的杂物中漫步。爸爸头靠枕头，膝盖上摊放着几张纸，硬说自己是在写作，其实他在做梦。妈妈和女儿则做她们最喜欢的游戏：躺在被单里，滚成一团。

“我们玩捉迷藏好吗？”波丽娜在开始学说话时就常提出这个要求。好吧，玩捉迷藏吧。我们把带着童年新鲜感的床单披在身上，任凭自己被包裹在想象丰富而欢乐无比的氛围之中。我们在游戏中假装不留痕迹地自然消失。我们用手背抹去现存的世界，让它再也不复存在。我们三个待在白布帐篷里，没有任何东西能触及我们，与我们发生联系。我伸长耳朵，偷听母女两个的秘密约定。她们悄悄商议，订立同盟。她们嬉笑着，叫爸爸钻进白布帐篷，和她们一起蹲在临时搭建在树林里的这个轻薄的帐篷里面。这个程序必不可少：爸爸必须假装耳聋，让母女两个求他，然后爸爸抗议母女俩打扰了他，这么晚了还打扰他，最后他大声喊叫着钻进床单，母女俩心情激动地期待着，一直等他在大床温暖的陷窝里与她们相遇。爸爸如同王子，分别亲吻了两位美丽的公主，让她们从睡梦中惊醒。爸爸又是食人妖魔，对她们的肉体馋涎欲滴。他今天扮演王子，明天扮演食人妖魔，或者同时扮演两者。母女俩用颤抖的声音邀请他、恳求他，他则用粗重的声音大声回答。他从喉咙里发出吓人的吼叫声，尽量扮演得诙谐幽默：

“可恶的大灰狼！可恶的大灰狼！！”

“有人在叫我吗？谁敢这么叫我？”

“嘘！妈妈！嘘！！！”

“我已经嗅到人肉香味了！”

于是波丽娜躲在阿莉丝的怀里，笑着，呼呼喘气。妈妈保护着女儿：“不要怕，我的宝贝！我们这些女孩儿从来不畏惧凶恶的大灰狼……喂，拿着这个，可恶的坏蛋！”

爸爸吓人的吼叫变成了哀求，听起来滑稽可笑。大灰狼被打败了，他乞求饶命。三个人在凌乱的鸭绒被和枕头堆里忘情地亲吻，发泄怨气。这场游戏结束后还可以读上一本书，也可能跳下床，临时演上一场木偶戏。终于，睡觉的时候到了。妈妈轻轻反复哼唱到最后一刻，陪伴着女儿入睡的还有深情的抚爱。

在这里，睡眠是我们的大事情。在这个乡间别墅里，我们学着把休息时间留得十分充裕，早早睡觉，迟迟起身。从第一个晚上起，我满脑子就在翻腾。高原反应迅速表现出来，犹如深夜乘上了飞毯，顿时完全失去了知觉。喧闹瞬间消逝，我睡着了。我推开了梦中的第一扇大门，又拉开象牙色的滑动门，任梦境在长廊里展现出一幅幅清晰的几何图形。我从来没有离开过这座屋子。我在木头的阶梯上攀登，拉开沉重的百叶窗，手指随着时间的流逝在破损的画页上滑动，直到画页后来形成了网状的破洞。睡眠是五个感官之外的第六感官在工作，也是最理想的境界。梦如同景中景，连续不断。成百上千篇的梦幻故事呈现在深夜这部浩瀚的长篇小说里。身体随大脑支配着曲折复杂的传奇故事的发展。我顺着混沌的思路逐步前行，一会儿苏醒，一会儿沉睡。我的梦中有梦，在清醒时仍痴迷地沉醉在梦境之中。在模糊的记忆里，第一个梦被打断了，然而却为第二个梦提供了素材。后一个梦一直延续到天亮，与第一个梦产生了共鸣。我在睡梦设置的景物和闪光的纤维空间穿行。

我们两个睡在一起，共同瓜分了床单的地盘。我们的气味、热气和呼吸混为一体，每个人的身体都尽量占据着空间，留下了横七竖八的睡态和呼吸微动的身体。我们的大腿、屁股、胸部和肩膀交叉着，在肢体偶然相碰时，都很高兴。每个人都在自己的世界里行走，每个人行走的路线模糊地相互交叉又转眼消失。我在你的梦境里追随你，你在我的梦里与我相逢。我们发出有节奏的梦呓和对话。

我慢悠悠地醒来，猛地睁开双眼。我第一个悄悄起床，下楼去准备咖啡。我打开房门，拉开窗帘。楼下，阳光撒落在蜡色的窗帘、粉红色的墙壁和细木护墙板上。接着我听到楼上发出“嗒嗒”的声响。我隐隐约约料到在清晨母女两个秘密策划的第一个行动，脚步声从我的头顶上越过，然后她们蹑手蹑脚地走下楼梯。

4

然而每个孩子都知道，“两”就是结束的开始。

波丽娜深夜醒来，在那里哭泣。我守护了她片刻。用我的手抚摸她的脸颊，伸进她的头发。

我十分担心在这里做的噩梦，会惊吓了我的波丽娜。在我的卧室里，梦魇三十年来一直在等待某个人不小心给它们送上一个新鲜的猎物。我曾经很想忘记这座古老的房子和带松木隔板的石头地窖给我带来的恐惧。我没有想到，幽灵之战会延续如此之久，而且会重新演绎。对于这一切，我们总是小心提防，不轻易打开通往阁楼的大门，也不去碰高高悬挂在上面的肮脏的厚厚的门帘。那上面，蜘蛛整天都在那里织网取乐。

波丽娜睡着了。她的卧室面向大山，窗户对着狭长的砾石铺成的花园。花园里唯一的那棵大树，把光秃秃的树枝伸进了石砌的阳台。清晨，我们拉开百叶窗，欣赏远处青山薄雾缭绕的景色。在明媚的山色之中，我们大声说话发出的声音，似乎足以震撼整个山谷。第一次听到这个声音时，波丽娜惊愕地望着我，问道：“爸爸，听，我们听到了什么？”“你知道，这叫回声，我们的声音碰到高山，就像一个海绵球被扔到墙壁上一样。这个声音在那里震荡，又返回到我们身上。”但是，在我指给她看的天边，什么也没有：除了几根高高的天线，一条蜿蜒曲折的公路，一条向高处延伸的通道，层层叠叠的树丛和密密麻麻一层一层无限延伸而去的树叶外，什么也看不见。那个说话的人在哪里？波丽娜对回声只是半信半疑，她是对的。谁在树林深处回应她的叫喊？那个仿效她的嗓音的声音在叫喊什么？

波丽娜想知道这一切。可是这要穿过村庄，走过那些无人居住的废弃的房屋，再去山背后探路。还要爬到山上，选择陡峭的山路，经过无数曲折地攀登，从一个山口到另一个山口直达山顶。可是尽管如此跋山涉水，回声仍旧十分遥远。它在那里单调地、一动不动地鸣响：如此远不可及，又那么坚定而含混不清。这声音好像是从一个无法接近的孩子嘶哑的嗓音中发出来的，又好像是从他一动不动的嘴巴里发出来的。去哪里找这个神秘的孩子呢？高山是梦的阶梯，我们攀援直上，通过一道道石梯，经过棵棵别致挺拔的松树，进入块块几何图形状的森林。那个会叫喊的孩子在哪里？他就在我们前面，在树枝间和树丛上奔跑。他知道如何掌握短促而超常的风速。他三步并作两步，在时间的阶梯上跳跃、攀登、滑下，在时间闪光的坡道上滑行，然后腾空飞跃而起。

我们在哪里？在什么国度？那个会大声说话的孩子占据着这个凡人都长不大的国土。巴里在故事中写道：这个王国处处都保持着岛国的形象。即便是一位博士，从一个孩子的想象出发，也无论如何描绘不出那样的地图。每天晚上，红皮书里展现出来的故事插图朦胧地反映在夜间的梦境里：画面上有古里古怪的隐蔽在树丛里的印第安人和离开栖身之处奔赴疆场的残兵败将。故事中的农牧神与我们相伴，海盗们则厉兵秣马。咧嘴的贝壳高悬在空中，边缘上镶着珍珠裙边。展现在我们面前的是一幅大海的景象，在海底的喧哗声中传来美人鱼迷人的歌声。

夜幕降临了，不该再去奔跑，也不要捉迷藏了。我们抵达山顶后，又返回峡谷，又大声呼叫了一次。地平线的另一端，依旧有回声在震荡。那个发出回声的地方，大概就是我们清晨离去的小村庄了。在小村庄的一头，有一座房屋，它的窗户对着碎石铺成的花园，花园里那棵大树上光秃秃的树枝伸进石砌的阳台，在敞开的窗子背后，我们想象中的回声孩子虽然在呼喊，却一直没有长大成人。

5

把时间赏赐给我们有什么用？每天都很短暂。年末即将来临。每天下午我们都要沿湖散步。一同去探望天鹅和鸭子。在漫长沉寂的季节里，几乎所有的活动都停止了。人们不会在春天来临之前到这里度假。无际的空间属于鸟类。大海也变得沉默无语。水面上经常见到的只是几艘帆船和脚踏浮艇。环湖的山岩和树丛在夜色中，轮廓显得分外分明。每个经过陡坡的路人，都会迎面碰到前来觅食的成群飞禽，它们唧唧喳喳地叫着，毫不惧怕。只要付出几块干面包的代价就足以引逗它们。波丽娜专注而认真地监督着面包的分配：最大的天鹅不该占有最大的面包块，灰色的水鸭应该拥有自己的一份。对那些动作敏捷而贪嘴的，要耍些小伎俩，不要总是顺着一个方向把同样大小的面包扔出去。面包扔完后，波丽娜就把剩下来的面包屑丢到木头浮桥脚下。鸟叫声很快平息下来，天鹅和鸭子离我们而去。我抬眼追寻着几只扇动着白色翅膀的天鹅，径直朝着天空飞去，脑海中又浮现出叶芝的诗句。这几句诗是在很久以前，我和阿莉丝陷入情网时背诵的：

如果我们只是被风托起的白色天鹅，
我亲爱的，
那么在我熟悉的海岸线上，

时间必然会将我们遗忘，
痛苦也绝不会向我们靠拢……

无数的回忆交织在一起，我已经无法说清我们三人有多少次一起在湖边散步。我在夏夜时分仔细观望天空，往往很晚才驱车进入黑夜，因为我们想让波丽娜看到湖上燃放的烟火。可是她是如此弱小，还像是个婴儿，我以为她还没法看到天上的东西，只好在我的怀里打瞌睡。有时清晨阳光明媚，我们在湖岸的另一边顺着缓缓的斜坡，在花园里散步。湖水清澈透明，又不太深，我们可以清清楚楚地看到肥大的黑鱼在水草和石头中间来回穿梭。我们还曾经带她乘船穿越湖面，可是这个场景已经离我十分遥远了。

我依旧清晰地记得去年十二月一个下午的情景。当然，对其重要意义让我最终把去年冬天的每时每刻都变得重要起来。那天傍晚，我们和所有人一样庆祝新年。我们在镇上稀见的商店里买了一些东西，临时准备圣诞的年夜饭。圣诞老人不像往常，瘦瘦的模型被钉在各家的墙壁上、烟囱上，竖立在屋顶上，悬挂在阳台和窗户上，他们一动不动地待在那里，模仿着圣尼古拉[①]的慢动作，并造访着千家万户；他们又像是一群捣蛋分子，突然袭击了这座城市，伪装成窃贼和杀手，时时准备潜入住宅，抢劫居民，割断喉咙。我们答应波丽娜夜半十二声钟敲响前不睡觉，可是甜点还没吃，她已经

① 俄罗斯教主，是俄罗斯民族和孩子们的保护主。

昏昏欲睡了。

在湖边，当夜色降临该回家时，旋转木马却运转起来供孩子们娱乐。孩子们按响汽车和飞机的喇叭，面对五颜六色的彩灯，个个兴高采烈。离开时，波丽娜要了一个蜂窝饼，流动小贩把它加热以后，散发出特别的清香，在浓浓厚厚的硬壳上，白色粉状的糖末变成糖浆流下来，挂在小手和袖口上。她只尝了一口就朝湖边跑去，仍旧去引诱那群贪嘴的飞鸟。沿路的街灯刚刚点燃，白天的光亮消失了。今晚湖光夜色的大幕拉开了。

波丽娜睡着了。她进入了梦乡：大鸟腾空而起，从喉咙里发出谁也听不懂的声声尖叫。这些声音化作一阵凌乱的“啾啾”鸟鸣，渐渐远去。不如这样说，我在半睡半醒中，听到黑暗中她的嘤嘤哭声时，在我的梦里出现了她的梦境。她记得海德公园，也记得那个绿色草坪里条条赭石色的通道，宽阔火红的枫叶踩在脚下发出“嚓嚓”声响，她还记得马蹄“哒哒”，扬起灰尘。我们来到宽阔的湖边，一走到那里，大鹅便凑近我们，叫着，十分大胆地走上湖边的高坡。有几只鹅挺着长长的脖颈，个子比波丽娜还高。那时她刚刚会走路，总是笑着躲到小童车背后，扑进妈妈的怀抱。我怀抱着波丽娜，一直领她到旁边的肯辛顿公园。很久以前的一个夜晚，彼得在仙女们惊异的目光下，穿过那里的草坪，跨过小河，进入了那里的鸟群。这一切都发生在彼得没有冲向第二颗星星，没有直飞启明星之前。

想象中的王国，当然是一座岛屿，但是它的形状是随着在上面行走的梦幻者的意愿变化的：有睡美人在那里歌唱，白鸟栖息的环礁湖变成了一座点缀着岩石和松树的环山湖。巴里解释说，怎样才能看到环礁湖，如果孩子们并不知道有什么事情会为他们而发生，那又怎样积累经验呢？那就是，不要睡着，只需双目紧闭，就会交上好运。这时眼前出现了悬挂在黑幕上的白色。如果用手指按住眼皮，白颜色会构成各种形状，变得愈来愈紧凑。再用些力气，所有的图形就会在你紧闭的眼前围着一堆炭火打转。于是住着美人鱼的环礁湖会出现在你眼前，空中的景象消失得很快，因为它只有片刻难以抓住的存在机会。如果这一时刻重复出现，你就会看到湖上荡漾的微波，听到美人鱼吟唱。你还会回到那个人长不大的国家。你会和美人鱼一起打球；或者站在一块岩石上放风筝，让小鸟在风中伴随它飞翔。也许你会流连忘返。这时你会觉得潮水在你脚边上涨。湖水用它冰冷的手骚弄着你的脚踝、你的膝盖，直到你的腰部。深夜，你听到的只是发自心脏的“咚咚”鼓声，离这面鼓背后不远的地方，你会听到一阵轻微的钟声，那是美人鱼推开海底家门时的声音。一个小女孩从噩梦中惊醒，紧紧抓住白色的被单不放，宛如抓住了一只想象中的天鹅那令人放心的翅膀。

6

奇怪的是，我很快就知道了，如果写故事，那么这个故事的开始一定是一些令人眼花缭乱的白色景象。四组词就可以组成全部故事的顺序：白雪，砾石路，回声和湖水。我还不知道即将发生的突变，然而我肯定知道会首先出现在山间的这些闪光的景物。组成一系列情景的景象似乎随时可以出现，它们和偶然从袋子里抽出来的四张地图上发现的景观相差无几。在活生生的现实中，这些景象之间关联的面很窄，只是与我个人有关。然而在我眼里，它们从整体上是一个无可辩驳的现实。我不知道这四组词集中起来意味着什么，然而把它们排列起来之后，就无法加进新的词汇了，甚至难以变动已经排列好的顺序。它们的顺序应当是大雪，接下去是砾石路，再接下去是回声，最后是湖水。

灾难会引起极度悲伤，而每一个事故都是先兆。记忆开始在经纬上来回穿梭。我计算着时间，添添加加，涂涂改改。我什么也不说，只是把记忆中的形象平放在木桌上。

一位年轻姑娘在情人的怀抱中抽泣。他们赤身裸体躺在巴黎公寓的一张大床上，沐浴在昏暗的光线下，被欲望和疲劳折腾得头昏眼花，被无数次的亲吻和抚爱折磨得翻来覆去。她热泪盈眶让他保证今后永远不会有什么事情在他们中间发生。他答应了，因为他觉得和她在一起才可以紧闭双目，面对时间的灾难。

时间围绕着自身旋转。它还没有被悲哀这个不可思议的万有引力所占据。春季来临了，那些不大引人注目而豪华的石砌平台与城市长长的绿化带和花园连接在一起。卡姆河水从中学灰暗的门前流过，经过酷似威尼斯的小桥，形成一条长长的细流，给天鹅留下了展翅腾飞的跑道。他们迟迟起床，在茶室里吃午饭，做上一两件家务活儿就沿着一个连一个石板铺成的长长的迷宫似的院子散步。他们走过轮廓清晰、禁止游人通过的草坪，推开一扇铁门，选择了一条长凳坐下，在那里观赏修剪过的绿色草坪，蔚蓝的天空，花坛上红艳艳的鲜花。他们期待明天晚上再来这里观赏变幻多端、交替转换的色彩。

另一扇窗子面对遥遥无际的大海，在这里可以听到大海滚滚涛声和在暴风雨中闪烁的光亮。可是，所有的景物在他们看来都浸透在永远的寒夜里。只是在接近中午时分，太阳才短暂地射出几缕光线。黑夜降临得很快，每个白日都像是一个无休止的夜晚。月亮垂直高挂在阿尔巴尼公园的上空，纹丝不动。沙地中的几级台阶从大学住宅区延伸出去，通向空阔无迹、受强劲暴风雨袭击的海滩。城市中有两条平行的街道直通大海，沿途可以看到一座城堡、一座教堂和一座公墓，它们都变成了一堆堆废墟。夏季到来时，日光会在几天里失去平衡，出现白昼，此刻黑夜不禁而终。我们总是在白晃晃的光明中睡觉、苏醒。防波堤边上有一座小花园，在接近停泊场浸水的地方住着一只身体修长、毛皮光亮的水獭。

一天早晨，它六神无主，四处逃窜，钻进了散步的人群，大家不得不停下了脚步。屋外的广场上有一座小小的铺着沥青、长满青草的小花园。自从塞林那带着他那个滑稽而不和谐的乐团被放逐到这个小城以后，没有一个法国人来过这里。除了维莱斯登·格林、马依达·瓦尔以外，没有其他作家来过这里。他们没有住在南肯辛顿城，不常出入学院和使馆这些院士和记者时常出入的地方，既不做贵族梦，也不想当流行歌星。他们推开维多利亚女王时代的破屋门，一头扎进某个挥霍而又吝啬的名门望族的消亡史的研究中。

孩子首先在纷乱的语言中长大，父母亲是教练。我们的孩子生于圣诞前夜，比预产期迟出生两个星期。由于无法进行正常分娩，当自动监护仪发出狂叫时，医生临时决定在半夜进行剖腹产。母亲的身体在手术刀下被切割成两个敞开的血口。这一切都是外科医生在遮挡在母亲腹部的绿色幕布后面进行的。医生面对一个孩子时往往无药可救。他们筋疲力尽，很晚才意识到降临于世的生命是无法“修补”的，每一个新生命都会隐隐约约地表现出灾难的迹象。当我第一次看到自己的女儿时，医生正把她放进一个玻璃罩子里保护起来。为了进行第一次血液检查，护士在她的脚后跟划了一道小口子。孩子哭起来，在灯光下眯上眼睛，在宽大的育婴室温暖的婴儿围栏床里，她伸开了长长的四肢。应该请求这个女婴的原谅，人们把她从无辜中取出，只是强迫她充当了一个影子。活着的人在影子戏里只能充当不会说话的角色，这是规则，请宽恕我们吧。我的小女儿，你在我们这个可怕而可恼的世界上占据了一席之地。

记忆犹如想象的纸牌，在我的头脑中翻转。每个记忆都是一个秘诀，不可能的情况本身是可以预测的。我重新考虑如何在一定的时间里分好纸牌。在睡莲和倒影中间，我是铺设在池塘里的石子路。我从后往前进行预测，读出了只有在以后才会发生的事。

清晨，我们离开村庄和山谷，穿过后山坡，朝通往巴黎的公路网驶近时，终于下雪了。我关好所有的百叶窗，多次检查用旧了的计数器和磨损了的锁孔。一串重重的大小不一的钥匙，装在我的衣袋里。后车盖里面行李装得满满的，是向习惯了的生活说“再见”的时候了。要向山间的景物、向树林、向小草、向空气、向山石告别了。我最后一次把手张开，放在石头上。波丽娜朝公园围栏外的草场方向奔去，把小手指伸进铁丝网带刺的星星状的洞眼里，趴在围栏上观看。三匹马从山坡上奔驰而下，踏着小碎步，愈跑愈快。它们高声嘶叫，摆动着马鬣，由于被雪打湿了，马鬣已经变得很难看，紧紧贴在湿漉漉的皮毛上。它们高昂着头，喘着粗气，嘴巴大张着，露出两排牙齿。

7

在巴黎，我们与大雪相遇。大雪一夜之间侵袭了整座城市，可是天气并不太冷。几小时以后，只有屋顶积着白白的冻雪，而马路早早就成了条条泥路。壮观的雪景在解冻的过程中变得一塌糊涂。

我们必须重新进入生活的常轨。第二天一大早，波丽娜就要上幼儿园了。闹钟响了，我帮她把昨天准备好的干净衣服穿上，一起草草地吃早饭，然后匆匆奔到楼梯边。她要穿那件连帽滑雪衫，蓝的底色上印着红花，为了御寒，还得把帽子戴起来。我牵着她的小手，夹杂在早晨熙攘的人群中赶路。我们将从门廊和旗子下面经过。我要在院子里，离她的老师和重逢的朋友几步远的地方亲吻她，把她留在那里。然后，我回到工作中，像每周那样，去伦敦教两天课，然后返回。阿莉丝也要回到学院去，只有她一个人照顾波丽娜。每天晚上，我们都会在电话里长久地亲吻。

一月份的一个下午，也就是我们度假回来的那个时候，我们赴约与女儿的儿科医生见了面。这位医生从波丽娜出生起就负责她的保健。我们以为，这不过是一次拖延了很久的常规检查。我们会随便聊一聊，了解一下下次接种疫苗的时间和下一次赴约的时间。为了保险起见，我们会提出，有时她会说左臂不舒服。我们认为，这种隐痛虽然有时会在半夜把她痛醒，但那只是生长过程中必经的痛苦。波丽娜的身体一直十分健康，唯一感到不安的是她的生长速度极快。她刚刚度过三周岁的生日，只是一个小小孩，可是她的个头儿已经和一个五六岁的女孩儿一样：身材优美匀称，但是高大得让人难以理解。她在班里年纪最小，可是比所有的孩子都高出一头。阿莉丝去年就想带波丽娜去医院找专家检查一下。这位专家在巴黎治疗类似的病症。可是没有检查出任何不正常的情况：既不是激素分泌失调，也没有青春期早熟症。虽说我们的孩子生长发育之快的趋势十分不正常，但是绝对不具有病理学上的特征。这个美丽而大个儿的小姑娘将来会成为一个美丽高挑的年轻姑娘，仅此而已。人们都这么对我们说。

女医生检查了她的胳臂以后，告诉我们，最简单的办法是做个X光检查。由于明天就要上班，我们都希望在新学期开始前摆脱烦恼，我们决定立刻到离我们最近的诊所去拍片。等了很久，一位医生走出来告诉我们：底片出来了，上面有一点轻微的不正常，由于缺乏全面检查，还有待确定。当天下午已经很晚了。三个人都筋疲力尽。我让波丽娜骑在我的肩上，阿莉丝则倚着我的手臂，我们走过长长的布洛麦大街，经过勒库柏街，冒着严寒和黑暗回到家里。我已经记不清楚事情是怎么发生的。当晚，电话不断。翌日，波丽娜没有去上学，医生在医院等待我们三个人。此时，在马路对面，大雪纷飞，十分密集。

几天以后，波丽娜的痛点已经很明显，由于相当痛，一下子就找到了部位，那就是左臂外侧肩膀到手肘之间的地方。X 光片说明：有骨头变形的轻微迹象，这说明所患的是骨髓炎。什么是骨髓炎？一位实习医生接待了我们。他又一次动了动波丽娜的手臂，让她在他面前走几步，对着我们带去的底片看了很久。骨髓炎是一种骨骼传染病，它是在几个星期的住院期间里服用大剂量的抗生素引起的，往往伴着高烧。我们也可以把它想象成没有估计到的轻度骨折，或者假设是肿瘤（这不可能，或许是先天的）。医院矫形外科手术室的大厅从一大早起，就像是一个充满灾难的育婴室。在专供孩子使用的矮矮的桌子上，准备了一些玩旧了的玩具，一些丢掉了封面的图书。墙壁上画成一格一格的，上面挂着彩色微笑的头型，这些人物头像都是从当时最受欢迎的动画片里粗粗选出来的。为了方便检查，最明智的做法是把女儿留下来住院。有这个必要吗？他们说：最好如此。为了减缓阵痛，最好的办法是服用一些镇痛剂，手臂也可以放入夹板，这样，手和手指还是可以活动的。

晚上，我们第一次与波丽娜分开。她被留在了蓝色房间。由于预诊她患上了骨髓炎，医院把她放在传染病区保护起来。我们不断地保证一定会回来看她，她笑盈盈地答应着。医院就在附近。我们可以一大早在她没有睡醒以前就来。波丽娜呢，要关注睡在她旁边摇篮里的一个黑皮肤的小女孩。她长大了。晚上她摆手向我们告别。

“我们一早就会来，我的宝贝儿，不用担心。”

“好的，妈妈，谢谢！您真好！明天见！”

当我们倒退着一步步走到医院门口，重新呼吸到夜间严寒里的自由空气时，当我们跑步奔向离我们只有几十米而波丽娜却不能在那里睡觉的家时，我们没有心思说一句话。我们对小姑娘的平静和明显的勇气感到惊讶。这种勇气使她在我们第一次这么离开她时，竟然表现得异常轻松。我们猜测，刚才的这些微笑，这些告别，这些喋喋不休的“谢谢”，显然是装出来的欢乐，因为她不想让我们为难，一个小女孩高高兴兴地向我们告别，而我们则把她丢在了这个阴森可怕而且没有一张熟悉面孔的世界里。一声声的“谢谢”，是她尽可能地在帮助我们解脱所犯下的离开她的罪过。波丽娜的声音回荡在我们耳边，犹如嘲讽的警钟，既恐怖又残忍。

矫形外科手术存在着“暴力”，病人被牢牢地绑缚在床上或者轮椅上。假肢的制造过程十分漫长。他们的身体不是被灾祸伤害就是由于疾病缠身被慢慢残害的。艰难但是可靠的修复骨髓技术已不复存在。每一具佝偻的躯体由于肌肉收缩无力，都变了形。没有一个站立着的人，没有一个人能够轻松地在过道上行走。他们的身体在石膏和金属的外壳下，被迫长久地在夹板的桎梏里生活。无论是手臂、大腿还是脊椎骨都必须被紧紧地包裹起来，或拉长，或压扁，或矫直。一个两岁的小男孩正在搭积木，他用两只残毁的手抓积木，却只能向外翻着而转不回来，这幅景象简直令人难以置信。与波丽娜以后同住一个房间的姑娘，如果不是那个灾难性的“偶然”，她现在应该正享受着美妙的青春和甜蜜的爱情。但是就在她十六年前出生的那一天，产科医生没有及时把她从母体的窒息状态中解脱出来。剖腹手术被延迟了很久，由于缺氧，大脑几乎已经死亡。在她的脸上，总是留着一个恍惚而令人恐怖的微笑。她柔弱的躯体，在成熟的过程中受到障碍，经历着无法预料的发育过程，她的四肢不正常地伸展着，弯曲着。隔壁房间里有一个与她同龄的姑娘，正在一个不算太狭窄的空间里生长发育。她发育迟缓，不会说话，但是能听懂别人对她说的几个词。复发的骨髓炎使她害怕，因为必须截掉她的右下肢。她悲伤之极，每天晚上眼泪都打湿了床单。她把床单撕成一条一条的，然后手持遥控器，半夜三更让挂在墙壁上的电视机"咿咿呀呀"地吵个没完没了。在有的小病人头上，医生给他们扎上了一个窄窄的金属箍。这个坚硬的头冠上面满是钉子，连接在高处的一个重重的牵引装置上，这个装置又被安装在一个木制的装有四个轮子的框架上。他的头颈僵直，身体的活动受到限制，整个被悬挂在一个活动的支架上，这些孩子活像长颈鹿。那些长颈鹿孩子笨手笨脚，优雅地在外科的走廊上经过。

早上是治疗时间。医院的惯例如同一场演出，足以饱孩子们的眼福。他们用早餐，观察来来去去的护士在他们的床头前交接班。整理床铺时他们必须起身，但是脚不能沾地，因为清洁工已经用粗麻布拖把擦洗了地面，要等地面晾干才行。他们可以到一个巨大的铁皮书橱那里去，那里面有一些少得可怜的书籍和玩具。听上去，他们的嘈杂声好像是在准备进行战斗。医生一到病房，他们就必须回到房间里去。其中有一位医生微微一笑，代表医生向小病人问好，含含糊糊地表示出一种抚慰。然后医生们情绪激动地交谈着，查看卡片，了解病历，交换情况和密码似的指令，再走出房间。以后，什么事情也没有发生。孩子们还必须经过下午的几个小时，这如同一条长长的令人腻烦的隧道。即使没有一个孩子想睡，冗长的午睡时间仍然落在了每一张床上。时间还很早，碗盏和手推车的声音已经传来：晚饭时间到了。绝大多数不可能也不愿意整天留在孩子身边的家长这时候来到医院。他们带来了一些玩具、书或者食品。他们在孩子要求下说了一些几个小时前发生的空洞无聊的事。他们询问护士，医生是否说过什么话，是否已定下孩子出院的具体日期，然后他们打开电视机，而孩子们却经常被那些画面和声响搞得筋疲力尽，返身回到床上，把头埋进被单里。家长们则兴高采烈地观看温馨而愚蠢的“邀你参加”大型游戏节目。真正的生活在那里，不是吗？在屏幕里面，而不是在这个回响着荒谬的音乐、只看到屏幕上连续不断播放出人名的房间里。盘子收走了，药也发完了，黑夜即将来临。熄灯了。家长们相继离开了医院，然而，倘若愿意，他们可以再多待一段时间，直到孩子们睡着。他们期待着从明天起听到肯定的能解脱病情的话语，生命会由此重新开始。

8

当然，他们一下子被这个失去能力的孩子搞糊涂了，没有弄明白是怎么回事。他们愚蠢地相信了一个错误，一个很快被驱散的误解。而且，生活在呼唤他们回到自己的位置上去：周旋应酬，完成各种计划。昨天已经开学了，下周开始上课，必须再向医生了解情况。按惯例，会见医生的时间是每天接近中午的时候。一群穿白色工作服的人已经来到房间。可是这些人总是对他们说，要等待，要有耐心。必要的检查做起来既沉重又漫长。由于不可能马上就知道检查的结果，对疼痛性质的任何推测都显得为时过早。任何情况都不能排除，即不能排除可能性，也不能排除不可能性。是骨髓炎还是骨折？骨折还是骨瘤？每出现一个新情况都可能排除或者确认各式各样的推测。总体情况逐渐构成诊断的框架，并且在适当的时机，推断出治疗结论。

他们三个人都发现，医院是一个陌生的地方，那里的电灯永远亮着，所有的东西都笼罩着氖的气味。每个房间的门上都有一块玻璃，夜间值班的护士可以从这里观察里面的孩子有没有睡觉。波丽娜和我们一起学习新生活的规则。大雪还没有融化干净，巴黎相当寒冷。每天早晨，天还没亮，我们就穿过了弥漫着浓雾的肮脏的河水（那条路很短，我们太熟悉了），穿过高架地铁的拱桥，走到塞弗尔大街，冲进这间立体的砖瓦房。医院是蜷缩起来的秘密城堡。人们经过那里时也视而不见，因为医院如同疾病和死神，在活人的目光里总是隐蔽着的。医院周围竖着铁栅栏，有花园，有防护墙，并挖了一条看不见的壕沟，把自己孤立了起来。难道人们可以这样被象征性地保护起来，以免传染上疾病？医院常常把一群讲不出理由而筛选出来的倒霉蛋送到隔壁的几间房子里去。在这些迷宫般的建筑里，这些人的名字用字母和数字作标记，叫出来十分难听。地上摆放着沉重的机器，它们在说话，截肢，治疗病人，白衣家族们负责给它们供应所需。这座城堡有一道道的禁区，你只要进去，就有指定的位置。每个人想到医院时，都不可能不联想到孩提时代听到的令人战栗的故事，想到故事中那些只有在月光下才会出现的隐匿世界，用鲜血签下的协约和充满恐怖的王国，仿佛一到那里就身不由己，要进行一场冒险的战斗。所有的故事都既真实又不真实，所以没有人会简单地相信医院的存在。十年来，我住在这条街的对面。我当时就在想，从窗口看到的那些建筑，不过是个虚幻的石砌建筑罢了，是幻觉中并不存在的处所，大约另有一些人生活在那里。

六个月之前，我们已经走上了通往医院的路。波丽娜当时不小心跌了一跤，脸磕在了人行道上。为了让我们放心，住在隔壁的一位牙医给她做了检查：下颌被碰了一下，但是没有任何不正常的地方。糟糕的是，乳牙变黑了。可是夜里，波丽娜发起高烧，嘴唇高高地肿了起来，我们立即去看急诊。我们等在那里，几个实习医生草草地看看她的脸。每走过来一个医生，都必须作出相同的解释。似乎没有人对我们的焦急感到不安。我们被这种冷漠，这种几乎是仇视的态度惹得火冒三丈。我脑子里突然产生了一个念头，医生和护士是不是在怀疑波丽娜肿大的嘴唇，猜测是我打了自己的女儿，跑到这里来编造一个可悲的跌在马路上的故事。在我的印象中，编造意外事故是卡夫卡的作风。如果我们等下去，就会有社会机构得到秘密通报，前来把我们的女儿从刽子手的魔掌里解救出去。实习医生没有做任何附加检查，只给我们开了一些止疼和退烧的普通药片。我们气极了，本想甩门而出，就像那些马上会从愤怒或发泄中得到满足一样的父母。因为这些父母所想的只是他们的儿子脚踝骨折的悲剧赋予了他们发怒的权利。他们并没有看到世界上存在着真正的痛苦，他们可以超越，而另外一些人却留在了那里。

我们必须重新走上这条路，经过楼梯、电梯、走廊……在外科大楼的底层，我们稍稍停了一会儿，喝了一杯从饮料机里倒出来的咖啡。我们总是准时到达。波丽娜很少会在我们到达之前起床。总要等我们当中的一个去打开百叶窗，露出永远白色的、被对面人家屋顶上冒出的烟污染过的景致之后，才会起来。既然要等，我们会充分利用由我们支配的时间的。我们既不缺书，也不缺少游戏。磁疗拍片和放射性造影不可能在近两天内做。波丽娜在学玩骨牌。我们数七张牌发完，把剩余的牌翻开摆好。要能够辨认出同花并凑成对。这都是些蓝精灵。为了给她解闷，我教波丽娜说蓝精灵们的古怪语言。只有一个是穿红衣服的，其余的都穿白衣服。玩的时候，很容易把它们辨认出来。第一个钓鱼，第二个踢足球，第三个戴眼镜，第四个吹号。他们都是小矮人，住在森林深处一个长满蘑菇的小村子里。玩牌的时候，桌子上转动倒塌的牌像一个迷宫里面的小人，他们欢乐地前呼后拥。在白色底板上，用涂有颜色的纸板做成的螺旋形走廊里，他们欢呼雀跃，向前奔跑。第一个出完手里所有牌的人是赢家。然后我们读书，题目是《雪天》，讲的是一个小男孩和一条狗冬天在乡间游荡的故事。每一页上都有一些透明的纸页可以让孩子任意选择画好的景物。这些景物或者掩盖在白纸下面，或者变成春天的景象。雪花落下又飞去。鹅毛般的大雪片弥漫在天空，掩盖了田野和牧场，它白白的粉团装饰了花园。大雪纷飞，但是说明不了什么，因为只要移开纸片让太阳出来，雪景就被抹掉了。

第四天早上，一辆救护车把我们带到巴黎另一端的一所医院，我根本不知道这所医院的名字。这里完全是个工地。人们在拆除建筑，推倒黑漆漆的房子，建造新住宅。我想象着住在这里的病人，听着混凝土搅拌机和掘石汽锤的“隆隆”声，走近窗口消遣时，看到的只能是这幅场景：工人攀爬那些耸立在那里的高大的脚手架。波丽娜肯定能走路，她自然更喜欢从担架上溜下来，“哇哇”叫着从推倒的门里走过。这是一个新鲜的游戏。我们到这里仅仅是为了做一次检查，但是却花了整整一天。做造影要求注射一种放射性物质，要等上几个小时，让这种药物附着在骨骼上。一位护士来给波丽娜注射，她哭了，阿莉丝把她拥进怀里安慰她。医院的人第一次向我们提出要求：穿上厚重的蓝色的连身衣裤，说是可以预防射线的不良效果。我们被紧紧套在这个套子里，说不出一句话。女儿的身体上是不是有毒素，让我们非得防着她，穿着这身棉纱和铅混纺的盔甲，隔着这层衣服把她抱在膝头上？何况，当毒药在她血管里流淌，随后依附在她的骨头上时，谁又能去保护她呢？还有一些病人与波丽娜相伴：一个是与她同岁的小女孩，还有一个大个子成年人，削瘦，光头上戴着一顶棒球帽。我们终于被引导来到象征未来的机器面前。在那个灰白色的布满粉尘粒，只留下剥皮去肉的人体形象的背景上，这些机器放射出威力。正是在这样的地方，眼睛毫无痛苦地剥去了人的肌肉，揭示出被它隐匿和掩盖起来的真实。波丽娜任凭电子仪器轻轻地在她身体上扫描，我们则一边研究着那些监测仪，一边伸长耳朵听医生们交谈。但是这些事情对我们来说还没有产生任何意义。检查室里有一个人在我们看来是最通情达理、最开通、最能理解我们的，我们向她打听情况，但是她什么都没有说。是的，就像过去底片上显示出来的一样，可以清清楚楚地看到左肱骨上有一个不正常的病灶。

造影检查显示了什么？继续进行的检查足以说明最有利的假设应当被排除，真实情况却难以判断，因此医生要把时间推到最大限度，到万不得已时才会宣布最后裁决。当他们对一种事实感到无望时，不幸总是先忍住不说话，不表达令人反感的失望。它让人们听到的是浸透贫乏词汇的悲调，反反复复的叠句："啊，这不可能，告诉我这不可能！不是吗？这不可能！请向我保证，这不是真的，向我保证她什么都不会发生……”诸如此类的一些絮絮叨叨的话。

第五天晚上，巴黎的天空比往日更阴沉。这是一个平常的夜晚，与往日巴黎阴郁的天气没什么两样。我们给女儿读的书讲述的是一只母豹的奇特经历。它一路上吃掉了许多小动物，吞下了小兔、山羊、小猪，一口咬死了水牛。印第安人首领宣布："这样可不行，这样的事不能再继续下去了，不能，绝对不能！"于是村民们武装起来，开始唱起吓人的战歌，歌声回荡在热带丛林中："呀哇，呀哇哇！呀哇，呀哇哇！"母豹为了躲避追捕，穿越了喜马拉雅山、青藏高原、长城和蒙古草原，最后在冰天雪地的西伯利亚和北极迷了路。大雪覆盖住它的身体，使它的黑色皮毛躲过了追捕者的眼睛。母豹觉得很好笑，静静地踏上了返回家园的路，继续它那吞吃小动物的宁静生活。大雪纷飞，没有停止。波丽娜很想在她不知不觉的时候，让白雪也给她穿上一件暖和的大衣，悄悄地拿掉她身上的被单。"我们捉迷藏好吗？""好的，我们躲起来。"她这样说。明天要做活组织取样。诊所所长晚上来查房。他什么都不肯说。从他嘴里得不到任何情况。仅有一点猜测不足以确认病症，必须研究切片，检查细胞结构。谁都知道这就叫"活组织取样"。长夜漫漫，我想可以想象一下这个词的意思。我在朦胧中从词源学上给它找了一个词，称"尸体剖验"①。外科医生在看不见的细胞核里取出一些物质，

---

① 此处指"活组织取样"和"尸体剖验"两词在词源上的一致性，前者法文为 biopsie，后者为 autopsie。

它本可以成长形成整个身体，然而却被解剖刀剖下一片后变得冰冷而死亡。噢，告诉我，这不可能！

痛苦是一道最后必须穿越的门槛。早晨，我在塞纳河左岸的玩具商店一家挨一家地跑。这些商店经过圣诞节的大肆抢购，许多商品已经断档。在阿莉丝的建议下，我要为波丽娜买一只小熊。它叫托米，可以在夜里陪伴波丽娜。这只小熊的面颊会闪光，如果夜间呼叫它的名字，它就会唱起催眠曲。我发觉小姑娘被折磨惨了。阿莉丝花两个小时努力使她安静下来。由于技术需要，进手术室的时间被延误了。手术前的药疗看上去是一场灾难。我们这样说是因为这种疗法效果异常：施用麻醉药目的是为了使患者放松，以便使她进入人工造成的超常刺激状态。一个小女孩在和药物麻醉抗争。这种药物作用一下子就使她摆脱了由于烦躁不安造成的不正常的反抗。她终于筋疲力尽，疲乏地在床上躺了几个小时以后，她的幼小身躯才恢复正常。苏醒后，她恶心得难以忍受，哭泣着。外科手术时打进手臂和屁股的针眼，令她钻心地疼痛。

9

没有一个人提到“癌”这个词。大家都说“变形”，后来又说“损伤”、“肿块”，最后才提到“肿瘤”，又说到一个比较专门的术语：骨瘤。骨瘤还分成了骨肉瘤和尤文氏瘤。学习接受死亡是一个长长的受教育过程，我们在这里拼读的是令人恐怖的基本词汇。医生运用的技巧十分简单，什么都不说。诊所所长[①]把我们领到他的办公室，我们还远不知道详情，而他相信他正在向我们打开阴森恐怖的通道。他说，不幸的是，骨髓炎虽已被排除，但活组织取样的切片检查还是比较难以说明问题。借助另外一种鉴定方式，可能十分必要。我们可以先认为是骨肉瘤，一般更有可能是尤文氏瘤。然而很难做出进一步判断，医学年鉴上似乎从未有过幼童的病情记载。这类骨瘤的危害性很难预测。数字说明不了任何问题。通常，可以治愈百分之七十，很少会有后遗症。后遗症的程度取决于肉瘤的扩张程度。病骨可以由假骨代替，所以肢体残缺的情况不会很严重。

当诊断没有出来时，我宁愿不去了解任何与癌有关的知识。我的行为带有迷信色彩。在客厅那个庞大的书架上，我没有去寻找和翻阅大百科全书。我觉得，在白纸上去阅读那

---

① 即后面提到的儿童肿瘤诊所所长。

些有关疾病的黑字，是对波丽娜的一种背叛，是默认了她本来可能躲避的命运，虽然病症还没有被证实，但是查阅它就等于承认了它被认为可能存在的事实。可是现在病情已经清楚，于是我查阅了词典，阅读了一些书籍，有的书说得恐怖到愚蠢甚至残忍的地步，另外一些书确切的口气也令人震惊。然而所有的陈述都很失败，因为它们都没有讲出我们所掌握的全部的真实情况。我拿出自己少得可怜的经验去读这些书，我对此无能为力，远不如在我十分熟悉的属于我自己的句子和纸页里那么驾轻就熟。我在幻觉中感到，当所有的东西都远离词语时，我只能囿于我生活中不可改变的土壤之上。我什么都写不出来，但是为了不至于落到现存意义的空虚深渊中，我做出一副相信疾病是可以讲述的样子。

比如，我看到这样一段材料："儿童得癌的症状不同于成年人，有其自己的特征。发病率低于一百倍。病情复杂而罕见（而法国年平均病例有一千五百至两千例），然而成为儿童死亡的第二原因。在发达国家，首要原因是事故。主要部位在造血系统（占百分之三十），神经系统（百分之十八），肾部、骨骼和软组织。近40%的病症在四岁以前发展。男女孩发病情况等同。肿瘤发展快，但是对放射性和化学疗法敏感。化学疗法的发展在放射性疗法和外科手术相结合的情况下，二十年中的治愈率从三分之一增长到三分之二。有些癌症的治愈率达到百分之九十。治疗方法比较简便，没有后遗症。尤其是肾脏内瘤，淋巴网细胞瘤或淋巴瘤。一般情况下，从开始治疗到二至三年没有发现肿瘤，可以称作治愈，即便存在第二个肿瘤出现和以后出现复杂情况的可能时，同样如此。病因除产后的原子能和电离子放射外，没有发现任何环境上的原因。儿童的癌症分为组织型和组织生成型两种，根据肿瘤形成过程中产生的细胞组织和细胞而定。儿科肿瘤关注疾病和治疗之后的身体和大脑是否出现后遗症，关注‘生命质量’和治愈的概念，关注治疗环境和患癌儿童在社会中的形象和地位，然而还有许多值得注意的问题。”

周末，当我们在医学院受到将要负责治疗波丽娜的医生的接待时，听到的说法大致相同（我不打算描述任何一个医生的形象。波丽娜认识的人没有必要在本书中表现出来。他们只是在此被随意带过。我在这里描述他们的言行与真实情况与他们的为人无关），只是词义变了。诊断的恐惧反应还没有停止，接踵而来的是令人更为震动的发现：医生们让自己沉着地去解释病情，甚至包括如何安排预诊的日程，写出什么样的手术记录才能符合治疗逻辑。未来已经确定，因为医生们按周按月计算了在医院逗留的周期，可能进行手术治疗的时间。医生十分有把握。当我们直截了当地询问他时，他表示绝不能排除最糟糕的情况。但是他强调：“在儿科肿瘤治疗时，骨瘤手术与化疗结合，我们自然会取胜。”在“自然”这两个字上，有一个陷阱，我们当然是躲不过的，可是对此我们决定暂时保持沉默。医生对波丽娜说话时态度和蔼，波丽娜却在看别处，似乎什么都没有听见。她正沿着病床的金属阶梯往上爬，一步跳到床垫上以后，进行杂技表演，开始了属于她自己的那一套独创的嬉戏消遣的方式。这种方式很可爱，却背离了医院的规矩。她走进了一个需要探索的世界。在我看来，医学院令她欣喜，使她摆脱了头几个晚上的噩梦。这里就像一所宽敞明亮、建造在巴黎屋顶上的大花园。平台几乎与天相接。天空是蓝色的，晴天时才能见到的白色厚重的一大片云层形成了一条走廊。云彩在俯瞰这座城市。要进入儿童肿瘤诊所，必须经过一座天桥，这是一条长长的有玻璃穹顶的走廊，在医学院的里院形成一条对角线。波丽娜还记得华西机场，她问，我们能不能在这里乘飞机。电梯升到最高层。我们飞起来了！门打开了，看到外面的情景，小姑娘乐开了花，她冲到塑料滑梯跟前，又骑上一辆三轮脚踏车。护士、医生亲吻了她，向她作自我介绍，对她微笑着。她惊异地发现大家都在等候她，在她不熟悉的这个世界里，已经有人为她留好了位置。护士指给她看她的房间，门上白兔形状的书写板上已经写上她的名字。然后她发现大娱乐室里的玩具和图书不下几百种。她用眼角观察着这一切，我们一直待在她的身边。这时她看到候诊室里的一只大鱼缸，五颜六色的金鱼在清澈的水中游来游去，互相追逐，或隐或现，自得其乐，在山石周围捉迷藏。

医务人员又向我们解释了将要发生的事，然后我们再把我们听懂的内容解释给波丽娜听。治疗必须马上开始，必须重新进行所有的检查，以便给医生提供一些安全可靠的基本资料，进行分析比较。第一阶段的做法是插管，把长长的塑料针管打进胸部，插入静脉腔，化疗用的药剂通过血管输入体内。波丽娜没有受到多大惊吓，住进新医院的第二天醒来时，她身上装着一条细细的管子，松松地卷曲着。这条管子以后就要缠绕在她的右胸部位了。那些新药正在通过这条管子流入波丽娜的身体，再由波丽娜的反应来检验它们的疗效与实验价值。

波丽娜躺在病床上睡着了。在她的枕头边，一位护士在输液架的顶上又挂上了一个崭新而沉重的塑料袋。里面的药水是黄色的，黄得鲜亮而反常。它从接头管那里流到分出来的细管里，通过控制流量的流量泵，再经过输液管后立即在血管里开始我们看不见的流程。医学院坐落在巴黎的拉丁区，位于索尔邦大学和高等师范之间。这是城市中人人都熟悉的地方。可是在那里，我深信，除了在哲学的辩论和诗人的隐喻中，死亡是根本不存在的。

雪还在下，寒潮以难以预料的气势横扫了整个城市，谁都无法预料明天的天气会怎么样。风卷着团团雪花飘洒在平台上，又开始不知不觉地辛劳着，掩盖了屋顶。波丽娜睡了一个好觉，比我们都睡得沉。使她沉睡的并不是疲劳，而是药物发挥的威力在悄悄地与死神进行斗争。波丽娜的肚子由于进入血管的几升药水而鼓胀起来。睡着的时候，她尿湿了床铺，小便被化学药物的颜色污染之后，在她的身子下面留下了一个向日葵般放射形的痕迹。她的身体形成的白色轮廓把床单上那轮浸湿的向日葵分成了两半。

第二章

黑夜里的故事

我不知道你是否见过人正在想心思的地图。医生有时会画你身上别的部分的地图……要是你碰巧看到他们画一张孩子的心思地图，你会看到，那不仅是杂乱无章，而且总是绕着圈儿的。那是些曲曲折折的线条，就像你的体温表格，这大概就是岛上的道路了。

永无乡就像是一个海岛……在这些神奇的海滩上，游戏的孩子们总是驾着油布小船靠岸登陆。那地方，我们其实也到过，我们如今还能听到浪涛拍岸的声音。

1

在黑夜的正中心，我们可以感触到一个准确的亮点。日期的分界线从那里经过。睡不着时产生的幻觉，用它日常的墨迹涂抹着天空。白日衬托着黑夜，它静静地浸润着生活的每一页。时间的闸门安静地工作着，一点一滴地从明天到第二天，倾倒出每时每刻。人们从未孤独过，是吗？可是总有人醒着，这里，那里，或者在别处什么地方……然而无论如何都躲不过即将逝去的夜晚。

第一个疗程结束了，波丽娜和我们一起回到家里。她睡在顶层，经过一个红漆的木梯才能到达她的房间。这个梯子的阶梯很陡。房间位于房屋的最高层，在屋顶下面，有一个气窗透光。房间所占据的是原来住宅的楼梯间，被拆除以后留下的空间。它垂直的形状，像一口深井，朝天开了一个狭小的出口，安置在螺旋形木阶梯和楼梯平台中间。

“你疼吗？”

“有一点儿，爸爸，可是不太疼，你知道，过得去……”

柜子被腾出来放了一些药。我们总是难以想象别人是怎样忍受痛苦的，也不了解那些从牙缝里挤出来的痛苦的话语，咬着牙耐心忍受的精神、伤口的痛楚和悄悄肿大的手臂。它们都在承受垂死的挣扎。我睡在狭窄的床边，紧挨着她，几乎碰到了地面。我的手臂垫在她的头下。医生把身体忍受痛苦时的准确姿势称之为“镇痛姿势”。这个姿势通过放松肌肉调整位置减轻疼痛。只要稍稍挪动几厘米就可以自然产生几乎接近麻醉的感觉。波丽娜懂得为了不至于太疼，就得让胳臂肘弯曲，小手掌稍稍朝上。

“这样睡的姿势最好，是吗？我的宝贝。”

“是的，爸爸，这样就行，没那么疼……”

要使手臂保持抬起的样子，就不能睡觉。我把她的手放到我的掌心里，在深沉的黑夜里，在一个又一个小时的煎熬中，希望能减轻波丽娜的痛苦。

时间在一点一滴地流逝：秒秒，分分，几个小时过去了。没有一只表可以计算整个过程中停顿的那一刻。房间犹如一张木筏在望不见星斗的夜空下航行，在微微荡漾的水流上轻轻弯过，被困在了令人极度眩晕的绝望之中。小船在滑行，我睡在船上，躺在波丽娜的身边。黑暗已经抹去了房间的围墙，把里面整个归并到光明的空间去了。我们来到了一个全新的不受黑暗困扰的世界。我们从未如此清醒，我们走到了另一端……我们一起小心面对这幅恍惚和极度安静的景象。在这条船上，必须睁开眼睛，睁大疲劳的双眼，去阅读那白晃晃的令人目眩的文字和图画。

我对你说话，让你注意听我的声音，忘却疼痛，和我一起走进难以入睡的境地。我讲故事，唱儿歌，哄你入睡。我让你倾听寓言故事。灯已经熄灭，不用看书了，太晚了。我给你轻轻讲述那些我还记得一半的古老故事：

“从前有三只熊，熊爸爸、熊妈妈和熊宝宝。熊宝宝是个小熊姑娘。一听到那粗粗的嗓音，就知道是熊爸爸来了(我学着熊爸爸的叫声，但是声音很低)。熊妈妈穿着一条漂亮的花边裙子，小熊宝宝的耳朵后面扎着美丽的发带。它们住在森林深处一座可爱的茅草屋里。茅草屋坐落在一块林间空地上，太阳总是照得暖洋洋的。”

“你讲的是《金耳环》的故事吗?”波丽娜问。

“这是你想听到的故事……世界上所有的故事都会讲到狗熊，房屋，林间空地……”

“可是熊不住在家里！它们住在黑黑的山洞里！”

“你喜欢的话，我再讲一个：从前有一只大熊，一只小熊，小熊……”

“噢，讲个熊的故事，它不想睡觉，因为它怕黑！”

“它们住在一个幽深的山洞里。大熊哄小熊睡觉，在它的坐椅上读狗熊的故事。可是小熊怎么、怎么、怎么也睡不着，它无法入睡。大熊问：‘小熊乖乖，你睡不着吗?’小熊回答说：‘我害怕，天太黑了。’‘可是我不是给你拿来了一盏大灯，放在你的床头了吗?’大熊反驳道。‘这灯太小了。’小熊说，‘要照亮漆黑的夜，这灯是太小太小了。’大熊不得不承认小熊有道理，它不知道有没有足够大的灯照亮漆黑的夜空。它抓起小熊的爪子，让它骑在肩头，穿过遮挡山洞的木门走了出来。外面又黑又冷。小熊直打哆嗦。大熊抬起头说：‘不要怕，熊宝宝，你看：我给你带来了黑夜，月光和千万颗星斗。’”

波丽娜不哆嗦了。她睡在床上并不害怕，但是她睡不着，她的手臂弯成弓形，肌肉放松了。对父女俩来说，疼痛勾勒出一条看不见的无法移动的界限。她微笑着，叹息着，央求我再讲一则熊的故事，此时，黑夜已经在不知不觉中变得更加深沉。

“如果你喜欢，我们就一起来想象……”

“什么叫‘想象’，爸爸？”

“‘想象’就像是睡不着觉时做的梦。我们闭上眼睛，想事情。我们想到的事情无论怎么假，也会变成真……”

“什么是真？”

“你不知道什么是真的？”

“怎么不知道，真的东西，不在电视里，也不在那些根本不存在的虚假的故事里……是这样吧，嗯，爸爸？”

“是的。”

“可是你知道吗，爸爸，我好想走到电视里面去。”

“你说什么？”

“走进动画片里，和那些小人儿们在一起！”

“甚至和动画片里的可怕妖魔、巫婆、吃人野兽在一起？”

“不！这太可怕了。我想说那些不吓人的动画片。”

“好。……比如说，《卡斯托老爹》。因为卡斯托老爹特别和善，他总是讲故事。我可以和卡丽娜、格里尼奥特和本杰明一起玩。”

“你可以让一把会飞的钥匙在空中飞，和别的小人儿一起在河边跑。”

“然后我们一起到那所小木屋去尝各种好吃的！”

“这样开心吗？”

“开心。”波丽娜喃喃道。她从枕头上微微欠了欠身，仍旧让我握着她的那只手。我亲吻了她的额头，我的脸紧紧贴着她的面颊。

“喂，爸爸，我们开始好吗？”

“做什么？”

“想象呀？”

“好吧，我们玩个‘比如……’的游戏，你喜欢吗？”

“可是只能说熊的故事！”

“那好。比如说我们是两头北极熊！”

“和普吕姆一样的熊？”

“正是！当然要比它胖一点儿，尤其是屁股要大，穿白毛皮大衣，有漂亮的面孔和亮亮的善良的眼睛。我们要到一个白色王国去生活。地面覆盖着冰雪，海面漂浮着冰群，耸立着冰山，天空飘过的白云反射到海面上……”

“这样肯定很美！”

“很美！白天我们钓鲑鱼，我们用笨拙的手掌和爪子去捉新鲜肥大的鲑鱼。我们把这些鱼活生生吃掉。你和企鹅、白色的大鸟和浮冰上的海象一起玩。晚上，我们和所有的白熊挤在一起，躲在一座小雪山的背后，躲避北极的寒风……”

这里虽然没有刮风，但是小姑娘却无法入睡。疼痛似乎已经被驱赶开了，但是它却在伺机窥探。它不许小姑娘熟睡。爸爸再也没有熊的故事可讲了，他无法创造出新的花样。他一连几个小时领着焦躁不安的小姑娘在遗忘的白色景观中漫游。想象把他抛在了深夜中，幸好他还有记忆可以依赖。

“我们来背诗好吗?”

“什么是诗呀?”

“一首诗就是讲述的一个故事。读诗的时候，让人听起来就像从钢琴上弹奏出来的一小段乐曲……一个一个的单词就是一个一个的音符，它们一起发出声响，组成了一首歌。比如说，达—巴—达—巴—达—巴—达—达—巴—达—巴达!”

“可是，这些歌不说话吗?”

“当然说话呀，我只是想让你先听听曲调。下面是：乌—鸦—大—人—栖—息—在—一—棵—树—上—叼着……”

“啊，你要讲《拉封丹寓言》! ……”

“是的，《拉封丹寓言》里有狐狸和山羊，蝉和蚂蚁，狮子和老鼠……”

我从这些寓言里还知道什么呢?我记住了其中的几首诗呢?接下来虽然又读过，可是却从来没有用心背过……我把那些寓言诗搁在了一边，尽力把空白填满。我制造了一个活生生的小世界，里面有昆虫和啮齿动物，有羽毛和小毛鬈，有智慧和恐怖。我扮成狼，扮成小羊羔，一会儿咆哮，一会儿呻吟，我又命令又乞求。我成了用音乐格调解释恐怖世界的人，并且轻轻地在小姑娘耳边喃喃细语。尽量用滑稽幽默的词汇，让她明白，事实上，从来没有狼吃羊的故事，如果说有，肯定是胡编的。拉封丹的故事没说的了，我以为波丽娜闭上了眼睛，手臂放松，脸部表情不因为痛苦而抽搐的时候，就接连不断地把我熟悉的积累的全部学问都端了出来。

兰波、雨果、波德莱尔的一些诗虽不重要，但是都通过一个熟悉的声音发出电传打字机式的轻微节奏，那“哒哒”的声音，音调铿锵有力，韵律优美动听。如果她没有睡着，就会有这些能听懂的诗与她作伴。她目前的生活是一次伤感的旅行，她受到了邀请。我的宝贝，想象一下去那里旅行有多么温馨，到欢乐中去爱，到与你相似的境遇中去爱，去走你的黄泉路吧……

夜，并不平静。附近就是一条大马路，发出的每种声音都明显地不正常，嘎吱嘎吱地，划破了黑暗。还有一些人没有睡，一阵警笛声使人想起了医院里发出的痛苦呻吟声。一辆车子飞驰而过。一个年轻女人歇斯底里的笑声一直传进我们的房间。她想让整个居民区的人都听到她多么希望而且高兴把陌生男人带到她家，还怪笑着问然后让她到什么地方去。他们这些人从隔壁的夜总会出来，走出烟酒弥漫的舞会环境后，在黑夜里深深地呼吸新鲜空气。因为他们站立在那里，而他们周围的拿工资的小老百姓却在睡大觉，养精蓄锐，等待一大早被闹钟吵醒。他们想了解黑夜是什么样的。他们开着五颜六色的汽车，交叉行驶，形成了一个挂满国旗、三角旗并且鸣笛的车队。法国人似乎胜利了。这条消息看来并不可靠，需要全城人及时知道。谁胜了，大家吗？不要问我！这是国际足球比赛，法国争夺冠军杯的夜晚……嘘！有个小姑娘刚刚睡着……当所有观看法国队比赛的人都活着的时候，一个阅读拉封丹的小读者怎么能就此消失呢？

但是波丽娜并没有睡着。我抽出枕着她脑袋的手臂，想下楼到卧室里去休息一二个小时，这时她微微睁开双眼，问道："天亮了吗，爸爸？"她深井似的房间口朝天，幽蓝的夜空正在微微转向白色。这一瞬间的颜色很像是笼罩在屋顶上的一片光明。我的手指碰了碰她的额头，紧紧攥着她仍然抬着的手，亲吻了她双颊甘甜的细汗，右手在她的大腿、肚子和肩膀上摸了摸。我把花被又往上提了提，因为清晨有些凉意。"离起床还有一点儿时间，睡吧，我的宝贝儿，睡睡吧……歇歇吧……"

一只小鸟在"啾啾"鸣唱。它大约就在附近，停在隔壁酒吧的屋顶上。在这"啾啾"的叫声中，有某种神奇的东西。

"你听到了吗，爸爸？"

"我听见了。"

我想象着鸟儿。想着它怎样在蓝色的湖面上静静地飞翔，那个长不大的孩子则感觉到冰冷的潮水向他涌来，为了陪伴波丽娜到太阳升起的时候，我需要话语，我说：

> 有一只小鸟正在为你歌唱。这是你的小鸟。它已经飞了很久很久，然后停在你的窗台上。每当你伤心需要它的时候，它便会飞来。它说鸟儿的语言。你听，它在说："波丽娜，不用担心，一切都会好起来的，幸福的日子总会到来，别发愁，快入睡……我每每会飞进你的梦里跟你说话，别担心，一切都会好起来的……"

2

人类最美妙的发明是什么？毫无疑问，是吗啡。在她牙齿咬得“格格”作响，疼得发出尖叫声时，用化学的方式可以保证她忘记皮肉之苦。人们想尽办法，仅仅是为了在一小会儿阻止疾病可怕的工作，这样做，会在恐怖的失眠状态中获得一份睡眠，也会给痛苦拉上一道白色的帘子。

孩子身上形成的病痛令人吃惊。没有人会想到这些疾病来得如此之快，如此猛烈，又如此顽固。肿瘤已经不再扩大了，病情在比较早期的阶段被控制住了。医生对我们说：在一般情况下只要进行一次化疗就可以使所实施的镇痛措施立即失去必要性。还没有任何迹象说明这种病的出路在哪里，但是已经出现了一种机械的病势减弱的现象。病情明显减缓后，病人就可以自由地呼吸了。

第一次治疗结束了，大约进行了一个多月（包括在医院和医学院的时间），在这段时间里，波丽娜没有离开过以后在那里治疗的矫形外科和肿瘤科的围墙。我们只有几天时间可以自由支配。我们想离开巴黎，去呼吸一下新鲜空气。我们想让波丽娜高兴高兴，把她带到尽可能远的地方去。她表示同意。我以为，她只是想逃跑。我们踏上了去诺曼底的公路。这个地区大雨滂沱。我们沿着一个又一个的省区，在塞纳河谷行驶，在白垩岩的悬崖上下盘旋。我们停下来在一家饭馆吃中午饭。这里镶有玻璃的平台，伸向塞纳河。可是波丽娜没有碰她的饭菜，只是要马上睡到童车上去。阿莉丝已经把童车的椅背放平了。我们听着倾盆大雨在玻璃窗上流淌发出的声音。波丽娜睡不着。她一言不发，一句怨言都没有。她衰弱不堪。我们从未感到她离我们如此之远。她眼睛睁得大大的，眼神似乎转向内心，在追随一幅虚幻的画面，而我们却无从所知。我们为自己吃空了盘子，点燃了香烟，喝光了咖啡感到羞愧。我们完全弄不懂她。我们感到害怕。我们以最快的速度回到巴黎。晚上，波丽娜好多了。我们给她服了药，烧退了。她稍稍吃了点东西。看到又回到自己的房间，她高兴极了。可是，这一夜，我们三个人谁都没有合眼。

早上，医学院的医生接待了我们，告诉我们必须把事情说清楚了。女儿的脸上出现了显而易见的痛苦表情，而我们刚刚进入治疗，现在就下结论说“这是”还早了一点，但是显然，第一次使用的氨甲叶酸，没有理由产生疼痛感。然而，病痛在意外加剧，很像是病灶在剧烈地灼烧。有时可以提前作出假设。他们后来告诉我们说：深入到肿瘤中心的活组织取样手术，打开了一个缺口，在以后的日子里，癌细胞从这里钻了进去。

吗啡的使用有各种方式。病人住院实行静脉注射时，使用大型电子注射推进器会不知不觉地把药液通过注射管送到与它相连的导管里去。病人回家后还觉得疼痛的话，就要服用胶囊，有时还要吸干一小瓶药水。酏剂的作用很短暂，见效快，失效也快。持续疼痛的感觉只有当药劲过了以后才会发生。因此在一定时间内的药量分配要仔细计算，不要形成习惯性服用，也不要太注意副作用。

我们在报纸上读到现代人住院的一大丑闻是“不承担病人遭受痛苦的责任”。请注意，就是说任病人在床上痛苦呻吟，忍受类似身体倒挂、脱骨散架的感受。有人反驳说，这在宗教上是站得住脚的。似乎应该进行一次意想不到的革命，使人们产生这样的观点：疼痛和疾病是分离的，人类本该拥有的最大权利是绝不受难。但是事实上，大家常常愚蠢地回避了肿瘤儿科的治疗。病瘤以不同寻常的速度发展，决策却总是显得迟缓。波丽娜的情况就是这样。可是在缓解病痛时，却看不到人们有丝毫含糊：小心翼翼地按规定开处方，医生必须拿出附存根的处方本，格外专注地配方。药量精确协调，毫不马虎。所有的事都要反复交待，签字后方可生效。

一旦有了这种精确又令人欣慰的配方，就应该找个药房取吗啡。但是大部分药房都把治病痛的事情丢在一边。他们在出售护肤霜、脂粉、香波、肥皂之类的东西。他们向那些抱怨自己便秘、皮肤搔痒、感冒流涕以及排泄各种不正常分泌物的老年顾客推荐药物。他们负责治疗的顾客是一些妇女，她们所担心的是皱纹、皮肤起皱、头皮屑增多、皮肤组织粗糙或者过油的毛病。防衰老，减肥，诸如此类的调节饮食的药物、饮食代用品、神奇茶叶、维他命构成了药品专卖店里的基本商品。吗啡不是一种赢利的商品，它的利润与一盒快速减肥剂相比，肯定微不足道。受难的病人无法庄严地从口袋里掏出信用卡，只是不声不响地用手指摸出大面额的钞票。

待在那里他们感到很不自在，于是把厚厚的一打配方、处方单摊开，那上面还贴着自动粘连的缴税票据，社会保险机构承担百分之百的税率。但是人们还是以恩赐的态度去看待本该属于受苦受难的病人应得的待遇。人们往往把他们想象成卡夫卡式的官僚机构代理人。这种机构总是在公文印章背后去扼杀随意出售药品的药房的大宗买卖。

护士们嘱咐我们在紧急情况下用什么药物可以减缓波丽娜的痛苦，但是她们没有预料到药房把药物送到病人嘴里要花很长时间。第二天，我来到药房。当我说出“吗啡”这个名词时，我看到药店经理——他应该被称作欧麦先生——伸长耳朵向我靠近。他用手推了推女店员，对我的想法大声表了态。他的声音很响，像在说台词：“请注意，先生，您知道这种药是在麻醉剂范围里的。”他查看了医学院的病情记录，以此说明他对我们的情况并不是一无所知。欧麦夫人也在场，她登上踏步梯，打开一个狭长的抽屉，说道：“我们这儿还有一盒，可是已经过期，失效了。如果您想要，我们可以找供货商订货，但是等他发货可能要几天时间……您不急用吧？”欧麦先生表示愤怒地长叹了一声，俯身去看电脑的终端接收器。欧麦夫人无精打采地数着一张张的配方，她做出必须填写这些单子的样子。商店开门后，为她提供了一个散散心的机会。她说：“您是不是耐心等一等，我得招呼这些先生太太们……”欧麦先生架起眼镜，在计算器上核实规定的确切药量。他突然获胜似地叫起来：“先生，这不太严肃，处方开得不对，它与最新通报不相符。您知道这类药物的处方控制得很严。我很抱歉，但是我不可能照这个方子给药。以后，您很清楚，倒霉的是我们。您应该让他们重开一个方子。”我大概脸色愠怒。但是欧麦先生觉得在夫人的眼皮底下，要有英雄气概，要显得高明、难对付。他起身挺胸宣告：“您明白嗜毒癖造成的恶果，高度警惕是我们应负的社会责任。”

第二天，我再次去药房，决定跟他们大吵一场，因为我需要这些药。但是那天在场，对发生的事表示反感的穿白大褂的年轻女人站在柜台那头，微笑着告诉我：欧麦先生和太太已经离开这家店了。他们退休了或者又取得了另一家有利可图的商店的经营权。这不重要，让他们见鬼去吧。从今后代替他们的几位药剂师将和气地掌管着这里的一切。不是吗？没过几个小时，她们就弄到了吗啡。

我回到家里，手拎着一个塑料袋，里面的纸盒放着宝贵的黄色胶囊：二十毫升的斯克囊①，一天三次，八小时一次：早九点，下午五点和清晨一点。要严格遵守服药时间。碰到药物被吸收，又迟服的情况，就可能打开缺口让疼痛趁虚而入。如果这样还觉得疼，可以服用一些氯硝西泮②，在舌头下面点上八滴这种呛人又灼口的药水。

要让这个麻醉剂发挥平衡作用需要几个星期。

吗啡用下去之后，失眠现象中止了，疼痛也消失了，每天早晨都是波丽娜轻柔地唤醒我们。我又看到了在黑暗中向

① 斯克囊（Skenan），一种吗啡镇痛药。
② 氯硝西泮（Rivotril），一种抗癫痫安定药。

上盘旋的红色阶梯。我手里拿着胶囊和一杯新鲜橙汁，小心翼翼地不让杯子打翻。我把手伸到波丽娜的头颈下面，小心不碰到她的手臂，捧起她的头，尽量不把她弄醒，好让她一吞下药就回到梦乡。但是她经常提前叫我们。半夜里她的疼痛要我们加快速度。阿莉丝冲到她的房间，一滴一滴地把药水倒出来。在我看来，这种药水好似一种绝妙的黑色的健忘酏剂。我们三个人都待在床上等待瞌睡再回来。波丽娜的手臂里藏着一只残酷的钟，它的一分一秒都是倒计时计算的，一直到麻醉剂的令人欣慰的疗效减弱。此刻她身体里的细胞重新燃起熊熊烈火。时至今天我还会隔一个小时醒来一次。我从梦中惊醒，听到她隐隐的哭声，她哭了多久了？深夜沉沉，她的哭声被淹没了。我在黑夜中辗转反侧，我希望回到遗忘中去。

3

波丽娜在思考。她必须理顺思绪，让自己弄明白随着治疗开始的新生活到底是怎样的。开学返校已经与她无关了，医院就是第二所学校，在那里有父母陪伴，老师就是那些穿着白大褂的人。他们给孩子们安排的活动经常是希奇古怪的。这些活动看上去像是游戏，但是大孩子是不会去玩的，他们只是装装样子而已。所有的活动都在微笑中进行。他们听诊、搭脉，用手电筒照耳朵和喉咙。这叫：检查。医生走进游戏室问："波丽娜，你愿不愿意现在让我给你查一查。"这时必须扔掉手边的玩具、拼图，回到房间躺到床上去，让他们把肚皮弄得痒痒的，还要伸出手臂给他们看。他们对孩子们的感觉很是担心，总是要他们说出哪里疼。每个人身上都挂着一个小导管。这是塑料管，放到胸上用的。妈妈对她解释过，有点儿像水龙头，可以打开，还可以关上。医生们说到"取样"和"注射"这两个词。医护人员每周一次聚集在一个小房间里讨论，护士们忙着把病历打开。小心谨慎十分重要。必须盖上一块怪怪的遮身蓝布，戴上一顶帽子，写上小姑娘的名字。他们要戴上一副无菌手套，给她戴上面具。妈妈隔着面具，笑眯眯地抛出飞吻。当大家都穿戴完毕以后，拿掉伤口上的包扎，开始清洗导管和皮下的伤口。他们用的是一种栗色的药物，有些混浊，名称是"碘聚乙烯吡咯酮"，还必须冲洗导管或者说做“肝素化处理”，就是说用一个注射器，从一个瓶子里取出一种水样的药物放进注射器。用注射器打针，一点儿都不疼，因为是通过导管注射进去的！要特别小心不要弄脏了K.T.，就是说，碰上“细菌”，如果不注意会引起感染。必须乖乖地躺着，一动不动，轻轻呼吸。护士不准用消毒手套碰任何东西，但是她可以使用加碘消毒绷带。一切都经过消毒以后，她们把病人胸前的导管弯转成螺旋状，用一条条自动粘胶布固定住，这些胶布粘成了一个星星的样子，然后把身体包扎起来，包扎的面积不大，目的是拿开导管时不至于刺激皮肤。

我们到了医院，向所有的医护人员问好。我们等了很长时间，然后进入一间护理室。那里的导管已经和透明细管连好了。透明细管穿过一至两个蓝色的泵，这些泵固定在一个巨大的金属架上，这个架子叫“输液架”。千万小心不要让细管缠绕在一起，千万不要忘记身体是和管子连在一起的，小心不要去拉管子。在架子的顶端，护士们挂上一些装满液体的透明袋子。有的里面是水，有的是治疗用的“强力药物”。因此必须到医院来治疗。袋子空了，压泵就会发出信号。这时要叫一个护士过来，再挂上一瓶药。否则，鲜血会回流到管子里去。这个现象被称做“回流”。输液架的底部有轮子，能到处推来推去。甚至还可以爬到架子上去。爸爸要是拉它或者推它，就像是坐在三轮自行车或者穿着溜冰鞋似的，在走廊上飞跑。

这里的游戏比在学校或在家里复杂，但是花样要少得多。

在这儿的目的很重要。要治病，战胜了疾病，爸爸妈妈就高兴了。治好病，就不疼了。在手臂里有一个大包正在长大。大人们在一起的时候，他们管这个大包叫“瘤”、“肉瘤”或“癌”。别的孩子的“瘤”不是长在手臂上，而是肚子里、眼睛里、大腿里还有脑袋里。“烈性药物”可以缩小这些大包，直到它们消失。这样就不疼了，我们就可以高高兴兴地回家，回到自己真正的学校。可是也可能用不着治疗很久就不再觉得疼了。有的时候那个“大包”已经长在那里，可是却感觉不到，而且又没法看到它，因为它长在里面。

要想知道大包长在哪里，就要拍照片。拍片的过程有点吓人，尤其是吓坏了爸爸妈妈们。进入一个黑黑的房间以前，要先脱掉衣服。那里的机器特别大，爸爸解释说，它们就像巨型照相机，必须睡下去或者坐下来，靠在一个冰冷的大硬板上，要不然就钻到机器里面去。如果父母留下来，他们要照人家说的，赶快躲到一扇玻璃后面去，或者当场穿上一套沉重的蓝色连身衣裤，穿这套衣服要花很大的力气。爸爸边穿边哼哼叽叽地唱着：“穿上你的外衣吧，潜水员，沉浸到你金发女郎的蓝色眼睛中去……”

还要拍些“小照片”。穿白色衣服的阿姨说，今天要拍一张手臂的“底片”，另外再拍一张“胸部”的，一点儿也不能动，要不，照片就要拍坏了。“呼气”就说，像那条大恶狼一样，用劲吐气……即便拍好的照片也像拍坏了一样：黑黑的，透亮的，大得无法放进相册，只能把它们放进一个大口袋，这叫“病历”。医生们把照片吊挂在一扇透明的墙上，认认真真地看个没完。

还要拍一些“发出声音的照片”。这套设备放在另外一家医院，要去那里，非得乘救护车。必须把孩子们“绑在木板上”，让那些好动的孩子动不了。孩子们被绑在一条长长的很不舒服的板子上，先用绑带绑好，再把一个软枕头放到头下。绑带子的时候，必须让开导管，这样在注射药液的时候，可以从孩子们的身体上看到药液的颜色。妈妈亲吻了那个小木偶，此时，她很听话，乖乖地一动不动。木板和上面被绑着的孩子一起被送到一个空空的房间，那里有一台大设备。它很像一台巨大而神秘的洗衣机。在那个立方体的机器上有一个圆筒式的洞。他们把小姑娘塞进那个滚筒里，当光线在她的周围运转时，就会发出一些怪怪的声音，那声音就像是在碰撞锅子，又像是汽锤在工作。声音中止以后，谁也不知道检查是否结束了，也不知道新的底片是否拍出来了。

最让人头疼的是那些“要拍很久的照片”。必须一早赶到医院，我们不是乘电梯到顶层，而是下到地下室。一位护士要往管子里再打进一种药水，等上几个小时，看它的反应。我们可以利用上午的空闲时间去卢森堡公园散步，然后去一家印度或者日本餐馆吃午饭。我们吃米饭和肉串。我们要在约定的时间赶回来。这么早起身，在卢森堡公园的林阴道上跑了一阵，又躲在树后、塑像背后玩了半天捉迷藏，小姑娘累极了。一躺到那个检查身体的大桌子上，她就睡着了。

爸爸在思考问题。他必须把纷乱的思绪理清楚。在放射检查室永远是昏暗的灯光下，女儿躺在一个狭长的金属板上，有一个大立方体横向移动着，用一种无法觉察的速度在身体表面穿过。它可以上升到一个复杂精密、装有轨道和天平的机械结构上。这台机器可以让这个方块沿着轨道行动、晃动，并且慢慢地向相反方向移动。随着检查的进行，在放射性监测器的屏幕上，可以勾勒出这个活生生的小姑娘睡着时的姿势的骨架形状。技术耐心地揭示出骨头构架的秘密：头盖骨和上面的眼眶、手臂、椎骨、脊椎、骨盆、腿。左肱骨被一束固定的亮光照出了一个光点，示意出病理学上的东西。被打进身体的药水“附着”在触及骨架的部位上。但是幸好由于最终弄明白了真相：屏幕上的亮点不一定是病灶：因此只能解释为关节了。图像出来了，我们在屏幕上看到一副小小的完整而精确的骨架图样，它的大小符合孩子的比例。如果把肌肉放大加上去，正好是一个三岁孩子的躯体。图像十分模糊。这副骨架不是抽象死亡的象征，也不是字典上画的解剖图。它描绘出了一个他所爱的小孩儿的活生生的但是没有动弹的躯体。她的头向右偏，左臂微微弯着，两腿自然地按照往常睡觉时的姿势分开。爸爸的心开始颤抖，他觉得这幅画面是如此的不合时宜，在现实中被残忍地剥夺了位置。她好像来自未来，在她身边站着提前到来的死神。此时此刻，她具备了难以预料的过去的特征。似乎是在为了满足摄像的需要，一口遗失很久的小女孩的石棺被骤然打开了。

波丽娜醒了，拍照结束了。照片是医生拍的，只有他们才能看到底片的内容。医生们什么也不说，只是待在底片的阴影里，小心翼翼地向别人宣布他们的研究情况。他们什么都不对波丽娜的父母说，尤其是，当他们马上就可能知道实情时，医生们还是鼓足劲头拼命保持沉默。波丽娜懂得这一切。几个星期的治疗对一个小姑娘来讲，已经足以准确无误地抓住医院里那些说不上是规定的条条框框。例如：谁是什么人？什么人在做什么？向这样一个人能问出什么？从另外一个这样的人那里白白指望的是什么？不需要作任何解释，波丽娜就可以完全弄懂医疗的森严等级和微妙之处。她可以区别出医生和实习医生，放射科医师，外科医生和肿瘤医生。她不会把护士、育儿助理、护理助理和清洁女工搞混。她知道自己可以求助于谁，谁护理她，她应该向什么人最有效地保留她迷人的微笑。表现出可爱的样子是生存的问题。这里比任何地方都重要。她会做出乖乖的求人的样子。最温柔的护士也要半夜迟迟才来到她的床前来安慰她，和她逗乐。

在孩子的脑袋里，她对严酷的现状知道多少呢？经过了最初阶段的打击，知道自己还承受着无法摆脱的异常疲劳，她绝对没有表现出任何沮丧的情绪。她仍旧是欢蹦乱跳，活泼可爱，注意着周围的人。她用脑子记录着他们的温情和冷漠。同样，疾病正在用难以预料的方式改变着她。她已经有些放弃了小女孩的羞涩，在这个令人悲哀的环境里，她无论从自信、从乐观、从待人接物上都取得了胜利。也许她给自己的恐慌蒙上了“大胆”的外衣，用欢快的情绪来掩饰无望。也许她在向爸爸妈妈学习，也许他们在她的表情上看到的只是他们自己佯装出来的欢乐，而他们自己竟一点儿都没看出来，小姑娘的勇敢使父母的勇气倍增，反过来这种勇气又鼓舞了她自己。在病痛造成的极度悲哀中，小姑娘没有抛弃爸爸妈妈，爸爸妈妈也没有放弃她。这是他们秘密达成的默契。妈妈没有以泪洗面地度日，爸爸也没有逃到工作中或去泡咖啡馆。他们并没有在电话上敲响集合鼓，去召集他们的老关系。他们没有把自己的情况看做末日来临，要求社会的回报，或者说得更确切些，以便求得心理平衡。波丽娜依赖着父母，父母也指望着女儿。她乖巧听话，快活乐观，静静地与生活中的恐怖现实拼搏，她没有眼泪，没有抱怨，面带微笑，充满嘲弄地与爸爸妈妈一起面对命运的挑战。

也许波丽娜悄悄地作了这样的决定：像所有的最活泼可爱的小姑娘一样做人，她尽力避免死亡的来临，让它成为不可能。她变得如此可爱，以便让周围所有的人爱她，保护她免受灾难。医生们对她印象深刻，她尤其努力征服了那些实习医生，这些医生和她的爸爸妈妈一样年轻，有时简直变得和爸爸妈妈一样心软。和护士在一起的时候，她表现出可爱温顺的样子，在得到照顾的时候，犹如一位谨慎的公主。她可以和那位可爱的心理医生谈上几个小时，澄清问题，转换话题，闪烁其词，嘲讽嬉戏。和那位温和的负责那个奇特的游戏厅和一大堆拼图、图书和洋娃娃的大个子保育员，和那些每周来这里为生病的孩子消遣取乐的音乐人及小丑们，小姑娘都可以周旋一阵。

妈妈在思考。她认为女儿长大了，她变了，和她那么相像，并且以妈妈为榜样。波丽娜常常向妈妈打听与自己治疗有关的问题。妈妈非常细心地回忆着医护人员的护理动作，要求参与这些工作：她帮着固定好导管，在洋娃娃上反反复复地学习护理，还借来一个听诊器诊断她心脏跳动。波丽娜和妈妈谨慎又恐慌地监视着那些护理人员：他们是不是严格遵守无菌法规则？输液泵的流量准确吗？镇痛剂用得准时吗？爸爸显然是给弄糊涂了。但是姑娘们，却绝不任其自然。在那些日子里，她们获得了主动权，很快她们就几乎能够完全摆脱护士的帮助了。在信心十足的女儿赞同和信任的目光下，妈妈几乎全部承担了家庭护理任务：取样、包扎、用药、治疗。

波丽娜想知道别人对她做了什么。她打听，让人解释，有时提出疑问。但是她基本上什么都不说。她看着，然后把她所看到的东西放到心里，只字不提。她把自己已经走进的那个威胁人的领域当做一个奇特鲜明的世界。她对自己周围的人丝毫没有流露出半点儿害怕的表示。她眼见一些头发脱落的孩子，一些瞎眼的孩子，有的孩子在眼睛的位置上只有一个洞，简直不知道应当怎样正面看他们。有些大个子的男孩躺在床上纹丝不动，他们有的缺一条腿，或者两腿都打着石膏，一直到腰部。有的孩子肚子胀得很大，难以想象。有的面孔因变形已经失去了本来面目。波丽娜看着这一切，但是不说一句话。不正常的是这种方式：和这些孩子们在一起时，她从来没有提出有关的问题。还可以看到，不管是三岁还是十岁的孩子，都瞪着圆圆的眼睛。谁也不问什么。大家都接受了这样的生活。新的病人到来，其余的病人消失了。谁也不知道他们怎么样了。大家只是默默希望他们被治愈了。

病人和肿瘤患者都觉得，轮流进行的诊断治疗性质如此不同，以致大家互相都还来不及认识就再也碰不到了。男孩和女孩的组合永远在变化。这些孩子去玩玩具，去捏面人，去建造塑料块堆积起来的城市，去吃下午点心，去庆贺他们自己的节日。画画，听音乐，吃点心，去玩陶瓷器皿。他们玩得最多的游戏往往是：假如我们当爸爸妈妈，会有很多孩子，他们生病了，爸爸妈妈把他们送到医院给他们服很多的药……

音乐人到医学院来访问。他们和孩子们临时在游戏室组织了一个乐队。他们用吉他伴奏，陪孩子们唱些临时为他们编写的儿歌。他们把那些永恒的歌即兴编词唱出来："在明亮的月光下，有三只小兔手里捏着烟斗，吃掉了李子。"他们会悄悄走进最体弱的孩子的病房。孩子们静静地坐在角落里。窗帘关着。那里的光线暗暗的，只有凄凉的哭泣。波丽娜积极性不高，甚至根本不去注意这些新来的拜访者。他们让她同意为她编一支小曲儿，她却不回答。她只是听着他们轻声哼着摇篮曲。他们当中的一个人，为了让她与他们一起凑趣，在她的床上放了一个木头的长形的玩意儿，这是一把能发出雨点般声音的木棒，倒拿着它的时候，就可以从竹制的内芯里发出流沙的声响。波丽娜伸手拿着这个魔棒，摇动起来以后就可以在房间里发出暴风雨般的、令人忘却一切的音乐。

第二天来的是戏班丑角。他们穿着医生的白大褂，大褂下面露出红鞋和滑稽的衣服，一个房间一个房间地往里钻。他们赶走了医生、家长、护士，在每个孩子的床头玩着同样的花样。波丽娜感觉好多了，疼痛反应似乎不太严重。她可以起床去找与她同龄的孩子。那些孩子呢，被这些涂得五颜六色的小丑和意大利喜剧里的演员们迷住了，寸步不离。在那些头顶圆形高帽，装着假鼻子，涂着花脸的小丑周围，跟着一帮奇特的秃顶的小孩子，这个场面宏大，形成了一条长龙，再加上一些家长也在凑热闹，平添了集市气氛。这个热热闹闹的队伍走进一个又一个的房间，充塞了走廊，扰乱了死气沉沉的治疗。候诊大厅里就像搭起了马戏场和看不见的帐篷。大家围成了圈子。每个人都可以轮流站到圈子中央，充当一名临时演员，他们都十分得意。波丽娜无法相信自己的眼睛。她希望参加所有的节目，节目永远不要结束。她总是把头转向我们，朝我们微笑，让我们成为这个热闹场面的见证人。波丽娜的医生停下来，站了一会儿，他看着波丽娜。我看见他在看她。我在想，如果我能读懂这个眼神，我便会知道他对这个孩子病情的估计。一位娇弱的小女孩的幸福已经没有指望了，这一点是否触动了他，因为他所想的准是这个孩子不是被送去治疗癌症，就是被推向死亡。

扮成小丑的女医生拉起了手风琴，她的同事唱得很糟，令人失望，这引起了周围的人哈哈大笑。节目不多，包括一些可以跳舞的旋律。小丑唱道：“我的小姑娘犹如清水，一条流淌的清流。”孩子们合唱着，敲击着古里古怪的乐器，有汽车喇叭声、木棒、南非的马拉卡手鼓和响板。他们围成圆圈。我看见波丽娜在那里旋转，滑着舞步，在这些嘈杂而又欢乐的人群中间，在这个喜剧般的场面上跑来跑去。我在思索：她确实像水，像一汪奔涌的生命之泉，你永远永远也无法抓住她……

4

给小姑娘制定的手术方案说明，第一期的治疗过程不长，周期比较短。几天在医院治疗，几天在家……首次使用的麻醉药剂是一种有较强刺激的药物。不需要花多少时间就可以进入机体，显示出疗效来。药物在身体内流散后，起到破坏癌细胞的作用。但是这种剧烈的效果也有副作用，它可以侵蚀整个机体组织，在消灭癌细胞的同时，会损害正常的细胞，身体会有不适。例如，想呕吐，抵抗力全面下降，产生昏沉而衰弱的感觉。从原则上讲，至少可以……因为每个人的反应大不相同。波丽娜疼痛的原因，不只是因为麻醉剂产生疗效时，非要经过的痛苦。她特别感到衰弱而且抽搐的原因是病痛本身，尽管吗啡之类的药物不断，她却仍在医学院的病床上拼搏。最初几天，护士们小心异常地把她放在监视器下观察时，她就疲惫不堪了。然后她从昏睡中苏醒过来。然而她的机体，很显然，所进行的抵抗是有限的，它并不知道这个抗争过程伴随着肿瘤的增大。抵抗令她精疲力竭。回家是一种休息，身体渐渐地回到自己的控制之下，但是手臂肌肉上隆起的部分却耗尽了她的全部精力。

每隔两天就必须检测一下机体的抵抗力。一位女护士一早就来到家里，抽出波丽娜的一些血样。导管可以简化操作这类事情。过一会儿，一个男人按响了门铃，他带来了一只厚重的铁皮提箱，里面排放着试管。下午，阿莉丝急着想知道结果，打电话询问是白细胞、粒细胞、血色素、还是血小板有问题？结果超出了上述范围，这是先天萎缩症。她的身体的抵抗力已经被剥夺，无法抵御任何可能的传染，已经被可能发生的细菌感染所控制，有可能在几个小时内出现死亡。需要观察发烧的度数，如果有热度而且持续不退，就得马上去医院。通过血管大量注射抗菌素以消除危险。

第二天，我们从邮局收到详细的分析数据，病情记录上有十来份报告。这像是一份奇特的人体气象学报告：突变时十分重要，几天过后就一钱不值。我们可以从原则上预测血管在麻醉药物作用下的剧烈运动，就像人们测量高气压、低气压和风力的变化一样。免疫功能的变化取决于血管运动是剧烈还是缓慢，在下一次的治疗前一两天，身体才可以恢复正常。

我们摸了摸她的额头，她的头发结构已经发生了变化：干燥脆弱。虽然仍然保留着金发，但是已经不同于以往了。最合理的做法是预先告诉孩子，让她对即将到来的时刻有所准备。波丽娜什么话都不说，四处张望。她懂，她看到了别的孩子的结果。那个时刻已经很近了。阿莉丝带她去了一家理发店，这儿的理发师是个大个子，专门理妇女发型，理完后的妇女都既漂亮又高雅。她的头发没有被全部剪光。她用怀疑的目光看着大水槽，高高的椅子，水盆，躲闪着理发用的香波，当一缕缕金发掉到方砖地板上时，她没有哭。给她理发的女人似乎有些知道她在给什么人理发。巴黎的每个区都像一座村庄，不幸的消息传播得很快。这是一项挺美的差事：头发剪得很短，但保留着女式发型，很优美。波丽娜将是这个居民区发型最美的小姑娘，然而还有几天……

一天早晨，她在呼唤。嗓音里听不出烦躁不安。她只是睡醒了，请求允许她起床，下楼梯，拿玉米花。我爬上木质楼梯去看她。一路拖拖拉拉走上红色阶梯。我还穿着睡袍，留在睡意被破坏的幻觉里。我懵里懵懂，花了几秒钟回到现实。地面上有一半夜里从孩子头上掉下来的东西。波丽娜站在那里，看着我。我赤脚站在她那一大堆金色的头发里，以遮掩她的视线。这叫秃头症。那时候，我还不知道这个词。我只知道过后不久，在一本书里学到这个词，我读到的是：在广岛受辐射的孩子，头发迅速脱落，呕吐，都是宣布死亡的征兆。

波丽娜还是一言不发。她勉强地朝镜子里望望。她左边的头发在几分钟内就差不多剪光了。其余的头发马上就要落地了。阿莉丝什么都准备好了：大帽子、贝雷帽、头巾。但是没有用。诊断结束后，对马上要降临的脱发症状经常成为父母担心的主要话题，争论的中心内容：要不要事先告诉孩子？对那些已经读书的孩子来说，可能会碰到同学们的讥笑，能为他们做点什么？是把他脱发的事实掩盖起来呢还是承认现实？这种焦虑，引起他们无休止的必不可少的议论。他们没有把自己的感情完全流露出来，不愿意为此让难言的恐惧影响到对方，那是对可能出现的死亡，对毁于一旦的未来的惧怕。

如果对一个小女孩信心十足地说，你是最漂亮的，她会相信，因为她确实如此。再说秃发不会使孩子变丑，它可以使孩子的面貌重新焕发光彩。冬天戴上一顶宽沿帽，夏天围上一块手帕……“你愿意戴上帽子出门吗？”“不，用不着，爸爸……”波丽娜太小了，不可能解释出她对自己的行为的意义认识到了什么程度。然而可能的事实是，她正在我们的行为里探寻她一举一动的意义。当她平静地作出决定，对头上毫无遮掩并不留意的时候，我们可以这样认为：她非常清醒地选择了对抗那些人的愚蠢行为，蔑视病态好奇的做法。那些盯着她看的人既不谨慎又缺乏同情心。她知道，无论怎样，我都很欣赏她。她走在我前面，我把手伸给了她。

脱发是症状的标志，是死亡的前兆。凭头发而论，小姑娘已经丧失了性别，成为被别人称呼的“一个患癌症的孩子”。我学会了仇视这个形容词，轻视使用这个词的人。像所有的疾病降临到任何一个人的身上那样，从此就可以给这个人定义，好像疾病成了这个人的主体，并且从他的身上抹去了其他意义。一个孩子或者成人，患上癌症后永远不应该被看做“癌症患者”。但是我知道，社会不这么想，它必须划出一条界限，把那些快死的人从大多数人中区别开来，将准备抛弃他们。老年妇女在看到这个“奇迹”时会发呆：一个三岁的孩子会在她们前面踏上进入坟墓的路。有些傻呆呆的家伙想和她攀谈。同情怜悯是伪装出来的残忍。波丽娜十有八九会受到伤害。有些与她同样年龄的小姑娘会大声议论，让人听到她们说：“瞧，看见那个小男孩了吗？那个小家伙没有头发！”

我联想到詹姆斯·巴里的一段话：“每个孩子都会在遭到不公正待遇时，受到第一次精神伤害。一个孩子想与某人成为知己，他的唯一要求是诚实……没有人会在第一次遭遇不公正时平静下来。只有彼得除外。他常常碰到这种事，但是每次都把它丢在了脑后。”有人有时会懊恼自己是个大男孩，很可爱，有点儿激进，很有教养，只是在碰到人类常有的傻事时才会带着讥笑和讽刺，表现出反抗情绪。有人可以利用自己八尺身高，八十五公斤的分量，装出海德[①]的样子，再去增加十到二十公斤，让自己的头发再长一些，穿上铁甲，成为崇高粗野的巴拉迪约，去吓唬老妇人，给瘦弱呆笨的人一个耳光，在一帮装腔作势，“叽叽喳喳”的女人当中扮成一个魔鬼。但是波丽娜，说实话并不需要从健康人病态的敌意中得到保护。她清楚自己是谁。她去书房里找到一本书，放在膝头上。她问我要不要她给我讲个故事。她讲：

“这是一个小斑马的故事。它很可爱但是很伤心，因为它和别的斑马不同。它的白色条纹在黑色条纹的位置上，而黑色条纹呢，在白色条纹的位置上。当然，其他斑马，它们都不大友好，总讥笑它，也不愿意和它一起玩。它们说：‘朋友们，你们看见了吗，它的条纹和咱们的正相反。’可爱的小斑马很孤独，它一个人在那里哭泣。”

---

① 海德（Hyde）是史蒂文森小说《杰吉尔博士和海德先生》中的魔鬼形象。有人希望自己在愤怒之下成为海德，可以去吓唬别的孩子。

“可是这个故事太伤感，太不公平了！”

“是呀，可就是这么回事……”

“你觉得蠢货讥笑可怜又可爱的小斑马正常吗？”

“等一等，故事还没完呢！”

“是吗？”

“有一只聪明年老的鸟儿飞过来对它说：‘我发现你的条纹虽然与别人不一样，但很漂亮。’小斑马擦干眼泪，在小湖边照见自己的影子，它说：‘我的纹路颜色相反，很漂亮、高雅，而且我还与众不同。’后来，所有的动物都成了它的好朋友。它再也不伤心，不孤单了。”

波丽娜看着我问：“你觉得故事怎么样？精彩吗？”

“我认为这是一个非常动人的故事。”

5

头发脱落并不是令人焦虑的根本原因。我们知道，治疗一结束，头发会重新长出来。令人焦虑的是，波丽娜的整个身体都有疾病的反应，她的脸颊塌陷，嘴巴显得很大，面色苍白，衰弱无力。生瘤的左臂成为恐惧的焦点，必须把它放进塑料夹板，固定起来。但是夹板需要做几次，一次比一次大。几星期里，上臂已经完全肿了，比原来粗了一倍。从手肘到肩头，甚至连肩膀都肿了起来。隔着衣服就可看到隆起的部分，怪怪的。有的衣服不能穿了，必须放大或者剪掉袖子，以便让手臂穿进去。吗啡祛除了针刺般的疼痛，但是手臂的动作要特别小心。手指可以动弹，手也可以提起来，可手肘却紧紧靠在身上。要把她抱起来，必须从屁股底部托她，尽量不去碰她的肩膀，也不从腋窝下去抱她。一旦碰到手臂，她就会疼得叫起来。医生们关注着肿瘤的发展。他们量了肿瘤增大的周长，但什么都没有说。

早上要洗澡，千小心万小心地脱掉她的衣服，先把好手的袖子脱下来，轻轻地从秃头上脱出领口，然后再慢慢地把那只肿胀手臂的袖子脱出来。澡盆里放好了热水，我们只在盆底放了一点儿泡沫浴液，以免因导管浸湿而感染。在这个搪瓷游泳池里，总有几件玩具在她身边浮动，塑料鲨鱼，积木块，大口杯。我们轮流给孩子洗澡。给孩子洗澡倒不是件苦差事，然而，衬衣脱掉，露出上身的时候，孩子止不住想呕吐，真正痛苦的时候在这一刻。

肩头变成了一团难以想象的肉球，皮肤紧得发亮，像要爆裂开似的。那里的皮肤一直被增殖的细胞烤得发热。在病灶的周围不断散发的细胞，使人不难想象疾病是如何在扩展的。病毒通过静脉血管传播到头颈、胸部和腹部。一道道粗粗的蓝线，承载着曲折的血液，犹如一股股弯弯的溪水在流淌，它们在波丽娜苍白的胸部上绘成一幅图画。就像是画在胸膛上的一个有待开发的国家的地图。身体里燥热的冲动，似乎想喷射而出，在苍白的表皮上留下痕迹。这张地图让我们毫不费力地读到那些难解的死亡符号。每天清晨，我们都瞒着医生，拿一根裁缝用的软尺，测量她的手臂周长。医生认为：在这种情况下，最好是让病人和家长都尽量闭上眼睛，不要去考虑疾病的后果。而后果是可以通过平时测量出的毫米计算的。

一切图片都在承认治疗的绝对失败。放射科的拍照，扫描图片，磁共振图像使我们进入了极其残忍而又神奇的世界，其中布满了神的旨意。无需医生指导就可以清楚地看懂这些底片。肱骨不大像没有问题的样子。在脊椎骨上又长出了两个对称的骨瘤。新长出来的这些东西搅乱并且压迫了肌肉、神经和静脉等正常组织。我们弄不明白，骨头在疯狂的破坏压力下怎么不肯让步。磁共振图像只是揭示出一个比较好的依据：如果肿瘤形成，只是朝半个身体发展，就是说不会冲到肩头上，而是朝相反的手肘方向发展。因此，保护了两个关节，避免了想象中要重造假肢的可能。

治疗方案要在周例会上决定。所有的观点要经过比较，资料要摆上桌面，大家讨论后才能作决定。争论中的任何细节都不会被放过。然而大家发现所作出的判决不一致，有的人强调的，另一些人持保留意见，而还有一些人则犹豫不决。各种说法相互冲突。性格对选择方向起了作用。医学并不是一门精确的科学，设定在相对的知识之上，有一定的逻辑性，有比较多的方法，而大量的是论文。如果一种药物这样使用已经治愈了对症的病人，人们便推理式的希望奇迹可能发生。然而眼下这个情况并没有先例。人们对那些保存了来自世界各地的很久远的肿瘤案例的大型资料馆，都一一作了查找。编成目录的幼童骨肉瘤案例中，瘤子都生在手指上。有的是在美国治疗的。所实施的手术方案也不完全一样。有的治愈了，有的则走向死亡。类似的情况很少，简直无法作出数量上的统计。可能了解到一个唯一的大致结论是：对于年轻患者来说肿瘤的威胁似乎更大一些。波丽娜的症状是年鉴中记载的最早的骨肉瘤，医生们这样对我们说。如果传统的医疗方式无法阻止肿瘤的急剧增长，那么就必须抛弃。几周以后，废弃了原来的治疗方案。医生决定，在复发和二线治疗时，轮流让她服用常用麻醉剂，使用氨钾叶酸，匹服平针和顺铂[①]。这些药的效力非同一般，而且它们的作用还会加大。

① 顺铂（Cisplatine），一种具抗癌活性的金属配合物。

诊断必须间隔开来，以便肌体能够纳入药物的反应。“我们可以回家了吗?”波丽娜问。是的，药方已经签过字，以后的约会日期也定好了，吗啡的处方又换过了，保证安全的禁条也清楚了。汽车等在医学院的院子里。被搁在一边的睡眠、亲吻、游戏有了几天解禁的时间，可以自由自在的生活。生活似乎以自己的方式回到了原来的位置上。

6

妈妈和女儿早就结成了同盟。她们在同一阵营里，知己知彼，却善意地养成了爸爸的妄想症。“女孩子不让自己这么做，”《登月者》在这部描写星球女战士的故事开头这么说。“男孩子都是笨蛋，”波丽娜照我的意思坚持这么说。那种游戏式的上课像永久的战争永远没有头。这本该如此。

爸爸走了，妈妈还在。爸爸每周有两三天不在。

“爸爸在伦敦吗？妈妈。”

“不，亲爱的，他去买报纸和香烟了。”

“哦……”

在电话里他说：“我明天回来……”

“可是，我整夜想你……”

“我也是，我的女儿……”

她们在电话里和他亲吻。爸爸尽力了，但他自己首先不过是个孩子。他囊中羞涩，被烦恼、虚荣和许多操心的事困扰着。

妈妈在。“来，亲爱的，今晚爸爸不和我们在一起。我抱你，咱俩一起睡那张给撒娇孩子准备的大床……”

“妈妈，不必担心。妈妈，我一点都不疼……我很快就会治好吗？”

“当然，头发会长出来，小管子也会拿掉……你的房间放玩具太小了……我们要有一个大房子。”

“像伦敦的房子吗?”

“比那个还要大，还要漂亮，要向阳的……”

“我不愿意你们卖掉伦敦的房子……”

“可是，卖掉它才有钱买新房子呀!”

“好吧，我同意，可是要有一个花园和秋千……”

“不要花儿吗?”

“要有花儿……”

在她们的生活里，从来就没有任性和大声吵闹，没有做蠢事，也没有惩罚。为什么要捶胸顿足，大声号叫，又哭又闹，去吓唬人，去扇耳光呢？为什么子女和父母之间不能相互关爱呢？在街头花园甚至在医学院里，波丽娜看到在她面前为治病表演的心理剧，总是半信半疑的。

“不，不，不，不!”

“请你听话吧!”

“嗳，嗳，嗳，嗳!”

“你听到我说什么了吗?”

“嘿，嘿，嘿，嘿!”

“你听爸爸的话吗?”

“请你不要掺和进来捣乱!”

“哈，哈，哈，哈!”

“这次不好，你找到她，就会得到她！呼，呼，嘭，嘭!”

“哦，哦，哦，哦!”

“可是你这么打她，简直疯了（啦，啦，啦，啦!）。你不该朝她发火（啦啦啦！）。我的小家伙，要学会控制自己（啦啦啦！）。我的小宝贝！”

“哦，哦，哦，吧！”（唉！唉！）

“我亲爱的！”

“哦，哦，哦，哦！”

“嘿！嘿！”

让我们把这套玩意儿留给别人去干吧，留给那些有时间浪费生命，破坏生命，重新创造生命的人去重复那些花样，去做仇恨的鬼把戏吧。

家里有三对可爱的“乱伦”关系。小姑娘和她的父母友善地维系着一种权利：可以像演戏似的享受成年人的生活。妈妈二十岁，而爸爸呢，三十岁了……早上，小姑娘站到双人床上去，要求他们在长枕头上“给她留一个地方”。然后，她发现留给她的位置是两个大人中间那个暖暖的窝儿，于是起身，把爸爸拉到身边。爸爸总是尽力照顾好女儿，爸爸要为女儿充当梦境中的理想情人，而她并不明白这意味着什么。爸爸总是提醒说，自己的第二个名字和《林中睡美人》中的男主人公一样，波丽娜也很聪明，提醒爸爸说，迷人的王子在童话中才能找到。伴随着柴可夫斯基的乐曲，她还让爸爸邀请她一起跳华尔兹。他们轻盈地，踉踉跄跄地在巴黎那套公寓的地毯上旋转。然后他们上街去买东西，读书，参加社会上的游戏活动。可是，这样做排斥了妈妈的专利权：穿衣打扮，聊天亲吻。然而往往是妈妈和女儿睡在大床上，互相搂抱在一起。这样的感觉真好。

“我们都是女孩吗，妈妈？”

“是的，我的小亲亲。”

“我们叫爸爸来好吗？”

“好的，但不要马上叫。”

“他要忌妒吗？”

“当然了！”

“我们还是和他开个玩笑吧？”

“好吧。”

在床单底下，他们可以最终聚在一起。

“我们躲起来吗？”

“躲起来吧。”

妈妈在。她总是在的……她如果不守在孩子身边，会到什么地方去呢？她很守信。在医院里，她有第一个和最后一个与女儿亲吻的优先权，她叫醒女儿，让女儿入睡。帘子拉好了，一长串的布娃娃在床尾排好了队，女儿有了妈妈最亲切的乳房，棉织品超自然的魔力，心情便安定了。整个房间只有液压泵和监视器的闪光。外面走廊上隐隐传来一点儿声响，那是爸爸，他到底不耐烦了：“已经很晚了，所有的孩子都睡了，你也该睡了。”“可是我还不困呢，妈妈……你能不能再待一会儿？”她把最后几个字咬得一板一眼的：“一一会一儿。”妈妈一直待到天黑尽了，才在替班的护士上班后，孤零零地穿过其他熟睡孩子的床回家去。这时候，那些不太熟悉的新面孔，会来这儿，按惯例在床头转上一圈。人们还会在这时候听到奶娃儿在楼上的白色摇篮里烦躁地哭叫着。

妈妈还要稍稍待一会儿。读书的时候过了，她轻轻地唱着，每一个乐句都在唱着她们，或者他们。月桂树、鹌鹑、斑鸠都待在温暖的阳光下。睡吧，在这条清清的溪水里，水如此清澈，真令人想去洗澡，沉浸在映照着绿树倒影，宁静闪光的清水里。妈妈一边唱着一边幻想着。她的歌如痴如梦伴随着孩子轻轻地走下睡眠的第一阶梯。妈妈看到三个人一起躺在闪烁着乳白色光亮的黑暗中。他们忘记了所有的约会、考试、烦恼、恶心、失眠和巴黎阴沉沉的天空。

“唱支歌吧，妈妈，唱那首迪迪（小顽童）卡拉比，托托（疯子）卡拉波，嘁嘁喳喳……”

“你要死了吗？你要死了吗？你要死了吗？小姑娘。”

“时间还没到呢，妈妈？”

“什么时间？”

“睡觉的时间啊！……”

这时还可以勉强在夜里看到一丝亮光。妈妈还在悠悠地唱着：“我要活到那一天，让痛苦永远伴随着我……”

妈妈在那里。她看着自己的生命在燃烧。没有人关注她……时间如此紧迫。该逃走了。别人并不知道他们生活在熊熊烈火之中，厚厚的浓烟令人窒息，厚重的房椽从炽热的屋顶跌落下来，相互撞击着，地毯在灰烬中燃烧，隔板倒塌了下来，这是发生在深夜的一场静静的屠杀。她抱着自己的孩子，孤零零地守在由时光造成的无法言明的灾难之中。他们的故事在今天看来，似乎是预料之中的一场灾祸：“我们不会出事的！……”她十八岁，她想要这个男人。那是四月的一天，圣路易岛酷似一条不动的船，他们在船头接吻。还有一次，他们在一起欣赏春天的夜幕降临在圣苏尔比斯广场。后来，他们久久地坐在一起，观赏星星在桅杆似的一棵大树周围，一动不动地眨着眼睛。他们的生活和别人一样，是由一幅幅这样的图景组成的。但是时间的压力在一切美好的事物周围搅起了漩涡，令人眩晕而刺眼。他们并不知道这是些什么东西，但是他们逃走了……死神肯定是在向他们示意。他们以为可以躲过它，于是朝死神向他们约定的地点奔去。他们离开了家乡、家庭、朋友，只是当孩子出生时才回到巴黎，重新开始生活。在索尔邦大学的院子里，在阿萨将军篷下，她的朋友们还在跳房子。她们攀爬在钟楼底座旁边的学校阶梯上。她也和别人一样参加了考试，然而很快就厌倦了。如果想娱乐一下，那就该毫不遮掩地游戏人生，与一个真正的孩子在一起做伴。

医院是一个狭小的游戏空间。孩子们在那里跳绳、玩跳猫。“一，二，三，太阳！”第一个动的小孩便进了“地狱”。玩这个跳房子游戏，可以从钟楼的底座一直跳到“天上”。不用说，她们常在一起玩的游戏是不要“死掉”。好像医院里的一切都将结束，我们能真正回到自己的家。好像我们什么都不怕，或者说仅仅是为了好玩，装出害怕的样子，而不是别的什么。好像仅仅是玩一个不再痛苦的游戏——有时候，为了好玩，大家在一起假装哭一会儿。比如说，只玩装病的游戏。

随时都可以说："永恒的孩子，暂停！"接着就装出在家熟睡的样子。这样的游戏，大家还会继续玩下去，以便不辜负医学院的那些人：他们要是再也见不到我们将会多么失望啊。看来疾病确定只是人们想象中的一种可怕的游戏，孩子们在治疗后还要沿着死亡的常规行走，在这些无声无息的残杀中开心地玩游戏。大家在医学院的走廊里走来走去，说着蠢话，唱着歌：

"你去看看吧，大姑娘，去看看吧……"

"什么？"

"没什么。"

"是什么呀？"

"你知道是什么。"

"是的，我知道。"

"那么你也去玩玩吧？"

"好的，去玩。"

7

我奔跑着，再也不能停下来……我又重新开始了必须进行的马拉松长跑。一天又一天，阿莉丝抛弃了一切，留在女儿的身边。而我呢，从女儿开始治疗的那天起，就通知了从教四年的伦敦大学。我用传真发去了惯用的证明，开始了“无限期”的长假。然而雇员必须在领取报酬的机构面前，担保自己上演的生活剧目的真实性。英国的立法又不大具有温情主义。我的处境引起了某位医生的同情，他给我开出一张两个月的病假证明，证明我得了神经衰弱。难道理由不够充分？尽管我天生有些冷漠，但是我从来没有感到自己身上储存了那么多冰冷而阴郁的能量。两个月过去了，病假证明该换新的了。可是我的雇主不理那一套。他们威胁说要终止我的薪水，把我送到心理医生那儿做复核鉴定，通过功能测试，检验我的能力。他们将组织一个委员会。学校对外的声望，各种开支和房产的费用，财政压力很大，他们无力支付一个缺席的老师的工资。我明白，他们在耍滑头，等机会。我第二学期结束时赶到学校上课，第三学期结束前就走掉，并且在幕后把这些步骤透露出去，因为这有可能让我明年在法国谋取一个职位。

我获得允许把课都集中在两天里上完。我星期三午后赶到华西机场，星期五从希斯罗机场乘首次早班飞机回来。我们要起飞了吗？是的，我们要起飞了，就像过去阿莉丝带着一岁的波丽娜和我每次旅行时一样。波丽娜在起飞的那一瞬间，从舷窗看到外面的景象时，简直难以置信。她瞪大眼睛，看着大地似乎关上大门，陷入深渊，在大地离她而去的那一刻，令人晕眩地带走了房屋、公路、汽车。可是世界末日并没有到来。因为在她惊愕不已时，我们哈哈大笑起来，过不了多久，她也笑了起来。三个人被气流托着，穿过灰色的云层，呈现在刺眼、忠实而宁静的阳光笼罩的天空。地面航空站传来的通告令人安下心来。他们用的是英语、法语、德语和日语。这个声音说四种语言，犹如巴贝尔钟楼[①]上的钟在“嘀嘀哒哒”地响着。我在第四入口处，旅客们凭行李单上的号码到四号门集中。上机的时间短促，上机前的手续也办得很快。座位号在二十至三十六号之间的旅客可以上舷梯。广播里最后一句话是用英语说的：祝你们旅途愉快。有几位旅客为了办免税物品的手续耽搁了时间，影响了飞机起飞。他们满头大汗，没有睡醒似的，带着满口袋的文件奔跑，把一卷卷的香烟、丝织领带、推销的礼品丢得满地皆是。在登上舷梯时，我给医院打电话确认我的飞机抵达的时间。飞机误点只有半个小时，这还不坏。等一下我就可以亲吻波丽娜了。阿莉丝想对我说些什么，有些事她拿不准主意。似乎从昨天起，小姑娘的左臂消肿了。

飞机离开了希斯罗的跑道。我把脚伸到前面的座椅底下，

① 据《圣经》载，诺亚的儿子们想爬到巴贝尔钟楼的顶端到天上去。

放倒了座位。我等着云彩过去，期待着在家里心醉的欢乐。除了白色，我还和蓝色有约会，我似乎已经回到家里，却在这个家里做不成任何事情。我只知道我属于天空。要是孩子，我肯定会想：我的父亲就在天上。请您放心吧，我活力充沛，在法航波音747的长途飞机上指挥飞行。要是小不点儿，我肯定会想：今天我在地球的哪一方？在哪一片大洋，哪一片浮冰之上？纬度多少？悬挂在哪一片石头、草原、冰凌的景观上方？它那里是白天还是黑夜？即便和我们一起回来，它的手表还会是格林威治时间吧。它手腕上的那块表，就像一个指南针，永远指向“其他”方向。问题是：“那里”是哪儿？“现在”是什么时候？那里，不是那里，别处吗？然而一直是那里，在它选择的生活的垂直呼唤打开的虚无那里。纬度、经度、时区……其他东西用心划出了线条，然而是无心划出来的话，就当它们并不存在……梦想中的自由，不依附任何一块土地……我们在飞翔，重量被挫败，时间和空间变为相对的。父亲上的精彩一课，这一次，我愿留给波丽娜。飞机在空中“轰轰”地挖掘着隧道。波丽娜和阿莉丝在等我。灰色的海峡翻滚着泡沫；海涛掀起，却听不到它的涛涛声响；一片片波浪翻滚的海面被海岸线任意分割成块；田野和城市划出了一块块菱形地毯，令人心烦意乱。

早晨的华西机场晴朗而寒冷。大雪有很长时间没有袭击巴黎的上空了，人们甚至记不得医院屋顶和医学院平台上转眼飘落的厚厚积雪，可是大道上肮脏的水流却仍旧踏不过去。人们打开落地窗，拉出椅子坐着晒太阳。我们已经忘记了其他的面孔，只记得每天在诊所走廊上遇到的那些人。生活在外面的人呵，他们从未穿越过铁栅栏，他们不用乘电梯，不用在早上匆匆去会合等待了他们一夜的孩子，也不用去计算安静地守在他身边所花去的时间。他们生活在一个面对医学院平台的奇特的世界里。从这些平台上听得见汽车行驶的声音，但是人们看到的只是一条拖得长长的云彩，在巴黎几座建筑钟楼圆屋顶、酒吧屋顶顶端的后面，云彩变化着图案……我们多么希望穿过云彩，毫无保留地进入蓝天，而下面，再也没有人呼唤我们了。其他的人呢，我们就再也看不见了。我们还要耐心地等上几个月，然后三个人一起消失。先进行手术，然后结束治疗。我们要向医生护士告别。离开那里，我们要换个居住的地方住，躲开疲劳。疾病的反应，我们所忍受的打击如此残酷，使我们在最后四个月里，根本没有离开过医学院。然而一切都悄悄地在变换颜色。

波丽娜的手臂开始消肿了。使用了两个星期新药以后，皮肤似乎没有先前那种病态的亮光了。皮肤下面长长的静脉血管也没有那么明显了。蓝色的细网状血管显出了白色。接着，手臂消肿的速度和以前肿起来的时候一样快，它的周长每天都要缩小几毫米。

波丽娜的医生有几天不在医院里，他回来的时候，我们在门诊部的走廊里碰到了他。这是一个星期天的下午，医院里很安静。波丽娜的治疗结束了，她正从脚踏三轮车上下来，这辆小车放在离热带鱼缸几步远的地方。医生在波丽娜身边蹲下来，亲了亲她的额头。她的头已经全秃了，只是在鬓角还留着几缕头发。他见到波丽娜笑盈盈的，很高兴。“我现在身体棒极了。”医生小心地动了动波丽娜的手臂，然后抬头对我们说：“大有希望，肿瘤好像正在缩小。”

第二天，他把我们叫到办公室，用郑重其事的方式谈论着未来。现在治疗疾病有一个关键问题，他大声说出他的不安，而在这之前，他曾经打消过这些念头：“必须承认波丽娜的情况令人有些担忧。”她的手臂肿胀的速度确实惊人，在骨瘤病例中，这个速度很不正常。但是临床检查的最新资料显示，炎症基本消失。这足以证明，化学治疗在某种形式下还没有完全失效。因此应该重新考虑以前停止使用的治疗方案。混合使用顺铂和匹服平针似乎很见效，再进行一个疗程的治疗似乎是一个合理的选择。治疗的成效主要取决于肿瘤坏死部位的切除。死去的细胞的百分比愈高，最终治愈的几率就愈高。

外科手术定在五月进行。手术后的治疗取决于当时的检查结果。倘若结果显示肿瘤对重新使用的大量混合药物有反应，那么我们的生活会重新走上正轨。波丽娜的情况会一天天好起来。她会坚定地站起来，走进她生活中难以想象的世界。她面部挛缩的表情已经消失。有可能暂缓、减少吗啡的用量直到全部取消。我们开始对波丽娜说明什么是手术。她却说：“等等，等等，我给你解释：我们先去另外一家医院，医生拿掉这个‘球球’以后，再回到这里重新挂上管子，使用强力药剂。然后就治好了：拿掉导管，头发会重新长出来，然后真正回到幼儿园去！”“是的，就是这么回事。”波丽娜在医院的每一天，都不忘记奔到游戏室里去玩。她画画，用塑料积木块搭建美丽的村落，然后让塑料小人在那里生活。她焦急地等待着音乐师和马戏团小丑的来临。她和小朋友们一起玩。那个瞎眼的黑皮肤小姑娘很想和别的孩子一样画图画，波丽娜告诉她该选择怎样的彩笔，她无意之中画出的图形代表什么意思。那个大个子的阿尔及利亚男孩，身上的石膏一直绑到了腰部以下，他被束缚在轮车上，性格温柔可爱。还有那些八九岁的小姑娘都把波丽娜看做她们的小妹妹，把洋娃娃借给她，教她怎么给洋娃娃梳头、穿衣、化妆。下午的时间长得难熬，但是晚上也往往来得很快。她们和波丽娜一起在这个时候读书、亲吻，在黑暗中亲切地交谈："听着，等我病好了……"

"怎么样？"

"不，没什么。"

"如果说，那时候……"

"可是当我治好以后……"

"你知道，头发会重新长出来，导管会被拿掉。"

"可是得先拿掉肿瘤！"

"是，要先拿掉瘤子。"

"什么时候？"

"快了，快了，你看她。"

"要回到另外一家医院去吗？"

"是的。"

"和别的医生在一起吗？"

“他们很和蔼，你和他们很熟了。”

“你知道有什么麻烦吗?”

“不知道。”

“告诉你，我有点儿胆小……”

“你胆子蛮大的。你是女孩里最聪明、最可爱的。我担保，所有的护士都觉得你可爱。”

“可是我还是有点儿怕……”

肿瘤似乎缩小了。可是如果它从不稳定的睡眠中醒来，如果新制定的外科治疗方案只是走过场，如果肿瘤在悄悄地积蓄力量，即使它的体积缩小了，可手臂仍旧肿着，而且很敏感……没有人像我们这样急于了解她手臂肿块的面积有多大。这是肌肉里面的反应，这个隐隐隆起的部位可能是从锁骨下面冒出来的，在皮肤表面留下了一个红色的圆圈。手肘下面闪现出微弱的蓝白色。胸廓的静脉一直延伸到头颈。它微微抖动着，画出了一幅大面积的灾难性的地图。我们总是要反复观察：比昨天好些了还是差了？还是和昨天一样？只有外科手术才能把我们从每天早晨的胡言乱语，反反复复的评说中解放出来。

检查开始了，这次检查的目的是为下一次的手术打基础。但是拍出来的画面很模糊，使我们对单纯靠观察产生的希望破灭了。病灶周围迹象不明确，所观察到的病情显然减退的现象并不能得出癌肿块按比例缩小的结论。肿块的黑色中心呈现在磁性图片上，并没有看出面积有多大变化，只是边缘地区被稍稍抹去了一些。只有进行外科手术，直接观察，然后分析细胞才能推测以后实施的化学治疗是成功还是失败。

一连串突如其来、令人窒息的事实又重新展现在我们面前。在动手术前的十五天里，波丽娜开始有规律地突发高烧，重新陷入痛苦，这使她不得不再次大剂量地服用吗啡。在这两个星期里，手臂开始肿胀，到了令人难以想象的程度。

8

波丽娜高热不退，我们只好紧急踏上去医学院的路。抗生素不起作用，挂在房间墙壁上的卡片画出的体温弧度稳定而有规律。炎症显然与肿瘤的重新开始活动有关。医生立即安排了同位素扫描。应该首先准确估计疾病再度发起的攻势有多大。所幸癌尽管有进攻性，但是还没有在肺部和骨骼其他部位发现痕迹，灾难还只是局部的，在这种情况下，手术不能再推迟了。只用了几天时间，便一切安排就绪。一辆救护车把我们三个人从医学院拉到了医院。

关于要进行的外科手术的性质，我们得到了所提出的全部问题的答复。但是我们并没把全部问题都想到。可能因为我们以为某些问题与一个噩梦相关联，它太不可能成真了。但是跨过了某个门槛，没有什么不可以排除，尤其是没有最坏的情况可以排除。当我们在外科走廊上望见一个年轻人只有一条腿靠在拐杖上的时候，我们明白了这一点。

外科医生向我们解释说，虽然手术异常复杂，但是矫形外科对这类手术很有经验。这个瘤子长在手臂上，面积相当大，几乎环绕了肱骨，这是肌肉中难以把握的一部分。拍出的片子给人的感觉是病变有所扩张。关节像是安全的。保险系数比较大的地方在臂肘附近。增大的软骨部分好像是可以保留得住的。肩膀部位的情况最不敢肯定，因为病变的位置离这儿只有几毫米。可能必须取掉臼骨让孩子脱臼。原则是：全部切除肿瘤，不留一点儿残物。在手术过程中，被摘除的部位要立即拿去分析，以防手术第二天出现意外。如果周围的癌细胞被遗漏，它们还会迅速繁殖，而且会形成局部癌症复发，这时除了化疗其他任何办法都行不通。被摘掉骨头的位置需要用假肢来代替，这段金属支架被安装在臂肘和肩头，如果肩头也要摘除的话，就要放在一个固定的位置里，取代肩头骨。最没有把握的是不知道肿瘤会扩张到何种程度。磁性共振图片和动脉造影可以对情况有一个完整的判断，但是这些迹象的准确性也是相对的。任何检查都无法替代外科医生的直接观察。他切开肌肉，通过“视觉”来准确估计癌部的大小和应当摘除的部分。重新发现炎症和又出现的痛感，说明肉瘤进入了一个迅速扩展的阶段。在肿瘤扩张时，疼痛是不可能被止住的。无法让我们不去考虑的是，深度损伤比我们预想的要严重。然而手术只有在手术结束、肿块消退才能得到治疗上的论证。这要付出什么样的代价啊……

（我们平静地面对一切。）肱骨被摘掉后，肩膀可能因此完全动不了了，还要牺牲与肱骨同向的径向筋腱。肌肉的重要部位将全部消失。如果手术顺利的话，这只手臂将部分失去正常功能。女儿的形体会变，肩膀再也不可能活动自如，臂肘贴在身上。在假肢周围残留的肌肉将收缩，使手臂变成一个沙漏的样子，手也会垂下来。在差不多被保留的情况下，前臂和手指不会失去活动能力。然而还应该告知以后发生的情况……

我们已经做好了准备，不排除在手术期间会突然出现不保守疗法（“不保守疗法”是医学上的婉转说法，即：截肢）。早在十五年前，这种方式就被经常使用了。再说，主动截掉病肢并不意味着不会出现旧病复发的危险。成人还经常会出现这种情况。儿科外科的治疗方针是不到最后极限，不采取这种方式。再说一遍：治疗方案里并不包括截肢甚至是不可能的，然而存在着可能性。但是，如果动脉，这个神经和血液系统不可缺少的一部分渗入了肿瘤细胞，那么就必须采取这种办法。目前，采取这一步骤的余地很有限，但是实际上存在着，所以有必要进行一次会诊检查，外科医生坐在办公桌后面总结说。

从理论上讲，他没有夸大也没有掩饰情况的严重性。他介绍了预料之中的几条出路。他属于那个六个月前提交方案的治疗小组，他准备在一两个星期后实施手术。

时间如此漫长，有必要再进行一些必要的研究，如磁疗图片、X光片、血样分析、动脉造影等，以保证手术在最佳环境中进行。孩子身上的疼痛再也没有得到缓解。吗啡的量应该通过其他药物加以补偿，这样会使疼痛处在半麻醉状态里。他们并没有向我们隐瞒这样一个事实，这些止痛的麻醉剂，当孩子在手术后苏醒时，发现缺了一只手臂时，也可以起昏迷作用，以减轻她恐惧的反应。

波丽娜在大家的眼里有明显的恐惧感。这所大医院和其他所有的医院一样，经常可以见到一些身体残疾、肌体萎缩，体形由于病痛而变形的人，有些孩子死掉了，人们揣测着担架上被白色床单遮盖着的小尸体是些什么人。但是在预备实施的这个令人疯狂而冰冷的截肢术中，还有一些来自护士、麻醉师、外科医生的焦虑。这些人前前后后在波丽娜的房间里转，试图说几句话让她笑起来，以便我们放心。没有人能真正考虑可能发生的事实和应该从理论上解决的问题。科学，窍门，高超的技术，经验等等这次再也不可能奇迹般地重新组合出一个完整的身体。它们身不由己地变成了可以冠冕堂皇地进行截肢和屠杀的野蛮工具。

也许烦恼和绝望让人们看不清医学的本来面目。在这个新到的房间里，孩子们可以游戏，被一些故事和抚慰弄得团团转。可是无论是表达微笑的人还是用笑脸回应的人似乎都像是在那儿鼓足勇气撒谎，而无论是孩子还是他们的父母都不愿意上当受骗。

“他们想把我怎么样？”

“你知道呀，医生要把你的‘球球’摘掉……”

“他们会怎么做？”

“噢，这我可不知道，我不是医生。但是你知道，他们不会弄疼你的。你会睡着……当你醒来的时候，就都弄好了。于是回到另一家医院，挂上管子，这样病就治好了。你看，由于很长时间没有用烈性药，你的头发已经开始长出来了！”

“金头发，和妈妈的头发一样。”

“当然！”

“那就没必要害怕了？”

“不，有点儿害怕很正常，可是要有信心。现在还不知道要摘除‘球球’，切割手臂的一小块还是一大块。我们希望去掉的只是一小块，但是还没有完全的把握……”

“噢……”

一天晚上，波丽娜的医生来看她，向她慢慢地解释手术可能涉及的东西。她似乎对医生反复说过的话表示放心，同时也确认了我们对她说过的一切。波丽娜和医生在一起的时候，总是把自己掩盖在一种乖巧的沉默无语之中，回避了所有的问题，点着头表示同意，只是说："是的，我知道。"

明天将进行手术。一位护士拿出一些表格让我填。是的，我在一张张复印好的表格上签名，大约签了几十次了。我明确表示：作为孩子的合法保护人，同意某某医生在治疗需要时，给我的女儿实施左臂切除手术。我简直难以理解我的手指在那里画出的字。我知道，当一个愚蠢的意外出现时，一切都进行得非常迅速。孩子的手被截下来扔进生活垃圾通道。这个没有出路的陷阱在她的手指关节、手腕、手肘，马上还会在她的肩部关上门，她的整只手臂被放进捣碎机，机器冷漠的牙齿开始了臼齿和门牙的咀嚼。应该摆脱它，躲得远远的，让那只金属大口放弃它的猎获物。但是死神却十分固执，它顽固地"尽职尽责"。它有足够的信心讨价还价，企图永远取得胜利。人们还要向它抛进多少公斤的肉体后才能喂饱它呀！

9

进手术室的时间总是很早。病人要保持空腹。手术前的几天里，给波丽娜服用了各种药物，还应该有梳洗、准备和睡觉的时间，但是我们都无法参与，唯有像人家要求你做的，待在家里，静静地守候在电话机旁，胆战心惊地等待着。你一动不动，却顺着厌恶的阶梯往下滑。身体如此沉重。一种毫无益处的迟钝的感觉压迫着你。没有什么话语可以准确地说出你的感受，如果词穷，那是因为平时的情感都随着这些词汇销声匿迹了。你在思考中挖掘着那些向孩子解释缺少手臂的词汇。你想象着用手指去寻找那只再也抓不到的手。你丧失了力量。你不知道怎样才能说服孩子，告诉她截肢没有什么，应该听天由命，服从治疗，展望未来，治好以后就可以过上愉快的日子。你甚至无法面对外科医生留下的伤口，她上半身以后的样子，她难以想象的不平衡，可怕的不对称。你可能像你以前能够做到的那样，首先忍受你以前经受的一切。因为你对现在到将来的事情还一无所知，对残酷的持续性，对这个无名无姓的力量的报复一无所知，这种报复在瞬间抓住了你的女儿，好在将来把它幽暗的冥冥之光照耀到她身上。

可是你又在自我辩护……这一切不会发生……电话铃会在早晨迟一些时候响起来，他们会对你说，所发生的一切都在意料之中。如果到十一点钟铃声还不响，说明一切都成功了。现在是十一点钟，电话不响。但是你认为，这并不说明什么。还该等下去。中午十二点应该是真正的最后极限。但是到中午电话还是没响。

手术进行得时间愈长，截肢的可能性愈小，因为如果一旦发现肌肉包裹的肿瘤经证实需要切除手臂，那么手术要比小心翼翼地切开骨头、肌肉、神经等部位要快得多。当然，外科医生会尽力，会奋力挽救这只手臂。当然，也有可能，经过十二个小时白白付出的努力之后，医生们不得不放弃。最后的结果是他们查看着桌子上宰割下来的那块肉，那块绽放黑色花朵的肉，又去观看留在伤口周围的，还将用手术刀切割的血肉模糊的痕迹。他们会用肉眼去观察由于血管和神经遭到破坏后的受阻的网络。重新考虑从早晨起就纠缠着他们的那个必然失败的无法解决的问题。他们将最后一次考虑所有能在相同情况下与不可能的情况耍弄手段的全部技术。然而他们还会觉察到一切都无望了。于是负责手术的外科医生，用眼神与自己的助手商量以后，筋疲力尽，退后一步，将把从肩膀高度截除手臂的任务甩给了他们。

时间的流逝毫无意义。让我们先打电话吧，因为他们不会先给你打。可是也许还太早。那个给你留下直拨电话号码，让你与她联系的护士长，也许还在吃午饭。你很想尽量忍住，以便在晚些时候去打扰她，那时候，手术室传来消息的可能性会大一些。你将在两点半打电话，两点十分你就要抓住耳机。回答你问题的人用的是一种不偏不倚的语调：“她还没有得到任何消息，请每隔半小时打一次电话。”到四点钟时，声调变了。这个语调属于报“令人欣慰的消息”的那种：手臂可以保留下来，一切都在预料之中。有没有可能看看我的孩子？但是必须等。还要缝合，包扎。没有几个小时，孩子不可能重新振作起来。你朝医院奔去。一轮柔和而暖烘烘的太阳在巴黎市花园的上空闪烁。你远远地望见几个外科医生坐在一家咖啡馆的平台上，喝着新鲜的啤酒，一言不发。他们的眼神茫然，似乎是被疲劳和紧张击垮了。他们没有看见你。你犹豫着，该不该和他们打招呼，谢谢他们，然而你觉得有些谢意是不可能表达出来的。一个简单的“谢谢”从赌注的角度而言，是完全没有意义的，这一点，他们和你一样十分清楚。

一走出手术室，孩子就睁开了双眼。她在休息厅里度过了约半个小时。她躺在担架上通过沉重的电梯，从地下室一级又一级地爬上了医院的高楼。她处在半昏迷状态，模糊的景象在她的眼前旋转，狂乱而沉重的回忆努力穿越了她记忆的屏幕。有些面孔朝她靠近，而她并不知道这些脸是梦里的还是现实中的。穿白衣服和蓝衣服的男人朝她俯下身体。他们都戴着面具，他们的面庞被反射过来的苍白而强烈的阳光照得闪闪发光。这束阳光悬挂在一座白砖房间的天花板上。他们给她盖上一床被单。她听到他们说的一些听不懂的话，她认为自己已辨认出了几个人的声音。她很想知道在某一个面具后面是否有她认识的脸。她亲爱的爸爸妈妈不可能离她很远。他们一直守在她的身边，然而为什么他们要把自己这样伪装起来？她很想说话，但是不能。她不能动，在她的身体里，有一个人在代替她呼吸。她感觉到自己的心脏在跳动。她似乎待在一个梦境里，但是这次的梦境和任何一个梦都不同，平时的梦都是由人们经历过的生活碎片拼凑在一起的，而在这个梦里，一切都是异样的。那些戴面具的人可能是天使，是马戏团丑角，是无法动弹的大鸟，它们聚精会神地注视着她，用它们的爪子和尖嘴在一块肉上工作，而她自己都不知道这是块什么东西。一切陡然大变。所有的景象倒塌并且倒转过来。它们塌陷下去，从中间分开，犹如一本被迅速翻阅的书。而这本书原来是不可能翻开的。这是从图书馆抽出来的一本大书，里面的复杂图像用不认识的单词表现出来。白色的大鸟轻轻扇动着白色的翅膀，令人欣慰地静静地展翅飞去。夜深了，因为那个高悬的巨大太阳已经熄灭。然而在一位值班护士的目光下，又有了亮光。在光线的上方有一张脸，它赤裸着，愁眉不展，一动不动。有几只手放在她的头部两侧。她静静地躺在一条窄窄的木板上，进入了一个配有管子和囊包的设备。白墙变成了棕色。整个房间好像有脚，沉重地跳跃着，发出有规律的振动和声音。振动停止了，从正面投出一道垂直的狭窄的光线，这道光慢慢扩展，形成展开的矩形，亮亮的，穿过了她躺着的担架。意识又回来了。妈妈在那里等她。波丽娜呼吸着，她呻吟着，想说：

“妈妈，他们取掉了我胳臂上的一小块肉还是一大块？”

“一小块，我亲爱的，只是一小块。一切都很好。我在这儿，好好休息，睡一觉……”

包扎很沉重，范围也很大，从肩头和肚子经过，把整个上身都包扎得紧紧的。这样做，可以绝对保证手臂不动。手指露在绷带外面，可以看出，它们的活动正常。这件白色的新衣服在初夏的几天里穿着很热，所以每隔两天就要全部换一次。纱布一摘除，我们的小木乃伊重新感觉到赤身的轻松时，我们可以看到她那只动过手术的手臂的上半截微微变细，有些收缩，肌肉明显减少。一条长长的伤疤顺着肱骨垂直延伸到塌陷的肩头。这一切已经算不了什么，主要的部位总算保住了。伤口处固定着的两条引流管可以导出分泌物和污血，顺着下面的塑料管把它们输送到两个输液瓶里。

孩子很快就振作起来了。不久，女儿能行走、吃饭了。高烧退了，疼痛也消失了。康复的几个星期显得特别长，因为当生命很快占上风时，我们都想忘记过去的一切，到外面去。我们到处看看走走，在医院的小花园里散步，以此为乐。波丽娜用那只健康的手扶着吊在肋部的透明的小瓶子，可以走到咖啡馆里去要一杯橙汁，到报亭里买书、买报纸、买小玩意儿，坐在方形院子里的一条石砌长凳上晒太阳，在这个小巧的由树和花坛组成的几何图形的中心，挖了一个圆圆的不太深的池塘，里面游着几条小鱼。波丽娜一层层走下有护栏的石阶。她看着园丁在那里干活。他剪理草坪，插上篱笆，浇灌鲜花。她和我们一样，充分吮吸着刚刚从阳光下割下的鲜草那股清新鲜嫩的气味。

第三章

在时间的丛林里

在岛上，探听钟点的方法是，找到那条鳄鱼，在旁边等着，听它肚子里的钟报时。

1

在巴黎，随着夏季的来临，阳光普照而灼热的白天也随之而来。由于干热，游客们的脚步在公园的小路上，踹起了一团团呛人的灰尘。

我们喜欢植物园，从医学院出发到那里，比到卢森堡公园要远一些。在一个巨大的玻璃天棚下面，生长着一片茂密的小树，在小树林的中央有一个小小的池塘，池塘里竖立着岩石。暖房下面有一条弯曲的小河，里面趴着几只乌龟。要不掉到河里去，就得从一块块石头上爬过去。在这个奇特的景物当中弥漫着宁静而令人窒息的水汽。进门时要买张票。在这个树丛簇簇生长的枝叶下散步，可以看到不少植物，有芭蕉、椰树、藤枝、缅栀。我们从来也没有见过在这么小的空间里，居然集中了这么多繁茂的花朵和绿色植物。它们像是放在玻璃罩里的植物标本，被夹在了一张张湿润透明的纸页当中。然而还有更重要的，当然是去看动物园。大灰狼伤心而懒散地爬上生长着青草的山岬，去观看沿着塞纳河行走的汽车，它们发出震耳欲聋的声响。骆驼或单峰驼，都被关在栅栏里面。羊驼是不是在吐口水？一只笨重的猩猩感到反感。笼子里的豹子转来转去，在它们的眼里，流露出凶残的目光。我们小心翼翼地俯身在饲养大棕熊的大凹坑上面观看，它们蹒跚地站立在那里，用两只熊掌捕捉着在天空飞舞的大块面包，这是那些大孩子扔给它们的。在远处有一个旋转木马。

在一所大型建筑的侧翼，正在举办一个史前物品展览。这里幽暗的光线，安静的环境，一时间让人觉得是在洞穴里。玻璃橱窗向参观者展示了当时的一些零碎钱币，还有象牙钩子、梳子、骨雕、石器、小雕像等等。在一扇墙上，有复制的最古老的艺术品形象，石头上还有铸炼而成的彩色的手印。是谁伸展出手掌，亮出了手指？谁在向难以想象的未来招手？谁在那个时候向我们致意，留下了这些馈赠？波丽娜停下脚步，抬起右臂把自己的手伸了过去。这个动作意味着她在黑暗洞穴里留下了迴荡的“咕咕”呼叫声。

波丽娜和所有的孩子一样，先学会了描绘自己的手掌轮廓。她把左手放在白纸上，用彩色笔围着它勾画出轮廓，笨手笨脚地在指甲和皮肤上留下了红、黄、蓝色的痕迹。在她描绘下来的图画上，有时也希望我把手放上去，画出一个比她的手更大的图画。去年，她自豪地从幼儿园给阿莉丝带回了母亲节送给妈妈的第一份礼物。幼儿园的老师用放盐的面团做成一个个白色的大大的心形的模子，让小朋友们在上面留下自己的手印，然后把这些印记涂上新鲜的颜色，有红的，还有紫色的。

2

一部小说是通向时间丛林的入口。

现在轮到我去重复那个最古老的动作了。我用一只张开的手向某个人发出了空洞无物的致意信。我在黑色屏幕上放上了这些毫无意义的日期。我曾经经过了这些时日……，仅此而已……每次登录犹如一块墓志铭，记载了那个人的经历。所留下的字迹歪歪扭扭，被覆盖又被抹去。这些字迹组成了一个由字母和数字组成的无法解读的草图。然而每个迹象都在自身保留了一段毋庸置疑的记忆，同时又在记忆中留下了痕迹。我用刀子在树皮上刻画，在厚厚的石块上书写。我用手指在尘土中、在沙地里、在灰烬中绘画。那些起首的字母，一个图形，一个日期，一颗心，一支箭，我知道这些是什么吗？仅此而已。

小说的诞生意味着胜利。它在最初时刻显得神秘，无用而无意义。这是一个没有荣誉的奇迹。在时间沉积起来的厚厚的遗忘中，有一个孤单的张开的缺口。如果他不是坚持重新寻找构成他生活的词汇，那么小说对事对人都毫无意义。小说描写的是真实，是美丽，还是永恒？它用这种形式批驳死亡的丑陋、堕落和虚伪吗？也许是这样的，但是最后的判断只有事后才能显示出来。如果不是为了那些值得信赖的人，为了他行动时思维的那一刻，所有的迹象都会消失。他后继无人……当我知道任何一个名字都无法与遥远的时代相联系时，永远延续下去的愿望是多么难以实现呀！字词正准备启航驶向窥视着他们的虚无的人类。我们的生存已经成为单纯的假设。所有生存的东西都是一场梦。我在树丛中迈步前行。某个人可能用手指触摸我留下的痕迹，但是他以后对我却一无所知。我以后不在这个世上了。在这之前我还活着。所有的书都用将来时写作，表达着“在这之前我还活着”的意思。在我还活着的这片天空下和阳光里，在阴暗的遮盖中，我的双眼还会看见波丽娜这双没有闭拢的眼睛。我的嗓音将发出在虚无中震荡的话语。我将以谦虚又自负的态度书写，用科学的和纯真的方法书写。

3

我本来并没有打算写作，但我热爱那些著名而独特的篇章。当它们对我说话的时候，当那上面的符号构成我的生活的时候，当我从一页页的文章中得到宽慰的时候，一种创作的冲动便会从心底升起。我让自己从思想到文字都进入这种幻觉。书中的句子飞了出来，在空中回荡，相互之间在震动中形成对应。我俯身在这个字词的井栏边，看到了别人看不见的东西，听到了别人听不到的声音。至少，我深信这一点。在一个很小的爱好我的作品的圈子里，当我的头几本书出版时，招来了谩骂声和赞扬声。有的人想当然地认为，批评家一定是在私下幻想当个小说家，于是问我“您什么时候发表第一部小说？”可是那时我并没有准备写小说。事实是另一回事：我工作的速度很快：按每天两小时伏案的时间计算，一周时间就足够我完成一篇文章了。当这些事做完，我没有孤零零地待在房间里，我只有在一张空白纸张的白色在保护它自己的时候，才痛苦地俯身于它的上面。我关闭了电脑，到客厅去找阿莉丝和波丽娜。我并不渴望重新去写福楼拜、普鲁斯特或者乔伊斯，但是我和她们一起玩游戏，经常是玩七家子，还玩猫咪游戏：

“在‘冬季运动的巴巴’家，我想要……天蓝色！”

“十字镐！”

“哈哈！可爱的十字镐！……还有那一家子！”

“哦，不，还要一家子，现在，是波丽娜赢了还是怎样？”

“当然啦，这很正常啊，因为我是七家子的赢家。”

我完全了解自己的限度，这个局限为我确定了一片有足够词汇的领地。文学野心与我无缘。我知道自己无力胜任写小说，没有想象和观察的能力。我唯一的能力是在阅读时施展这种能力。如果我叙述，所有的东西马上会转换成抽象的最难解的概念。因为最简单的事件包含着一定比例的刻板的征兆。我当然可以成为诗人，如今看来没有什么比当诗人更容易的了。只要掌握一些抽象概念，摆出一副神秘莫测的表情就行了。我认为诗人依赖的只是两只手的手指。他们身体的其余部分只能让我发笑（出于谨慎，我不能把实话都说出来）。我从心底喜欢那些文章，有关的注释，尤其是被某些周刊发表的文章或者被某一位名人抓来，又被某些刚刚识字的职员们贴在地铁里的文章，这些职员们往往会对这些文章发出会心的微笑。他们是对的。只要稍稍用自己的名字印几本集子或者纪念册，一位老水手就会成为在灵感波涛上驾驶航船的船长。他会成为一位自鸣得意的行家，把自己说成是当代的雨果和波德莱尔。我们处于这种境地。

4

我绝不去想写作的事，因为我并不会写。因为一本书只有在作者的笔下形成了才可以存在。无论是不顾作者的存在，还是对作者提出不同看法，这本书都在迫使他触及生活本身，作者在其中的生存都将难以避免地陷入支离破碎。如果书不反映真实，这本书便没有任何价值。文学从文本到文本是一个可耻的谎话连篇的过程，总有一天，男人或者女人会清醒并且以怀疑的态度发现：长久以来，他们所写的关于自己生活的书一直都在害人；今后，应该去誊写生活中的每一章每一节。什么浪漫主义、虚无主义……我都不信……问题不在于用一部作品表达了多少痛苦的感受去衡量它的优劣。艺术从本质上展现出的景象充满迷人的光辉，令人流连忘返。有人常常捶胸顿足，出入于坟墓，他们不该受到谴责，有人可以在草地上铺上一块毯子，闭上眼睛享受阳光，充分呼吸嫩草的新鲜气息。支在潮湿阴暗处的相机支架，把最精彩的风景尽收眼底。然而，在这闪光的一刻固定下来的愉快的关照，意味着从时间缝隙里感受到的眼花缭乱。这一刻应该被抓住，因为它稍纵即逝。最美好的东西是难以感知的，必须以这种庄重的方式，在一幅田园景象里，激发出柔美幽深的绿色，并且让自己听到潺潺泉水奏出清亮的歌声。

对于每个人来说，信心都根植在时间里。因此，正像人们常说的，历代的所有作家，无非都是一类，无论他们使用崇高的还是微不足道的，伟大的还是平庸的词汇，都与唯一的占压倒优势的时间揭示形成了对照。长久以来，人们总是反反复复地说，人总是要死的，人生犹如一天那样短暂。我们每个人都将遇到最为宝贵的真情，人生的最后一幕都无可置疑地犹如上演悲剧那样令人悲凄……但是谁会相信呢？每个人只有到了那确切的一刻，可以说从表面看来有时是毫无意义的一刻，这个真实而空洞的观点才会被理解。

如果说小说真是时间丛林的一个入口，那么每个人就必须面对他所经历的眼花缭乱的景象。预言中的原始景观总是在你逼真叙事的视野中。这种真实叙述，被人们夸大的称之为：人类的命运。读者看到这里会发笑。但是千万不要在夸张面前节节后退，因为当本质的东西成为法则，当谎言因为讽刺和恐吓而一统天下，好口味可以驱逐忧虑的思维时，这些根本问题并不是不可以提出来的。再说总有人提出这些问题，因为真实的东西并不了解这些人的口味，况且人们对真实的东西是既不存在讥笑也没有恐吓。或者不如这样说：真实本身就具备讽刺意味，它比人类形成的不同社会团体内流行的讽刺要严厉冷漠得多。真实包含着有时是为一些人保留的那些最令人恶心又动人心弦的突变，甚至包括那些把自己的生存梦想为一个充满欢乐、美丽词藻和思想以及节日气氛的漫漫长夜。一位高大的妇人身着黑色礼服闯进城堡的高高殿堂，那里正在进行隆重盛大的舞会，歌舞声平，欢声笑语，美酒飘香，对对男女，翩翩起舞，有人妙语连珠，吟颂诗歌。

身着黑色礼服的妇人摘下面具，让人们看到了她塌陷的眼窝和头颅。客人们一个个魂飞丧胆，瘫软在地，不省人事，他们被这一来自地狱的可怕形象击垮，陷入了难以忍受的极度痛苦之中。读者还会嘲笑这些内容。他们对这些冗长平淡学究气的详述感到厌烦。但是，他们错了。故事中最为可笑的情节，童话故事中最令人恐怖的内容都是真实的。人们可以去判断真实中的令人不愉快、平庸、怪诞荒谬的那一部分，去粉饰、移动、辱骂甚至去忘记现实。真实因而变得一无所有。读者肯定厌烦了。他们期待着读到其他的什么。阅读是为了吸收新鲜血液，论文式的内容使他们厌倦，很难适应他们食肉的胃口。他们用一种恼火、迁就的眼光去看待作者：你们的小说理论非常薄弱，没有精彩之处让我们感兴趣，年轻人，我们对你们寄予更大的希望。请相信我，我是第一个感到惊讶的人。我并不认为真实如此简单，而所有这一切，基本上犹如一个小女孩展开五指，留在石头上的手印一样。

5

小说并不是真实的，然而没有真实，小说也不复存在了。小说是从真实中写成的，它不反对真实。它可能表达一切，任何事物，就像它的古怪离奇而无穷无尽的故事所表现的那样。然而要美化小说生存的方式，只有回到消耗大量闪光的时间中去才有意义，因为它在那里留下了记忆虚浮的痕迹。一个微不足道的词汇，一个不起眼的小故事意味着，甚至可以说是扼杀了这种夸张的思维。在时间里挖出了一个黑色的凸起部位，那里存在着话语，话语又引出了时间。这种幻象没有在小说之前发生，而是与它混在了一起。它使小说的产生成为可能，而这也正是小说完成的内容。小说从幻象中诞生，又朝着幻象走向结束。

小说是对时间的揭示，小说就在时间之中。我在其中，我将会在其中……现在时的“存在”是通过一种编造的“先将来时”语言婉转表达而存在的。最切身的感受的焦点只在瞬间。文本应该尽最大努力叙述这一瞬间，可能的话，让它像晶体般振荡起来。它会在空中发出回声，由此诞生了历史状态和社会的声音。它可以在一代又一代活着的人经历的血肉交替和所感受的痛苦中留下痕迹。

照此推理，小说所做的一直是对我们在时间长河中短暂生存的生物模式的调查。因为时间在抽象的观念中，在瞬间的恩赐中，都是看不到的。它带着沉重的器官，以变异的形式朝我们走来。它犹如在一个难以想象的子宫里长大，然后它一天又一天地看着自己活着的肌体。直至有一天，人们合上这个身体的眼睛，或者把它埋在地下，这时有人对我们说，土地正在静悄悄地完成相反的工作，它毁掉肉体，肢解骨髓，最后把骨灰一吹而散。这两件大事是相互关联的。死亡使我们看到时间，而预测死亡的这一瞬间使我们认识到我们生存的意识已经形成。于是，我们终于明白了：在我们出生的那一刻，死亡就已经进入了我们的生命。

6

小说用手抓住我们，把我们引向这个盲点附近。死亡提出的问题回到了根源上要探索的谜。我在两个身体相遇的过程中诞生。我的身体遇到了另一个身体，于是又有一个新的生命降生，而第一个身体却比其他同时降生的身体先进入了泥土。一组组的肌肉被腐蚀，最结实的环节也难免于难。人人都想把生命遗传下去，但是我们交付给他的却是死神。每部小说都确定了这种血肉之苦的情结，无论是父亲还是母亲，对他们来说，最残忍的经历是接纳了生命又将生命付出。

小说的真正野心应该是在所有同时发生的领域开发这种体验。一个人放上一个可知点，这个点可以传播到所有父母的状况里。它在家庭的基础这个正方形的四个点之间穿行，观察着周围旋转的远离它的整个社会团体。这样做有难度，因为隐喻着拔除人们曾经有过的活生生的思想：不愿意这么做的有儿女，也有父母。家庭位置凸显在那里，不断有人去占据，睁大双眼观察秘密：有人从那里走来，又去了哪里。他们面对这一切，固化了这个生死轮回。成长，老化，每个人——无论他了解或不知分娩的经验——都基本触摸到了自己生活中的家族系统在周围震动的那一刻，觉得自己好像成了自己父母的父亲母亲。

然而我们当中有多少人能够活到半夜哭泣的子孙们衰

老？尤其是作家。他们认为，未成熟是他们本身的条件。众多家庭的父母，从未到达青春期的精神年龄。吵吵闹闹还是用功读书，他们在学校课间休息的院子里或者祖父母在外省的花园里玩耍。男孩们梦想迎娶他们的女老师，交换弹子球，激烈争取获得写作头等奖。女孩们跳房子，比较辫子的长短、发夹的颜色，她们跳绳的时候，镶花边的裙裾在飞舞。他们都在心满意足地重复波德莱尔的名句："天才，是随心所欲恢复的童年。"可是，要让童年恢复，是否还应该首先在某一天离开它。

无论是父亲的问题还是母亲的问题，在小说里，都应该特别小心，不要触及。思想和文学往往是光棍们从事的事情：未触及的文本与他们自己一起消耗了词语的处女膜。某些作家成为被嘲笑的对象，因为他们把写书的准备工作比喻成怀孕的过程。可是象征性的妊娠不可能与生理妊娠同日而语。它可能被否定。讨好人心的涂鸦之作犹如单性生殖的奉献形式生存下来，成为免受男女偶然和暴力相遇的避难所。

因为小说由儿女写就，人类经验的一半都在默默度过。我们自然想到一个人永远处在造就他的所有人那里。他的过去将他固定。原始场景，缺少的画面，隐藏起来的裸状，都在这个漩涡的洼陷处盘旋，每个人的人生都机械复制了获得的情节。我是我的父亲和母亲生存的产物，他们在一个夜晚的结合中有了我，这不必作出什么解释。但是如果有一天有人提出"孩子长大后会怎么样"这个令人惊讶的假设时，会发生什么事情？当时间的长河已被跨过后又会发生什么呢？

一个已经成为父亲的儿子身上会有什么突变？谁知道在他身上是否还保留着与父亲的一致性，人生的纸牌是否还要重新向他发放一次？交出生命不是比接纳生命更有意义的一次人生经验吗？克尔恺郭尔[①]好像从某个角度表示过，他并不是从一次在上帝看来是偶然的巧合中出生的。因为从两个肉体那里，无论在什么地方，都会有一个生灵诞生，两个肉体会死去，这个生灵却不可能完全消失。但是无法弥补的危险却油然而生。

我来自我的父母，也来自我的女儿。通过我的女儿，我才知道了我的人生意义。在这场温柔的噩梦中，一切都复活了。

我们在人生中学会了如何延着明确的线路所引导的方向行走，顺着一个又一个标志，径直走到黑暗的根源。这一切都如人家对我们说的，是在一个原始的舞台上演绎的，这个舞台年复一年，在移动，在变化，并且十分逼真。但是我们并不知道，在积累经验的时间里存在着那些逆反的现象。过去必然压在现实身上，而现实又改变着过去的面目。一个人的真实状况，在他的过去还是在他变化后的现在？在真实的现状中，生物学上的问题绝不可能被提出来。尤其是提到诗人们的时候。有人向我们说起波德莱尔和兰波的母亲，而我们对魏尔伦、马拉美、克洛岱尔、布勒东的孩子们的情况知

---

① 克尔恺郭尔是19世纪初丹麦哲学家与神学家。他主张把人的烦恼转变成基本体验。

道多少呢？人们不是从来也没有注意过哪位作家决定要不要孩子的事吗？

我想到了布勒东。在没有任何资料可查的情况下，我努力想象那张美丽的照片，上面是他和他怀抱的女儿。他带着成熟年龄的风姿，脸上的纹路被他显得过分肥胖的脸型破坏了。他穿着一件飞行员的夹克衫。女儿十分可爱，七八岁的样子，头发长长的，穿着一件白色连衣裙，笑眯眯的。布勒东的《疯狂的爱情》的最后一章不是为她写的吗？她难道没有料到在她的一生中，布勒东从来没有为亲亲眷眷们写过一行字？如果她还活着，这个小姑娘已经是位妇人了。我向她表示无意义的祝福，希望她像她父亲祝愿的那样，正在被人疯狂地爱着。她过去被人疯狂地爱着，以后只能是被他一个人所爱……

7

二十世纪有一个例外，表现了一种尊严，那就是乔伊斯。父亲的问题一直贯穿在他伟大的作品里，但是据我所知，他是唯一把这个问题直接写入作品的人，有父亲、母亲、女儿、儿子之间的纠葛，并且不惜笔墨地描写了兄弟之间的格斗，包括杰姆斯和斯塔尼斯洛斯之间、山姆和肖恩之间的格斗，一切事情都被重新分开表现在活人和死人两个世界里。

父亲和儿子之间会发生什么？尤利西斯[①]和忒勒马克斯[②]相遇时无法认出对方。布卢姆[③]失去了父亲和亲子以后，寻找的是长着与他一样眼睛和嗓音的人。当年轻的德迪勒斯[④]把他对哈姆雷特的像奉献出来时，一切问题都在国家图书馆的一个大屏幕上说清楚了。文学作品并不是诗歌所幻想的单纯

---

① 尤利西斯（Ulysse），又名奥德修斯（Odysseus），荷马史诗中的人物。他在特洛伊战争结束后经过十年流浪返回家园。他回来后只有忠犬和保姆认识他。

② 忒勒马克斯（Telematique），奥德修斯的儿子。父亲返回家园时，他已经认不出父亲了。

③④ 斯蒂芬·德迪勒斯和厄波尔·布卢姆都是爱尔兰作家乔伊斯创作的长篇小说《尤利西斯》中的人物。乔伊斯运用“意识流”的创作手法，揭示了书中人物心灵深处每时每刻的想法和感受。德迪勒斯在小说里曾对莎士比亚作品作出评价。

象征。当一个男人在叙述他的一生时，故事中所有平庸下流的情节都会在他的头脑里打转。我们从来没有在理想的批评中发现对此作出的更明确的反驳。德迪勒斯甚至以“尤利西斯”为榜样，证明真正的作品所驱赶的正是真实，它们只是空洞虚无而孤立的场景。乔伊斯的解释恰恰相反，他认为高雅艺术的象征，离开我们所生活的世界就无法存在。这个世界充斥着金鱼、性、死亡、欺骗和令人作呕的利害关系上的一切有待解决的问题。每个人都会随着时间的流逝，在祖宗几代人的常年战斗中获救。斯蒂芬解释说：“当莎士比亚写作哈姆雷特时，他不仅仅是自己亲子的父亲，但是他已经不是原来的那个儿子了，而意识到自己是他的家族的父亲，是统一他祖国的父亲，是即将出世的小孙子的父亲。”《哈姆雷特》是一部表现双重葬礼的戏。莎士比亚目睹了他的父亲约翰和儿子哈姆雷特的死亡。他孤独一人，周围所有的父系关系都被切断了。在人生之旅中，他不由自主地跨过了时间长河，必须担起一般男人应该承受的担子。莎士比亚犹如演员，自身已经投入到幽灵的角色中，而没有进入由他交给年轻的布尔巴热扮演的哈姆雷特这个角色，活人的世界和死人的世界之间只是隔着一扇毛玻璃。作者让自己成为鬼魂而使儿子获得重生。他们在一瞬间交换了位置。在埃尔斯诺尔[①]那堵未必真有的城墙上，一个男人站立在深夜的萧瑟寒风之中，向他

---

① 埃尔斯诺尔（Elseneur）是丹麦的港口城市。莎士比亚的戏剧《哈姆雷特》的故事就发生在那里的克隆堡城堡之中。

丢失的儿子发出召唤，盼望相聚。他向他的手中传递了母亲可怕的秘密，它变成密码贯穿在他的整部作品之中。博尔赫斯常常写到但丁，他认为但丁写作《神曲》的目的，是想在天堂里找到他意想中的情人贝阿特丽丝。乔伊斯暗示，莎士比亚创造哈姆雷特这个人物是为了使他死去的儿子成为他真实生活的见证人："他是在对他的一个儿子说话，是他精神上的儿子，他就是年轻的哈姆雷特王子，同时也是在对他的亲生骨肉、死于斯特拉特弗尔德的儿子哈姆雷特·莎士比亚说话，为了让那个与他同姓的人永生。"

父亲和女儿之间又会发生什么呢？这是在作品《为芬尼根守灵》最后几页中提出的问题。乔伊斯的笑声，如果没有他的女儿吕西亚陷入疯狂的悲剧作铺垫，恐怕是难以理解的。我隐隐听到法语掺和着英语，在一片泛起泡沫的浪涛声中，小说在幽灵们的另一种对话中结束了。一个女孩儿犹如一条江河回到父亲的怀抱，那里是大海。

> 女儿说：噢，我的蓝色的小屋，空气如此宁静，难以找到一朵云彩。在平静祥和之中，我将永远在那里生活，如果只是……但是有些东西却是我们所没有的……我们爱，然后我们失去了爱。让老天降雨吧，因为我的时辰已经到来，让老天降雨吧，爸爸……你不是什么伟大人物，我知道，但是我朝你走来了，充满软弱和悲伤，就像以往度过的时日那样，如此悲伤和软弱。今天清晨多么平静，这是我们的早晨。你还记得吗？你领我

> 去参加节日，你展开双臂，而我则依偎在你的双臂之下。我衰老疯狂的父亲，衰老冷漠的父亲，请你把我从这残忍的门边救出来，我马上就要跨进去了。我的叶子已经脱落，只留下了一片……我将为你保留着它。我听到这些大鸟在鸣叫。一只海鸥，几只海鸥……直到……

这些美丽的字句可以这样用英文牢记心中："My great blue bedroom. The air so quiet. Scarce a cloud. In peace and silence. I could have stayed up there for always. Only. It's something fails us. First we feel. Then we fall."哪个女孩儿会这样对父亲说话，在撕心裂肺的最后时刻钻进那蓝色的大床？谁的声音会像乔伊斯的心声这样富有特色？这个声音的境界之高，潜藏在时间里，如同音乐在高空中奏响了爱尔兰风笛的旋律，浓重的爱尔兰口音，如涓涓细流穿过卵石。这是启蒙的说教吗？如果愿意，可以这么说，一个女孩儿在向父亲诉说她从父亲那里获得的隐秘。小说把这些隐情封闭起来，再贡献出去。这一切都在深夜里回荡，只有一个伟大的词汇没有被说出来，那就是：爱。

8

乔伊斯之后呢？再也没有一本小说能和这部宏伟巨著相比拟。文学从这本巨著后翻开了新的一页。然而历史仍在继续。时间的经验并没有画上句号。做过的梦已经过去了，但是无论这里还是那里的人仍在坚持做他们的梦。一个人俯在他的稿纸上，另一个人……人类的感情之谜因为在激发那些彻夜不眠的人，所以永远不会结束。唯有每个人的行踪在变化。不能要求那些正在书写的有生命的书进入僵死的语言。请记住一位作家发自内心的呼唤："O, teach us how to outgrow our madness！(噢，请教会我们如何让自己疯狂！）"

文学在某种程度上说是一种奇特的走私行为。文学的某些东西躲过了对语言进行监督的意愿。有些书穿过边界，跨越了语言的界限。在海关，人们所审查的只是表面的那些情节，没有人会去搜查语言行囊里面的夹层，去探究隐藏敏感句子的地方。有什么东西可申报的吗？如果你早知道的话……真正的文学今后会通过短波传递出去。多么杂乱的声音，多么复杂的口音！再也不需要搞什么审查！只要让每个频道响起来就够了。相互交叉的节目，混杂在一起。一个人在那里说话，他把自己的声音播撒到全球，使用的则是最一般的广播器材……说不定还是他自己在那里踏动的发动机呢，我怎么知道呢？他从伦敦、悉尼、马德里、纽约、东京或巴黎发出他的声音。活着的人在与活着的人对话。今后在深夜健忘的状态里，当健忘症从一个人传到另一个人那里，跳着舞，从一个国家漫游到另一个国家时，很少会有很多人陷进去。我想重申：活人在对活人说话……那是一个十分奇特的体系，人们从里面只能揭示出密码信息，诗句，小说片断，被发明的语言……不过是某个人在说话，他在很远还是很近的地方，待在没有人知道的地方。于是有人竖起耳朵，很快记录下来他所说的字词中间所见到的东西，进入了无线电发出的拉锯声和锤子的敲击声中。有时，真实会和作者、读者混杂着一起进入黑夜。我们应当让真实说话。

但是，我迷路了，东游西转，离题太远。我还没有告诉你们放在我办公桌上的四部小说是什么，它们分别题为《法兰西疯女》、《秘密》、《致思乡岁月的信件》和《宁静的生活》。一位法国小说家和他的女儿在巴黎度过了一个夏天。他紧紧搂着女儿的脖子，轻轻吻着她，给她讲莫里哀和凡尔赛宫的故事。在大西洋的一个岛屿上，他和他的小儿子漫漫交谈，一起骑着自行车去看飞鸟。在太平洋的一个岛屿上，一位日本小说家作了一个奇特的比喻，他把小岛比作了炼狱，在他的儿子身旁画上了人生的句号。在东京，他的女儿读到了登着他去世消息的报纸。

这位日本小说家想把自己的最后几部小说称为“乔伊斯再生之作”。我认为这种幻觉可能曾经引起法国小说家的兴趣。

9

可是我说，我没想那么多，我只顾和波丽娜一起做游戏。在客厅的一块蓝色大地毯上，我挨着她坐下来，又开始玩“七人一家”的游戏。有时候，我们把牌混放在不同的纸袋里，然后发明一些新的玩法，并不停地改变原先的规则。波丽娜特别喜欢被我们共同称作“暗号游戏”的做法，这些暗号从游戏牌上的形象中得到暗示。我们分发的纸牌上都画着迪斯尼[①]所创作的人物形象。玩牌的人要根据暗示，猜出对方抽的是什么牌。不准笑！先要知道根据什么辨认出“嘀嗒”？阿丽埃尔的情人的名字是什么？三十二张牌中的“猫”指的是什么？巴西尔住在伦敦的哪一条街上？我发出了第一个暗号：“嘀嗒，嘀嗒”(我模仿的是挂钟的声音)。我提出的问题是：“你的人物是不是不小心吞掉了一个小闹钟?”“你已经猜到了?”“是法斯托什，鳄鱼吞掉的!”还可以发出另一个暗示：“我的人物长着一对尖尖的耳朵，戴着一顶绿色的便帽!”“你的那个动物是不是偶尔会住到童话王国去?”我让波丽娜猜的那些人都住在幻想王国中。当然我作了弊。当一张牌被翻开后，会传到对家，由他放在面前。如果七张同一顺

---

① 迪斯尼（Walt Disney），美国著名的动画片制作人。他创作的米老鼠、唐老鸭、三只小猪的形象风靡全世界，深受小朋友的喜爱。

序的牌都集合到手里时，就可以大声宣布："一家子凑齐了！"我知道波丽娜最高兴的事儿是照这个顺序凑齐一组牌：彼得—叮叮铃—温迪—米歇尔—姆什—鳄鱼—铁钩船长。

再下去这个游戏就没味道了，于是马上宣告结束。可是又重新开始了，因为尽管增加了许多暗示，还是没有人知道彼得到底是谁。可以这么说，他很像梅花J这张王牌，因为它在游戏过程中，永远无法确定位置。它永远不和别的牌发生关系。波丽娜经常向阿莉丝和我提出幻想王国的问题，她要求我们把彼得的故事再给她讲一遍。我们编选了新故事，但是我们很难把那个长不大的孩子的形象描述出来。在巴里的小说中，当铁钩船长问彼得是谁时，彼得的回答是：我不是植物，不是矿物，也不是动物；更不是一个人，可能是个小男孩，但是是一个奇特的男孩，躲在一块岩石后面。要猜出他的名字的人，必须把舌头伸向小猫，彼得于是发出公鸡啼鸣时象征胜利的叫声："喔喔喔！"彼得说他永远年轻、快活，他是一个永远也不愿长大的精灵。彼得是夜间最快乐、最兴奋的一个人，他在天空飞翔，身后飞翔着一群充满幻想的孩子。他是这些孩子的父亲的最大最残忍的竞争对手，妈妈们也感到畏惧。他是长着翅膀的总是发出冷笑的食人妖魔。他吹起笛子，赶走了房间里所有的人。他堵住了温迪回家的路，最终把她又还给了生活。我认为波丽娜在翻摆蓝色地毯上的图画时，一定在想这些事情。

我对她说：我不写小说。我在想象中翻开了占卜用的纸牌，预卜着今后将发生的事情。我把这些牌放在时间的桌子上。借助这些牌子的画面，我即兴制作出一个故事。我在一个迷失方向的小姑娘的耳边，把我这个故事说给她听。我的故事是我递给她的诱饵。为了不得不让她离开我们，我把她送到陷阱边，就像过去她落入陷阱一样。事故都是由于我们冒险而造成的。这个充满恐惧和柔情的故事讲到巨人和仙女、海盗和印第安人、野兔和小精灵、大恶狼和小姑娘。它包含了我们读过的全部书的内容。我写着。我的房间里留下了孩子的身影。我把她的身影藏在我的抽屉里，夜幕降临时，把里面的手稿拿出来。孩子离开幻想王国，朝我飞来。一个仙女给她引路，她靠近敞开的窗户，伸长耳朵倾听，朝黑暗里张望。她无法抵御这个关于她的故事对她的诱惑。她没有和我去争夺留在我这里作抵押的影子。当我写下一行行字迹时，她挨着我的肩头俯下身体阅读。

明天，我们出去度假。阿莉丝扣好了行装口袋。波丽娜挑选了书和玩具。她的手臂已经不那么疼，甚至连夹板都不用了。预诊的时间还早，我们有充裕的几个星期时间。七月份的太阳火辣辣的。我们要到旺岱省的大别墅去，那里的大花园里鲜花盛开，然后再去凡尔赛。我们终于可以完成对波丽娜的许诺了。

第四章

花　园

他们谁也不知道。也许不知道更好。正因为一无所知，他们才能再享受一小时的快乐；由于这是他们在岛上的最后一个小时，让我们欢庆他们这六十分钟的快乐吧。

1

走哪条路才能进入花园？一位妇人用手指点着。她走路的样子像是在天空漫游，在大海上踏浪，而她正踏步行走在有待收获的肥沃土地上。她驱风逐云，使沉闷的天空充满灿烂的阳光。时间在一刹那停止了战斗。武装起来的第一个男人仰起浑圆的头颈靠在护腿甲温柔的床第上。鲜血不再流淌。再也没有年幼的处女被领上祭坛取悦鬼神。人们再也不在她的头发上缠绕束发带，让两根等长的带子挂在脸颊。花边不再相互干扰。

在她的指点下，平静的大海在微笑，在她的脚下，土地千变万化，开出温柔鲜美的花朵。花园的大门打开了，生性嫉妒的时间溜掉了。它在微风中传来信息：去采摘白天吧，不必担心明天会怎样。我们同样期待一个美好的夜晚。但是太阳还没有下山。叫人给你送来美酒和香料吧，可爱的玫瑰花很快就会凋零。死亡总要到来，但是绝不属于我们。被破坏的事物是冷酷无情的，而那些冷酷无情的事物与我们毫不相干。时间无休无止渐渐失去，并不见得比时间停止的那一刻增添更多的欢乐。人生中那一段漫长的岁月不可能与留给死亡的时间割裂开来。如果能够享受短暂的人生，那么请在人生的这杯美酒里撒满鲜花和水果吧。人生渴望幽香，渴望充满浓郁芬芳的幽香。

2

是学习时间的时候了。我们知道，留给我们的时间太少了。夏季的时间一动不动，停留在午间……

在一片不规则的菱形牧场上，这座宽敞的花园划出了一块规则的面积。在花园的四周，有许多小路和篱笆向四面八方弯弯曲曲延伸出去。被烤焦的草坪上发出脚步的踢踏声。天空的一举一动都倒影在草坪上。大风吹动云彩迅速移动，太阳被敞开的厚厚云袋吞了进去。在这短暂的瞬间，只感受到蒙着水汽的一盆炽热的炭火在燃烧。然而无论是云彩还是暂时被遮蔽的太阳都很快离去了。

空间是正方形的，时间就是一个圆圈。两者之间的神秘之处在于如何把方与圆统一起来，居住在正方形角落的人，永远感受不到根据圆的轨道移动留下的时光印记。天体犹如漏水计时器，一滴滴地倾倒出时光蓝色的水滴。花园形成了一个钟面。时间一分一秒地逝去。在第一棵树周围，树干形成的笔直树影在转动、增高、减短，在孩子划出的圆圈里舞蹈。巨大的时钟每天都在进行革命。在干燥的大地上形成了一个巨大光亮的时钟。这口大钟从李树开始一直延伸到椴树和荆棘丛生，密密麻麻开放着白色玫瑰的地带。这个巨大、准确而安静的作坊，反照出日复一日不同的景象。

爸爸总是守住老习惯不放。他每天早晨都想知道这一天如何度过。他要安排好被她们称作“安排”的一切事情。

“爸爸，你知道吗？我有个好主意，咱们好好‘安排’一下……”

“好极了，什么主意？”

“没安排！”

关闭了电脑，它里面的时钟不再走动。请进入新的一天！日日，月月，年年……我们已经进入了哪个世纪？年代已经分辨不清了。月份回到了星期的包裹中。星期返回到日子的住所。日子在小时的尖端维持着平衡，在隔壁的钟楼敲响。时间变成一个巨大的日本折叠包。日历的纸页组成了一个白色的纸睡莲，摆放在南窗的窗台。

炎热的夏季把草丛变成了一片长满昆虫的丛林，犹如一片广阔的战场，无数小魔怪在那里互相残杀。在黄杨树中间，蜘蛛在辛勤结网。傍晚时分，夕阳掠过，不知不觉拉断了它的网。它沉睡在突然被揭开的迷宫中央，丝网变成一条细绳，一动不动地挂在树叶上。每在草丛里走上一步，就会跳出三四个肥大的蝈蝈儿，它们是这里真正的捕食幼虫的昆虫。我们可以把它们抓到手里而不伤害它们，可是一张开或者手指一放松，它们就蹦到地上。花园是一个宁静可怕的王国，人们在里面创作了令人恐惧的神话。在三棵树的树根下住着三只癞蛤蟆，它们总是在深夜鸣叫。阳光才会让它们解除魔法。它们住在白色的塑料管道里。这些管道埋在地底下，穿过密实的树根。好玩的是，给树浇水时，水灌进管道后，会露出一个光秃秃的小脑袋，然后几只小爪子拖着光亮的身体爬出来。这时候波丽娜就会大叫着让我们尽量快跑，不要回头。“爸爸，快点，快点呀!”波丽娜叫着。

搅乱了的时间并没有让我们游手好闲。一天要做的事情很多。每天清晨我们必须去观察这个地区边缘的风光。我们骑车去，波丽娜选择坐在谁的背后。我们住的房子位于这片葡萄区和小山丘的最高点。经过一大片在阴影笼罩下的坟场后，公墓被我们甩到右面，我们冲到长长的沥青路上，在零零散散的房屋当中弯来弯去。风儿吹拂着面颊，阳光还没有那么强烈。我们沿着牧场边绿色的篱笆行走。山坡顶上出现大蘑菇状的水泥建筑，我们在这个水塔边停下来，把自行车放倒在水沟边的草地上，由于拼命用力蹬车，我们都累极了，大口大口地喝着水塔里冰凉的水。波丽娜把周围一带的花都采摘到了。她摘来成熟的花草，其中有野草莓。她要把这束花草送给妈妈。妈妈准会为它的美丽和香味而兴奋，如痴如醉地去闻那些娇小的雏菊散发出的香味。这些小花高低不匀地生长在离石块和沥青路几厘米的地方。

“妈妈，香吧?”

“香极了……”

“这是送给你的，可是你回家后要立即把花儿放到瓶子里……”

“当然……”

“可别让花儿枯萎啊……”

我们还有一些科学活动：把采集来的花草带回家放在

一个大本子里，然后把它压在一堆书和杂志下面做成标本。这些标本有菊花、黄水仙、草类的嫩芽。我们搜集的草本植物也许没有什么价值，但是这些标本是我们晾晒出的记忆。

3

一条宽大的石子路把花园分成了两部分。在长满枯黄野草的陡坡中间挖出了一个石子铺成的床。它从屋子周围经过，绕到背后，在阳台和木棚中间形成了一个喇叭形。有一条狭窄的支路，从这条弧形的宽路上分出，从小河穿过，笔直地通向水泥平台。随着阳光的缓缓移动，无论是阴影还是亮点，都根据石头住房的大小和旁边簇叶的疏密，一个小时一个小时地划出了日常光照的区域。我们在为自己准备未来的鲜花。我们秘密地决定了我们的命运。我们死后再生时，会变成向日葵。我们知道有哪些花特别美、特别鲜活，有哪些花更为名贵。有人会把我们连同其他上万种花一起砍下来，压碎，剥下花枝的皮。但是从现在开始我们将会迅速笔直地长高，无时无刻都把我们的脸朝向太阳享受阳光。

当太阳开始在地平线上降落，当阳光的声响重新变得轻微，当妈妈午睡、读书或者下厨时，波丽娜和我开始干活了。花园里火烧火燎，干燥至极。八月底，春天茂密的绿叶只剩下一片残叶。波丽娜只顾采花，把树边的活儿都留给了我。我靠近合欢树和栗子树的时候，她总是小心翼翼地保持着一段距离，树根下面隐蔽着的洞穴让她害怕。

“你看到什么了吗？爸爸。”

“没有，不要怕，蛤蟆不在里面，……”

“你肯定?”

“是的。”

“那让我来灌水吧。”

我们已经不再考虑看见过什么花，因为我们忘记了它们的名字。千奇百怪花朵盛开的局面已经结束，留给我们的只是躲藏在绿草中的杂乱的颜色和形状。大千世界由于离我们很近反而变得混杂不清，它正在默默地离我们而去。我们经过了那个清香沁人的花园，觉得似乎置身于用来装饰瓷砖坟墓周围的簇簇鲜花中间。这些花还活着吗？我们躺在阳光下，有时穿过草丛，俯身观看花坛里的鲜花。我们去观赏最精彩的地方，去大面积地采摘蝴蝶般飞舞的花朵。大丽菊和秋海棠向我们探出了头：我们看到它们色彩斑斓的环状花瓣，有的白色花瓣周围镶着粉色花边，花蕊的黄色绒球宛如蜂巢。还有的花朵精细得像雕刻出来的一般，它们如火如荼，一串串垂掉下来。我们特别喜欢百合：有的花朵长着优美的印有黑痣的嘴巴，有的长着穗状的花朵。优雅的花葶使百合看起来像是玉制的军号。还有一些花儿，白白的，萼却是紫红色的，花枝长而柔软。天人菊酷似闪光的绶带，漏斗菜的特征是花冠基部延伸出来的圆锥状。马上就要到紫菀开花的季节了，这种花有的很像白雪。波丽娜更喜欢玫瑰花。她关照着大高坡上那一堆白花，这些花旁边的篱笆已经倒塌。花瓣打蔫，布满褐色斑点时，我们就割下一把去送给妈妈。我们冲上前去，在荆棘丛中的一棵覆盆子前面，饱饱地吮吸着甜甜的汁液。

傍晚来临，我们打开了平台上一把巨大的奶色阳伞。爸爸坐下来，倒了一大杯甜酒（他硬说是上乘威士忌）。天还是相当热，波丽娜光着身子在游泳池里玩耍，妈妈仰起头来，享受白天的最后一缕阳光。晚饭是甜酒、甜瓜、火腿和草莓。天空的表演已经进入尾声。

“云彩到哪里去了，爸爸？”

“它们好像很匆忙？”

太阳远远地挂在天上，闪出粼粼余光，犹如一只大柑橘。它正好朝着平台方向。我们等待着最后的阳光向我们告别。稍过片刻，太阳失去光彩而变得苍白，跌到地平线下面去了。再过一会儿，布满稀疏星光的黑幕就会降临到房屋周围。

4

是学习生命时间的时候了，生命时间会从诞生到死亡。

“爸爸，等我长大了，你就会变小？”

“不，我会变老。人可以从小变大，但是绝不可能从大到小。”

“你要成老爷爷，这真令人伤心……”

“不，为什么要伤心？”

“你的头发就没有了……”我用手在鬓角那儿摸了摸，那里已经有点儿秃。然后回答说：“有可能……”

“那我的头发还会长出来吗？”

“当然，它先会有我现在的这么长，然后长得和妈妈的一样长，和妈妈的一样金光闪闪。如果你愿意，它们会长得像爱情女神兰蓬斯的头发那么长，她的头发可以从高高的城堡顶端倾泻而下……”

“我会成为妈妈吗？”

“当然。”

“可是，妈妈，我当了妈妈以后还能和你们住在一起吗？”

“不一定，可是我们永远不分离。你将会有你的生活，你的孩子，你的家，你可不要忘记来看我哦！”

“我的肚子里会有小宝宝吗？”

“是的。”

“可是，我在你肚子里的时候，我怎么吃东西呀？”

“我的血流到你的血管里，这样，我就喂你吃了。”

“我懂了，就像是输液管和导管……”

“没错，可是我那时候不用导管，我的血直接可以流到你身体里。因为你在我的身体里面。”

“就像是挤在同一张床上？”

“就是这样！”

三个人都在回忆相册里的相片。波丽娜想着妈妈穿着宽大丝绸睡衣的那副样子，那睡衣上闪着夕阳的光辉，妈妈挺着圆圆的肚子。

“但是以后呢？”波丽娜问。

“什么以后？”

“人什么时候会老会死？”

“总有这么一天吧。”

“人闭上眼睛，大家都在雪天里，站在树林中间哭吗？一副伤心的样子，是吗？”

“好像是这样。”

那是另一次度假。波丽娜两岁。早晨我们骑车经过费里河，绕过低洼地周围的小路，到处寻找躲藏起来的小鸟，有时还在它们飞起来的时候去追逐它们。风很大。在达尔桥上，我们吃巧克力暖暖身子，准备再骑车回去。半年来，这个小岛一直荒无人烟。下午，下雨了。波丽娜在客厅的录像机上发现了录像带。录像带是《三只小猪》、《米老鼠》和《唐老鸭》。有时候，她会突然离开座椅，跑到另一个房间去找我们，等着那些在她看来可怕的情节过去。比如说：草屋或者木屋将要倒塌的时候。但是，让我们惊讶的是，看着那些最令人震惊的情节时，她反而变得沉默寡言了。鹿宝宝和鹿妈妈在一片荒无人迹的草场上行走，突然，鹿妈妈抬起头，命令鹿宝宝隐蔽起来，或者赶快跑，千万不要回头。听到两声巨响后，鹿宝宝已经跨出草地边缘。它回头望去，但是鹿妈妈已经不见了。它弄不明白是怎么回事，长时间在树林的阴影下徘徊，清晰而柔弱地叫着，大雪纷飞，最后覆盖了它的身体。

几个星期以后，我们返回巴黎。我到保姆那里接波丽娜回家。我们顺着勒库尔柏大街往回走。我走在前面，一会儿，我发现波丽娜不在我身边了。她让我独自往前走了二十米远，她做了一个游戏：让自己跟在陌生的走动的人群里，在我的眼皮底下把自己掩盖在这密密麻麻的腿、手臂和脸组成的丛林中。在有规则的缝隙当中，没有人会注意到她，她轻轻地呼唤着："妈……妈……"让每个音节无休止地拖延着，让嗓音发出一种类似回声的颤音。然后她追上我，微笑着。她在制造一个虚拟的万一被丢失后的悲剧场面。

"每个人都会死吗?"

"因为每个人都在成长……"

"彼得·潘不会死!"

"只有彼得·潘例外……"

"被丢掉的孩子也会死!"

"是的。"

“妈妈，我宁愿到幻想王国里去！”

“不和我们一起去吗？”

“彼得·潘，温迪，叮叮铃会和我在一起的！”

“你真希望这样吗？”

“这很容易，脑子里想着愉快的事情，闭上眼睛，飞起来，就再也回不来了……”

“真的吗？”

“是的，可是绝不要和你分开，妈妈……”

5

在这里我们有充裕的时间谈话。时间也是语言的事情。读者，我感觉到你们不相信给你们带去的逼真的对话。但是事实就在它的第三个和第四个生日之间。

波丽娜在三四岁的时候，就几乎能完美地把握自己的语言了。这些语言已经不再那么童稚天真，除了使用简单的表达方式和发音时的口音外，她的嗓音给人稚气优雅的感觉，即使说到最沉重的话语时也是如此。这一切发生在某一天到第二天之间，她的语言状况一下子表现出出乎意料的奇迹。句法运用正确，否定句和副词的位置安排得很准确。一些深奥的词语突然冒出来时会让人纳闷她是从哪里听来的。当她和别人说话的时候，开始慢慢地学着分别用“你”和“您”称呼。她在用“您”这个词时，总是有理由判断出它和“你”之间的距离。即使是变位上的错误也反映出逻辑系统，这一点她也看出来了：为什么动词“是（être）”的未完成过去时第三人称复数变位形式，不是“sontaient”而是“étaient”？因为这是一个特殊形式。思想的成熟默默地为开动说话的机器作准备，孩子突然在这个过程中惊奇地发现自己有了驾驭机器的能力。

我并没有愚蠢到认为波丽娜比其他受同等教育的女孩子要说得好，要成熟。我们对她说过很多很多的话，这些话既有严格的要求又充满关爱。她的语言是在我们语言的影响下形成的。她使用我们的句子，然后变成她自己的话。有些我已经用滥了的通俗表达便归属于她了。当我说这些俗语时，我有一个奇特的感觉，好像从我的声音里听到了她的声音，我只是不由自主地模仿了她的口音。我把她的声音拿来自我模仿，再把我的声音拿去模仿她。我们把她掌握的东西，把她对我们教给她的东西所作的改变，重新据为己有。在她的带有儿语印记的成人语言中，还存在着一些不太遥远的年代里的一些过时的词汇，只能用两三个音节说出来。“玉米片”被说成“片片”，“护士”被她误发音成“农夫”，“电脑”也被她说成了“电炉”。我们是不负责任的家长，我们鼓励我们的女儿不要纠正这些说法。孩子的说话方式影响了成人的话语。她是一个说两个成年人语言的小姑娘。我们则是两个说小姑娘语言的成年人。这些话成了记录我们奇特温情的隐语，是一种只有我们三人才能够分享的语言。

我知道在每一个有小孩子的家庭的情况都是如此。然而我想，意识到波丽娜的病情与矫正她的病情没什么两样，波丽娜利用它，运用语法时态操纵它们之间的协调性。她在无意识间显得十分精准。一个会计算时间的小女孩懂得不混淆过去、现在、将来的时态。“现在的事”不再是“过去的事”没有人会知道“将来的事”。她甚至知道条件式的隐喻，不引人瞩目的险境分割了“将来的事”和“将来可能的事”的用法。她有能力想象“假如这样的话”。至于虚拟式，在表达害怕和祝愿的时候，她怎么会不知道规律？第一次用虚拟式（三岁）的句子是：我不认为游戏厅关门了（Je ne crois pas que la salle de jeu soit fermée）。在“害怕”和“渴望”后面，比如说，“我被治愈”要说成虚拟式的“我被治愈”，根据情况使用肯定式或否定式。

语言电脑编排了在真实时间里相互排斥的可能生存的分支里抓得到的东西。波丽娜在说话。今后她待在动词的花园里，那里的小路围绕着她分岔，朝各个方向放射出去。这一切可能的事不是真的。那么，我们将可能是谁会在哪里？

还是乔伊斯说：“在此，他思索着过去不存在的事：这本可能是凯撒可能完成的事，如果他听到了预言；这可能是事实；在可能的时候，可能存在可能性；不了解的事情是：阿喀琉斯在女人当中的时候叫什么名字？”我们永远不会知道美人鱼唱的是什么歌。

还有一个怪怪的词只属于波丽娜自己所有，那就是她创造的一个副词，我们永远也无法准确地确定这个词的词义，这个词就是“entement”。每当她用条件式时，都会说到这个词，她可能认为可以这样使用：“Entement，如果……事情会好办得多！”我以为这个词往往是由两个意思搭起来的，可是她却混在一起，造成了一个词。她想同时说的两个意思是：“heureusement，幸好”和“autrement，另外”。

6

这种情况可能存在：在可能的时候，可能存在的可能性。

“你们俩，也有一个爸爸和一个妈妈吗？”

“当然，这就是你的爷爷奶奶和外公外婆啊。他们的其他孩子就是我们的兄弟姊妹，你的叔叔、姑姑、舅舅、姨妈……”

“我也有个妹妹！”

“不，如果我决定再要一个宝宝，你会有一个妹妹的。你想要吗？”

“不用了，我已经有妹妹了，这是我的另一个爸爸和另一个妈妈的孩子……”

“你另外还有爸爸妈妈吗？”

“是呀，他们可好了，他们从不训人，住在西班牙！”

“可我们从来没有见过他们呀！”

“当然啦，我刚才不是说他们住在西班牙吗。”

必须承认，波丽娜的话使我们吃了一惊，进而使我们在不想承认的时候感到有些气恼。渐渐地，她的这种幻觉有了依据。原来她的“妹妹”叫阿德拉，是幼儿园里的一个同学的名字。她们常在一起玩一些绝妙的游戏，地点是在幼儿园的院子里，那里成了她们的娱乐天地。她们的想象力异常丰富，简直能让她们升天。是真是假，没有人知道。她们的父母住在海边一个大屋子里，房子周围还有一个大花园。西班牙是她们构想中的一个家园，只能指出大概的方位："这个地方很远，然后向左转，再走好远好远，然后就到了。"西班牙确实存在，然而波丽娜另外的父母也在那里，因为有时候她从新闻和气象广播里听到过这个名字时，总是又惊又喜。她的那个家的屋顶上空总是阳光灿烂。电视上真实存在的东西检验了她的梦想是真实的。她神采奕奕，一副洋洋得意的神态："是的，我已经和你们说过，我在西班牙还有爸爸妈妈呢。"她自己是否相信自己编造的这个事实呢？不管怎么说，她从未放弃过这个想法。我们的讥笑或者怒气反而使她加深了想象。在她的眼里，当我们不在她视野中时，她就想起了她的西班牙父母，用含糊其辞和漠然的表情，久久地诉说着。

时间与空间的相对性表现在：这里发生过的事可能在别处，另一个时间发生；发生过的事本可能不是事实。我们本可能叫其他名字，说其他语言，冒其他危险。每个人本都可能活一千次，不管糟糕还是美好，从境遇中提取难以辨认的命运。

几个星期过去了，有一天早晨，波丽娜莫名其妙地向我袒露心迹："你知道，爸爸，事情不是真的……"

"什么事，我的大姑娘？"

"这不是真的，我另外根本没有父母。"她暴露出来的这个秘密，令人感到突然。它似乎是送给我们的礼物，却令人心酸，谁也说不清楚这是为什么。我无言以对。我希望看到她永远不离开自己的梦想。我默默地祝福她生活在不可能实现的可能范围里，在那里，还有一对父母亲在阳光下照料她，而且比我们做得还要好。时间将奉献给她。她将生活在那个遥远真实的生活里。可能在西班牙海滩上的两次散步之间，她会有时梦见她另外有父母住在那块被称作“法兰西”的土地上。我们变成了她另外的父母，我们只能在彻底的绝望中去爱她。孩子的意识只能模模糊糊地懂得这些。我们会快快乐乐地在她的梦里游荡，会在这并没有真实存在的时间里，与她的梦想一起消失。只有这个实际上并不存在的时间，可以永远保护她免受痛苦。

7

很久以前可能做过的事情还有存在的可能吗？人们把这称作故事，那是过去的故事，是想象中的神话故事。

我希望波丽娜喜欢一本我多年前曾经很喜欢的一本书。在《穿越世纪的卡洛琳娜》里，同样的小人物小狗啦，小猫啦，或者美洲豹啦，都是从一段时间穿越到另一段时间的。他们从一页到另一页，变换服装、帽子和国家。昨天，命名事物的名称就是怪怪的、各异的。大象叫“猛犸象”，它们的头顶上有个大包，身上长着长长的毛，防御武器是弯弯的大獠牙。大船的名称一会儿叫“德拉法尔”，一会儿又叫“轻舟”。要进入城堡，必须经过“吊桥”，抬起“狼牙闸门”，弓箭手爬上防御土墙，埋伏在“齿轮”一样的墙洞后面，向进攻者射箭。骑士佩戴盔甲，竞技开始以前，帮他在头上戴好“大头盔”。

波丽娜饶有兴致地在阅读中穿越时间的隧道。在这里，那些叫甫夫、布姆和尤比的人，一会儿是高卢人，一会儿是希腊人和威金人，一会儿又是印第安人，他们有的是侯爵，有的是军团骑士，身份各不相同。

“爸爸，这本书真有点儿奇怪！你见过一只猫手持佩剑骑在马上吗？”

“没有，宝贝，尤其是在皇家军队撤离俄国的时候……”

“可是这里有，这真是太奇妙了！”

波丽娜显然偏爱那些被她称作“历史人物”的人类。他们享有优先权。所以他们可以在自己的房间墙壁上画野牛、粗犷的野人。这在她看来，是严格禁止的。大人们竟然还对他们这种“愚蠢的行为”表示赞赏。他们画的还不如自己好，可是，大人们不但不训斥他们，还把他们看做艺术家。还好，他们的生活从总体上讲还不太古怪。他们拿石子和细绳，修修弄弄出各式各样的战斧，出去猎获高山上的动物。他们穿兽皮，把毛茸茸的披肩随便在肩头打个结。火是他们十分关心的事情。那时候没有微波炉，也没有打火机，甚至连火柴都没有。他们必须长时间地摩擦木头的一端或者石块。半夜里又黑又冷啊。

那么在“历史人物”之前呢？那时候的事情就复杂了。我倒吸一口凉气：预言家的天分没有落到我头上。我打开插图《圣经》，偷偷到大教士那里获取知识：

“起初，什么都没有（这个开头很不错！）上帝……”

“……”

“上帝是我们不知道他是否存在的一个人……”

“不知道他可能存在，可能不存在吗？（你说的是一个人！可是我们简直不能把他画出来！甚至不能画成小狗、小熊、小猫的样子）”

“于是上帝造出火（可是他怎么造的火，如果什么都没有？）……”

“他创造了上天和陆地，大海和星星（我看见波丽娜开始偷偷翻阅自己旁边的另一本书)。你知道吗，书里有别的更有趣的故事……比如，亚伯拉罕（我们要进入以撒的故事了)。看吧，他生活在荒野里，他有骆驼。(像阿里巴巴一样，可是窃贼在哪里?）这时有三个天使从天而降，他请他们进了帐篷，请他们吃喝。(以后呢？哦，以后呀，就没了……）还有摩西！这个故事很精彩，他的父母把他丢弃在一个摇篮里，摇篮在河水上荡漾。(是的，就像森林王子莫克利，后来阿克力接纳了他，他在密林里遇到了巴罗……)

不，只有挪亚的故事让我躲避了完整面对的故事。必须创世之说不可能进入波丽娜的思想，但是摧毁这个世界似乎对她已经成为十分合理的想法：

“人类变坏了，因此上帝（我们不知道他是否存在?）决定让他们消失。(这很正常！没什么可说的!）然而由于挪亚是个老好人（像爸爸一样喝点儿老酒!)，上帝告诉他灾难来临，命令他建造一个方舟，以便挽救与他一起上船的活人。(那些活人是谁？邻居吗？你开玩笑吧！朋友吗？哦，大胡子！不如说是兔子、仓鼠、小熊、小猫……）他把每个物种都抓了一对，把这些动物带上他的方舟。下雨了，随即淹没了大地……”

“喂，爸爸，我们还不如去读《穿越世纪的卡洛琳娜》呢。”

历史人物很久以前都活着。可是很久以前是什么时候?

“你还很小的时候吗?”

“不，还要以前。这么说吧：就是你的祖父母的祖父母的

祖父母的祖父母的时候……”

“噢……”

“噢……”我知道，在波丽娜的眼里，三十岁的父亲已经是位“历史人物”了。也许是位刚刚变文雅的可洛马尼翁[①]人。妈妈还很年轻，应该属于文明人。在波丽娜看来，每一段历史，都犹如史前史。我的童年在恐怖中度过，在让人怜悯的过去度过。

我向波丽娜描述过我的童年生活：我小的时候，J运河还没有开通，脑子很少考虑问题，电视只有两个频道，其中有一个是彩色的。星期三晚上全家人坐在一起看的是固定栏目《星球轨道》，只看见白马一圈一圈地转，飞碟在空中穿梭以及没什么变化的空中秋千杂技，虽然乏味极了，可是什么都不敢说，生怕被赶到床上去睡觉。那时，录像机还没有问世，家里没有一盘录像带，所以当法国广播公司放映《头号公众之友》的片子时，收视率火爆到前所未有。

很多年后，当我陪着波丽娜看迪斯尼的动画片时，才第一次完整地看完《唐老鸭》、《彼得·潘》和《白雪公主》。我发现在这些动画片里，有些情节和《头号公众之友》有雷同之处。当时我们很自豪拥有一部祖父从美国带来的录像游戏。是世嘉株式会社还是《任天堂》?《街头霸王》Ⅱ?《超级马里奥兄弟》? 不……《太空入侵者》?《小精灵》? 都不是。在黑

---

① 可洛马尼翁（Cro-Magnon）是一个历史遗迹，以此命名旧石器时代高级阶段的新人种。

色屏幕上有两个小小的白色长方形，上下移动，形状像球拍，球拍中间有一道光像乒乓球一样跳来跳去。“那你们玩什么呢？爸爸。”“我们三个人一起玩游戏：祖母给我读卡洛琳娜，祖父把我们抱在腿上讲密林里的故事。”“沃尔特·迪斯尼的故事！”“不，是鲁德亚德·吉卜林的故事。”“还有别的吗？”“都一样，我对你说……”波丽娜好像在思索我的童年。我安慰她：“还有晚上啊：‘小朋友晚安！’再晚一些就会播放《孩子岛》。”她从不悦的感受中得到比我在孩童时更多的安慰。开司米的到来照亮了我的生活，带来了模糊的文明之光。她又回到书上，翻开第一页，重新给我讲述了历史人物的悲哀：“他们生活在洞穴里，冷得要命，圣诞节的晚上，只好勉强吃猪血肠了……”

8

再翻过去几页后，卡洛琳娜变成了侯爵夫人。她被人用八人大轿抬着到处旅行。南夫和努瓦罗在斗剑时争执不下。一个佩戴假发的牙医，手里拿一把可怕的钳子，拔掉了尤比的臼齿。一位街头音乐家奏出的音乐压住了小狗痛苦的喊叫。我们读到了太阳王统治下的凡尔赛。

波丽娜知道凡尔赛。我们从旺岱返回的时候，三个人在那里度过了夏季的几个星期，住在离凡尔赛大花园几百米远的地方，那里的房屋也有花园。应该为波丽娜解开秘密。凡尔赛的真实面目怎样？在这个曾经充满羽毛头饰、佩剑和花边裙裾的世界里发生过什么突变？

“今天我们去参观最大的城堡！”

“那我们就要看到国王和王后啦！”

“啊不，你知道，这是很久以前的事了，现在，国王已经不在了……”

“他们出什么事了？”

我对这个问题措手不及，回答说：“两百年前他们的头被砍掉了。”波丽娜听到我对历史如此扼要的叙述，有些惊愕。在那些最吓人的故事里，她从来没有读到过如此残暴的故事。“但是为什么要这么做？”小姑娘觉得这个惩罚太残酷了。

“可能是觉得他们太坏了。”

“噢，他们是不是像王子约翰一样抢夺穷人的钱财?”为什么不可以这么说呢，当然可以！历史启发了我创作故事的灵感。然后由故事道出了历史并且懂得了历史。让我们想象一下：从前有一个王国，所有的法国人都憎恨那个被称为诺丁汉郡的郡主，因为他实施了苛捐杂税。于是罗宾汉和他的忠实伙伴们拿下了巴士底狱，他们解放了所有的囚犯，在舍伍德的树丛里设立了一个断头台，在那里他们把约翰王子处以极刑。这样这段历史就有了意义。只要顺着事件的线索走，就可以把历史进行下去。我跟着波丽娜一起进入时间隧道，把历史与神话结合在一起，给历史人物换上新的名字，给那些已经过世的人注入活力。我们掌握着真实，我们从几个世纪当中可以汲取声音、激情，以此作为素材，创造了几个有趣可笑的故事。

我们走进公园，侧面是一个庄严的铁栏杆。宽阔的喷泉池的水已经干枯，周围排了一圈长凳。一位庄重肃穆的君主手持三叉戟，坐在几匹石头的海马上。海马在波涛汹涌的海浪上奔驰，却一动不动。波丽娜的解释是，爸爸见到小美人鱼阿丽埃尔，吓成了这副样子。“他的样子也怪吓人的，因为他很严厉，他正在训人。”稍远处，在扬起灰尘的小路那边，城堡压抑了旅游者常有的疯狂举止：那里人头攒动，闪光镜头时时发出光点。管理人员观察着游客的流量。我们从一个大厅走到另一个大厅。走到任何地方，我们都会与那些头戴假发、身着盔甲的国王半身塑像相遇。是国王建造了这座宫殿，他的名字叫路易十四，可人们称他“太阳王”。他十分强大。那个横戴着帽子，周围总是簇拥着骑兵的人是国王，可他比前一个国王寿命长得多。“他还希望别人叫他太阳，是吗？”“不，他叫这个名字是想做一只鹰或者一只蜜蜂。”为什么不是这样呢？在玻璃走廊里，我把波丽娜抱在手里和她说话，免得她被三个鱼贯而过的意大利人撞倒。几个德国年轻人仰卧在地板上，面对宫顶上神话里的裸体形象傻笑。日本人却讨厌这些画像，他们是唯一穿戴整齐的游客。在宽大的院子里，还有绵绵不断的旅游者到来。城堡简直要爆炸了。可是，在公园里，只要朝侧面挪上几步，就可以分离人群，单独行走。我们坐在一条凳子上休息。我轻轻地读起一首诗："凡尔赛神秘莫测，牧羊神一只脚浸入水中。这幅景象令莫里哀诗兴大发，让布瓦洛目瞪口呆。”牧神是一个快乐的小精灵，他吹着仙笛，追逐仙女。莫里哀和布瓦洛是路易十四时期的作家，也是拉封丹的同龄人。我们很可能会在花园里和他们碰面。这些人很久以前就不在人世了。他们已经成为音乐剧中的歌词，由那些崇拜他们的人在这里散步时去吟诵。

波丽娜要我们去坐小火车。小火车可以为疲乏的参观者省掉半个小时的走路时间，直达特丽亚侬城堡。她看到那么多油画和雕塑。她观赏盛开的鲜花，一级级玫瑰色的大理石台阶，均衡有序地排列着。我们带着波丽娜在大运河上坐小船。她用那只健康的手臂去划水，于是我们的小船开始原地打转，忽快忽慢，在原地怪怪地转个不停。这个情景惹恼了旁边的一些缺乏修养，认为现在该是认真划桨的美国年轻人。我们该回家了，于是走上回家的路。晚上，波丽娜在电话里对奶奶说："我们参观了凡尔赛宫。它是路易十四让人修建的，也可以说是太阳王修的。路易十四是个坏蛋，所以他的头被人用铡刀砍掉了！"

9

短短的几天中，我们要看那么多东西，把我们狭隘的生活向时尚的风潮敞开。教堂和博物馆也是有花园的。第二年冬天的一天，天气阴沉沉的，波丽娜和阿莉丝一起参观了伦敦的国家画廊。在鲁本斯巨大的画幅下面，她显得微乎其微。画面上杂乱交替着黄色和红色，丰盛的稻草和甜酒溢出金黄和血红的颜色，压顶而来。她待在塞尚的一幅景深的画面前休息，在沉思。她穿过面具、小船模型、衣裙和吉他，冲到提埃坡罗一幅蓝色的画面跟前。同年冬天，在巴黎，我把波丽娜带到严寒之中。她穿上旱冰鞋，或者说，她更喜欢爬到停在楼梯口的童车上去。我们冲进罗丹博物馆，那里有匆匆来去的游客和情侣。周围的花园在十二月的荒凉中，却另有一番灿烂。我们在巨大的石头或者金属雕像中穿行，我低声向她讲述每一个故事。这位白胡子没穿多少衣服，他正在偷偷地给挨了骂被关在小黑屋里的小姑娘送果酱呢。那个坐着的男人，拳头朝上，支撑着他的头。他突出的部位是黑黑的具有生命力的眼睛，犹如两扇玻璃窗。在石子路的另一端，在庄重的围栏后面，这个人长大了。他的身体已经沾上了绿色的锈斑，可是他的头抬着，望着漫步的参观者。这个头像构成了一个难解的谜。在高大的建筑物后面，公园形成几何图形，向远处延伸过去。池塘结了冰。那个围着冰池爬行的老头儿是谁呀？不，不要讲有关他的故事吧……这里的老头儿不吃孩子。[1]下午景色变白的时候，他还拼命亲吻他们的女儿呢。

一旦您学会了怎样向小孩子介绍艺术，您可不要说他们对艺术不感兴趣呵。您和他们共同在温情中享受艺术，而不要用您幼稚的絮絮叨叨的话语作出解释。忘记您那些所谓的学问吧，不要停留在老师的身份上。现在不是去上学、去背书包、去想取得好成绩的时候，让普桑、华托、伦勃朗的画去自说白话吧。您正在一个令人着迷的充满紫色和金色的森林内景中散步。每一幅画都是一面魔镜，映照出另一种梦幻生活中的奇妙无比的树林。请走进这片风景如画的地方，尽情地漫游吧！

这样，对我们来说，卢森堡公园的栏杆永远不会关死。夏季很快就会结束。当孩子站在我的身边，把她的小手放到我的手里时，景致变得凝固了。波丽娜爬上她最喜欢的两匹小马——迪亚娜和耶逊。她去驯马场骑真马和玩秋千。感到疲劳时，我们在一张满是灰尘，脏得发黑的长凳上坐了下来。隔壁的网球场上，传来网球落地时弹跳的“噼啪”声。在我们的前面，几位妇人坐在石阶上，正无言地望着我们。我还在想那个黑黝黝的水池，波丽娜很喜欢它。时间可怕的忌妒心要杀死的是相爱的人们，而他们，坐在陡坡上却还要紧紧拥抱在一起。在黑色的水潭里，漂浮着几片叶子，从几条沉思的鱼里，窜出几条如箭般排列穿梭的鱼。

---

① 作者在此引用了法国童话作家贝洛的童话《小拇指》的故事情节作比喻。故事中的食人妖魔险些吃掉了伐木工的七个孩子。

第五章

雷奥波蒂娜和阿纳托尔

温迪在哭，因为这是她第一次看到的惨剧。彼得见过许多惨剧，不过他全忘了。

1

几乎每个月都有十来本描述死亡的书出版，虽然内容不尽相同，伤感之情却表露无遗。无论是作者还是读者，都在寻找那些可以表达死亡的词汇，批评家会对人们说：他们认识一位作家，这个人与众不同，面对这个如此严峻的主题，他避开了潜藏在那里的一切夸张手法。他强忍眼泪，压低嗓音……巨大的悲痛是无声息的，因此他的极度悲痛只能用堵住他嘴巴的沉淀物去衡量。……一切想说的话都浓缩在几幅苍白的温柔道别的画面里。所有的事情都发生在遥远的寓言故事里。身体已经化为乌有，已经不复存在，留在记忆的美丽光晕里的仅仅是优美的身姿……这些身体受过苦吗？曾经具有生命力吗？文本使它们变成了永恒的幽灵。这一切都发生在很久以前……发生在遗忘的屏幕还没有降落以前……应该祝愿死者长眠，不要用伤感的眼泪去烦扰他们，书写出来的每一页文字都是一条崭新无瑕的裹尸布……

或者，干脆去注视尸体吧。我们看到一个令人恐惧的特写画面。叙述者从一位母亲口中掏出所有积存的伤心话语，去擦拭一位因为药物作用而变得呆滞的父亲的毫无生气的身体。小说就是解剖学课程，但是在骇人听闻的叙述过程中，总是缺乏激情。手指在被抚爱的肌体上，顺着手术刀切割出来的纹路滑行，确定了伤口的位置。文本道出了被切割的身体的不同色彩——有红色的、玫瑰色的、白色的。它从病人一步步衰亡的过程中创造出一个故事，从死亡的秘密里，赶走了那些活着的人。但是，那个叙述者却画上了一个光彩的句号，丝毫没有让激动发抖的声音流露出来，只是让自己的手在纸上书写，带着做外科手术似的冷酷无情，在白色的手术房里切割和缝合。

写作的口号是，不要夸张！可是从真实的情感，从难以忍受的百感交集的情感中，会有什么跌宕起伏？这是否太平淡无奇了呢？

我害怕失望，害怕欠下人情。问题在于，这种感受是否在脱开自己的写书之后，才会真正在别人的书中体会到这种痛苦？夸张不是暗礁吗？我要到那里去尝试一下。在生命之风的鼓动下，我奋力驶向暗礁。

2

在实际生活中，孩子的死亡十分罕见。在小说里，这样的故事更罕见。作家面对那些可以保持缄默的题材，只有知难而退。他们从来都没有感到有能力写出这种事，去巩固那道无言的防线。这件丑闻使形而上学闭口无言。每一出悲剧相对来说，都采用了聪明的单脚旋转的舞步，它发生在一瞬间，都毫无价值地加速了弄虚作假，形成忧郁消沉、烦恼的环境、内心体验、爱情痛苦、雄心破灭等状态，即便是最有教养而敏感的女人，在全身心投入孩子的处境而痛苦时，都很难被打动。每一出人间喜剧都做出了滑稽动情的表演。所有的小说、描写的动物都会在观众的喝彩声中穿上衣服，这样它们的身价立刻倍增。作者必须千方百计地运用技巧，去触动这样的女读者，让她们感受到极端痛苦，又时不时把她们带回真实的境界。

我已经忘记在十五六岁时一口气读了许多陀思妥耶夫思基的小说。卡拉马佐夫说过一段话：上帝并不存在，因此一切都畅通无阻。如果上帝允许无辜者死亡，却不知道他的天堂在哪里，我宁愿和他们共赴地狱。那些“魔鬼附身的人”说：我爱孩子，因此我爱生命，如果有一天，我可能用枪打穿自己的头部，我仍相信唯有生命才是永恒的……

我仿佛又重新坐进四年级的课堂，在我面前摊开的是一本新的文学教科书。在法国的所有学校，这本书让人发现了古典作品和诗歌，那以前都是初级的要背诵的课文。我准确地记得所学的第一部摘选作品是马勒布[①]的……以后我再也没有重读了吗？……他在《慰藉》中说：

> 杜·波里耶，你的痛苦不是因此就成为永恒的了吗？……在一次通常发生的死亡事故中，/痛苦随着女儿的下葬而去，/是不是有些不解之谜使你失去了理智，/而它实际并不存在？/我知道她的童年曾经充满怎样的诱惑，/而我却没有打算不顾她的去世，/来减轻你的痛苦，我的不公正的朋友。/但是在她生活过的这个世界上，/最美丽的事物，/也要遭厄运，/她享受过的玫瑰盛开的季节曾经如此美好，/然而不过只经历了一个早晨的时光。

我从未思索这些。然而我重新看到了自己……在我离开这所学校的时候，我在离卢森堡两步远的地方，度过了我的童年……我那时的老师似乎认为二十世纪根本还没有开始……左拉在他读的最后一本书上签了字……他讲述了一个画家的故事，这位画家在自己的画布上留下了自己的孩子夭折那一刻的形象：绿色、黄色、赭石色……瞬间，他们目瞪口呆，立在床前。

---

① 法国十六世纪的著名诗人。

那个可怜的小东西，仰面朝天，他的头很大，像是一个长着硕大脑袋的聪明孩子，然而大得过分，就像克汀病患者的面部浮肿一样。他从昨天起似乎就没有动一动了。他的嘴巴毫无血色，张开着，停止了呼吸。一对失神的眼睛没有合拢。父亲摸了摸儿子，才发现儿子的身体早已冰凉了。他们惊恐万状，有一会儿直勾勾地望着，受到巨大冲击，难以置信。“他头脑混乱，但必须摆脱。他坚持着，躲开，面对这幅场面一阵眩晕，然而却使他得以重生。作家写道：

> 很快，在他那冰冷的儿子的尸体上，一切都烟消云散，只剩下一个模特儿，令他产生强烈的感情凝聚到这个具有奇特兴趣的主题上。这幅画特别要突出的是头部，蜡制品身体的格调，这对犹如空洞般的眼睛。这些都令他激动，如熊熊烈火令他振奋。他后退着，自鸣得意，茫然地对着自己的杰作微笑。

母亲的悲伤与父亲的疯狂形成了明显的对照。这种伤感表明了遮盖画布的那些色彩的真相。孩子因为太聪明、太听话才死了。大人们要求他安静，不准打扰父亲疯狂的工作，于是他不再动弹，成为所有模特中最稳定的一个造型。他把自己的尸体奉献给了父亲，父亲得到他，发出阵阵怪笑。孩子的死恰逢画展前一天。他的死满足了画家对形式的渴求，对此，他原来缺乏的正是灵感。在展览馆，可能会展出这幅画的：

……一幅精彩而有力的杰作，加之无限的忧郁感，表现了所有事物的终结，孩子死后富有生气的死亡气息。

3

我怎么才能弄懂这些事情呢？……我怎么可能提前去阅读这些与我生死攸关的内容呢？

我在同样的年龄读了加缪。卡里居拉[①]说：“人死了是不会幸福的。”只要有一个被大家爱过的女人的葬礼就足以证明这个事实。大家东摇西晃，莫名其妙地哭叫一番，这样做毫无意义……波丽娜出生后的那年夏天，我们把她带到西南地区的一个租来的别墅里。这座别墅离博尔内城堡只有几公里，可以遇到但丁笔下的幽灵，还可以看到保留着头颅的尸体，头颅上的头发还在，看上去像个灯笼。房间里摆满了色彩绚丽的鲜花，令人窒息，但是在阳光下显得分外鲜艳夺目。可以说是波丽娜四肢着地，在爬行。童车被拴在一个大洋伞下面，阴影保护着她，我们则在游泳池里游泳。有时我抱着她在池水里，三个人一起戏水。黑夜降临，她饶有兴致地看着我和阿莉丝打羽毛球，我们的动作笨拙、疯狂。我的一位编辑朋友向我约稿，要一本关于加缪的论文集，我是利用午休时间写出来的。我高兴地发现这些文章十五年来从未公开，因为它们现在也和昨天我还年轻时一样无可争议。加

① 这是加缪的一部戏名，卡里居拉隐喻罗马帝王。这出戏以卡里居拉的姐姐之死为开头。

缪是怎样一个人？在我认识的人当中，很少有作家听到他的名字不笑的，他们认为他头脑简单，太真率、太透明、太道德化……难道真是这样吗？我重新阅读了《正义者》这部作品和他推心置腹的二元推理理论：如果在一位暴君旁边有一个孩子，是否应该给这个混蛋暴君留一条活路？那个季节不适合做类似的考虑。狂风暴雨般的体育赛事充斥了电视。在奥林匹克运动会上，各个国家进行夺牌大战，轮流登上领奖台。在不远的地方，在一个过去负有足球和排球声誉的国家，另一种可触摸到的战争正在激烈上演。但是很少有人提到它。是思想的失败？是道德水准问题？绝对不是。现代社会十分准确地了解对它最重要的东西是什么。它建立了一个针对优先权的十分精确的等级体系，在二十点钟的《每日新闻》电视节目的标题顺序里得到体现：最为血腥的惨剧远远放在四百米跨栏决赛以后播放。那天晚上当金牌、银牌和铜牌奖排名公布后，看人指出，在波斯尼亚，有一个人故意向一辆接送孩子念书的大巴士开枪。几个孩子倒在血泊中呻吟，窗玻璃被打飞了，几位老妇人来到车里，泣不成声。第二天的项目是游泳或者举重，人们在掩埋这些孩子时，有一个狙击手——不知是不是同一个——向附身探望墓穴的家庭成员开枪。那一天我正在读《正义者》这本书：二十世纪初，俄国的一个恐怖主义分子手下留情，保住了一名孩子的性命。在同一个世纪末，一个塞尔维亚的刽子手却拿另一个孩子做靶子要了他的命。历史在飞速变化，它喜欢强调恐怖的行为。那些棘手的杀人犯在远处，加缪把他们当成了英雄。我联想到这一切，思绪在我的章节中翻腾，此时此刻，一个六个月的小姑娘不声不响地在摇篮里睁开了眼睛，等待着：洗澡的时间到了。

两个星期以后，到了九月份，我们住到外边去了，那是在拉芒什海峡边。度假的人们都出发了。在阳光灿烂的最后一天，我独自在海里游泳。海风吹来，在空无一人的海边沙滩上，留下了海浪拍打留下的奇异图案。我还没有把书读完，我重读的是《鼠疫》。在著名的章节里，加缪叙述了一个小家伙濒临死亡的漫长过程：

> 这个孩子，似乎胃部受到噬食，又蜷缩成一团，发出细细的呻吟。他就这样一分一秒地煎熬着，打着寒战，阵阵痉挛，抖作一团。他如此瘦弱的身躯完全被强劲的流行鼠疫击垮了，在频频发作的高烧中，几乎崩溃了。

我觉得，当时读到这几行文字时，并没有什么东西打动我。然而今天我却认为，这个死掉的孩子事实上从来就不是活人。他长时间以来就处在死亡无声的恐惧之中，被病痛改变了自己的形象，堵住了嘴巴，犹如无望的黑色圣像。他静静地走了，给活着的人留下一个难解的谜。因为他留下一句费解的“呐喊”：

> 他那塌陷的脸，现在已经凝固成灰色的黏土，嘴巴

张着，几乎马上就要发出一连串的喊声。这喊声难以与呼吸相区别，他犹如一个人发出的抗议，突然充斥了大厅，这是一种不和谐的、缺乏感情的声音，似乎是从所有人的口中发出来的。

波丽娜是在公园里第一次站立起来的，我们为她的成功而骄傲。沙土和潮湿的空气都涌进了房间。明天，我们要去参观圣米歇尔山。我们在石阶上攀登，周围都是游客。一路上，到处都是卖啤酒、纪念品和明信片的小贩。我们到达小岛顶端的时候，几乎没有人。我驮着波丽娜。一扇玻璃窗面向大海，这里面的隐修院是一座花园，它伸展在空气和徐徐和风中。我从来没见过阿莉丝如此兴奋，因为她看到了一个神秘的地方。面对这么多耸立在那里的小教堂、穹顶、走廊，我不知道该对她作出何种回答。我还记得傍晚时分，风雨交加的情景。我们站在护墙边，让波丽娜观赏涨潮时的壮观景象，看羊群啃啮那些参差的小草。

4

我不相信波丽娜的小脑袋里还保留着对圣米歇尔山的记忆。我们只在那里玩了一天，而且游人如织，人声熙熙攘攘。她太小了。她骑在我的肩头，双手搂着我的脖子，和我们一起在旋转的阶梯上，顺着石堆和护墙攀登。要把她带进沉寂阴暗的教堂，还要等上一段时间。那里只有一根照明的蜡烛，让人们看到圣母和她的孩子，还可以听到喃喃的祷告词。我们利用了这个环境和它的美妙景观，但是却没有尽情享受。我们还以为时间是属于我们的。我们总有一天还会回到这里。傍晚来临，我们花了很长时间才找到我们的车子，它夹在几百辆车子中间，停在墙洞前面的空地上。我们沿着海边，行驶在诺曼底草场中间弯弯曲曲的道路上，然后进入乡村。我们在想，我们还保留着其他冒险的经历呢。

我们还有很多地方没去过呢。每次我们到卢维耶去拜访阿莉丝的父亲时，他都执意要带我们去维尔吉耶。我们一再拖延到那里散步的计划。在我们周围有那么多值得游玩的地方，于是我们又一次顺着笔直的小路，钻进了茂密的树林。对于雨果的看法[①]，很久以来我都赞成大家共持的一种偏见：

---

① 上文提到的维尔吉耶是雨果女儿雷奥波蒂娜的葬身之地。因此作者在提到这个地方时，引起了他对雨果的联想。

他是一位伟大的诗人，可惜太平庸、太容易阅读、太情感化了……最后我把雨果的诗读给波丽娜听。她却十分欣赏，因为雨果用音乐般的诗歌讲到小女孩、小鸟、果酱、受伤的手指。在给她读雨果的诗时，我发现了作家的价值。但是我们绝不可能看到我想象中的维尔吉耶坟墓，也许这样想是错误的。我想象它坐落在塞纳河边，或者坐落在受到时间保护的某一片宽阔宁静的水面上。我此时此刻才相信，我当时缄默无语，绝不只是文学上才有的。我因为存有一些无益的迷信，不愿意给她解释这座坟墓的故事，不愿意告诉她石板下面的那个小女孩的任何故事，让她想象一个小女孩儿会有一天死去，留下父母为她哭泣。我的谨慎没有用，故事本该是讲出来的。

雨果的故事人人皆知。[①] 悲剧发生在一八四三年九月四日，真让人难以想象，以至于使雨果在一本书中的空白页上，让这件事变成了白色恐怖。雨果当时在遥远的西班牙，和朱丽埃特、德鲁埃一起旅行。这一天，他的情绪莫名其妙地变得很坏，文笔也异常沉重："唉，死亡！神秘的黑暗！阴郁的必然！什么！难道就这样一去不复返了！难道像影子一般悄悄逝去了！……"直到九月九日，他才从报纸上知道，雷奥波

---

① 雨果擅长创作悲剧。他本人的一生也是一部悲剧。儿女早逝，白发人送黑发人的悲剧上演过两次，尤其是在 1843 年 9 月 4 日，女儿雷奥波蒂娜与其丈夫在维尔吉耶的塞纳河上双双溺死，更令雨果悲痛不已。雨果的悲伤之情难以平息。1856 年，他的巨大诗集《静观集》中收入了悼念爱女的诗篇。

蒂娜，十九岁的年轻妻子和她的丈夫夏尔猝死于事故。风吹着小艇，把他们带到了维尔吉耶的克德贝克。年轻妇人被淹死，丈夫也死在她的身边。

我认为，得知消息的雨果一定疯了。他完完全全地处于疯狂的状态，但是又被严严实实地隐藏着，丝毫也看不出来。他的疯狂被掩埋得如此之深，如此之严密，以致简直不可能一下子弄清他的行为。他犹如一个迷途之人，机械地沿着以往的习惯行走。他一直在精神的飞轮上旋转。他的身体把他载入其他的连他自己都弄不明白是怎样的冒险举动里。他庆幸自己又找到了出路，再也不至于像以前那样疯狂下去。雨果后来写道，他将奉献毕生，只是为了做“一个用手牵着他的孩子行走的人”。我认为在他的作品里再也没有如此坦诚的表白了。雨果并不属于处于这种经验范围之中的男人或者女人，他看到的往往是人们竭力想掩饰的东西。荒谬的另一端被一道难以逾越的屏幕阻隔着，那里只是一片空白。他说：“噢，那一片布满死尸的厚厚草坪啊！”

政治不足以解释人们为什么广泛选择了参与和流放的方式。雨果寻找的是最糟糕的方式。在泽西岛，在盖纳西岛[①]，他孤零零地伫立在雾气缭绕的悬崖峭壁上，召唤着历代的幽灵。可是他真正约见的却是一个十分娇美的鬼魂。他被无数幻觉包围着。这使他的内心犹如有无数的声音在喧叫，有无数的身体和浮现出的形象在移动，这里聚集了几个世纪的幻

① 泽西岛和盖纳西岛均为位于大西洋的英属岛屿。

觉。雨果似阿尔托[①]那般疯狂。但是他面对自我所产生的疯狂并不封闭，它知道如何变换花样，而不是讲道理。雨果不能由着性子让疯狂继续发展，因为倘若这样做，他的另一个女儿阿黛尔也会牵连进去。他精神上遭受的磨难可能妨碍了他完完全全、淋漓尽致地表达自己的疯狂。

雨果是个疯子[②]，这一点可以肯定，但他没有被欺骗，这是玄学吗？还是秘术？是在一本正经地和死人、和天地万物对话吗？在流落他乡的烦恼中，雨果和他周围的人开始询问表述思想的规则戒律。泽西岛的房间里回荡着人影攒动时的巨大声响。泽西岛的悬崖成为欧洲向哈德斯[③]新近启开的大门。证据就在那里，那里有冥界的详细报告和审判词。雨果冷冰冰的疯狂还要发展到哪一步？轻信和赌注在这方面有何表现？一个像雨果那样的诗人，经历了启蒙阶段，又受到伏尔泰的影响，怎么会陷入不可能存在的天方夜谭之中，而这些不存在的奇谈怪论难道否定了他已经探查到的难以想象的事物呢？雨果心里很明白，倘若要让他的疯狂留下历史的痕迹，就必须让它表面上符合他那个时代的宗教习俗，那就是装神弄鬼，找些拐弯抹角的清规戒律和神鬼转世的花样。在泽西岛，世纪之怪先后出场，打转，发出各种各样的怪声。

---

① 阿尔托（Amtonim Artand，1896—1948），法国作家和诗人。由于他内心充满矛盾，因而到达疯狂的程度。他在《残酷的戏剧》中阐述的观点，对现代文学产生了深刻的影响。

② 雨果因痛失爱女而疯狂。

③ 哈德斯（Hades），希腊神话中的冥界宙斯，一个严厉无情的神。

玛丽娜—黛拉斯宅邸成了死神的住所。一个个阴森冰冷的房间的窗口都晾着裹尸布。这里被地狱般的景象笼罩着——厚厚的、深深的，就像被一层浓雾笼罩着——面对着一片吞食遗骨残骸的海洋。海洋的背后有一片土地，那里裸露在地面上的树根，犹如白骨、胫骨和髌骨。“那座流放者的房屋，”雨果写道，是和“地下墓穴连通的”。在雨果的诗句里堆积了神秘奇怪的嘈杂声，弹奏着陈词滥调般的神话故事，颠三倒四、絮絮叨叨的迷信说法。然而尽管这是一首嘈杂喧闹的交响史诗，我仍旧可以肯定雨果满脑子都在考虑如何忠实于他本人的疯狂。雨果在幻觉的“笃笃”敲击下，努力辨别内在的拍击声，这个声音是由脚步持久的回声引起的。预言者加重了人为的混乱，雨果想穿透迷雾，以便找到一幅已经从真实面孔里消失的构思。一八五二年九月四日，他在泽西岛写道：

我觉得一切都化作一场噩梦，
她不可能就这样离我而去，
我听到她从隔壁房间传来的笑声，
她怎么可能已经死去，
我会看到她从这扇门走进来！
啊，我曾经多少次说过：安静点儿！她在说话！
听！这是她的手开启门锁的声音！
等等！她来了！请让我听听！
因为她也许就在房间的某一个地方！

5

一八五九年二月，一个鲁莽的中学生，坐在冷板凳上感到甚是无聊，便随手写了一首小诗，奉献给一位被帝国驱逐的伟大人物。他签下一行字：“在《静观集》① 上留下几行诗。”令人震惊的流放在他看来不过是“在吟诵诗句，悼念一位在天堂里飞翔的快乐天使”。他在《惩罚集》② 里表现的激情微不足道。诗集首先表述的是对失去的女人的哀悼心情。表现这种情感，要充满哀调，哭声四起，还要有飞翔的天使陪伴。这位年轻的作家用罗赛蒂 ③ 的诗句梦想着成为雨果一样的诗人。奥菲莉娅 ④ 头戴鲜花，开始她在世纪长河中缓缓而下的旅行。

斯特凡·马拉美⑤，有明显的个人理由为一位又一位早逝的青年女郎而动情。一八四七年他五岁时丧母，母亲患的是肺结核，十年以后，又是肺结核夺去了他妹妹玛丽亚的生

---

① 《静观集》是 1856 年雨果创作的诗集，献给他墓下的女儿雷奥波蒂娜。

② 《惩罚集》是雨果 1853 年创作的一部诗集，充满革命气势，谴责拿破仑三世的独裁统治。

③ 罗赛蒂（1828—1882），英国绘画家、雕塑家和诗人。

④ 奥菲莉娅为莎士比亚悲剧《哈姆雷特》中的人物，因父亲被情人杀死，疯癫自尽。

⑤ 斯特凡·马拉美（1842—1898），法国诗人。

命。诗人的第一个恋人是一位名叫哈丽尔特的英国姑娘，在一八五九年夏季也被发现患上同样的疾病。马拉美年轻时的全部诗集都用精美的诗句塑造这三个墓穴中的形象。由于精神支柱的倒塌，他在诗歌中表现出和雨果一样的倾向——疯狂的激情①：

为什么要把心中的一切都表露出来，
难道上帝没有保护这些心？
为什么要这些心去爱，犹如去爱长年的积雪。
这些爱放射出足够的光芒，关闭的却是她们的棺材？

不管死去的是女儿、儿子或者情人，他们都是在生命的关口被夺走的。他们的形象留在过去那个世纪的情感上。这个形象变得令我们难以承受，因为我们生活在这样一种文化里：这种文化几乎中止了无意义的否定，理由是孩子不是再也不会死了吗？就算在遥远的国度还存在着饥饿和战争，在我们这里，科学却在进步！但是十九世纪并没有面对死亡闭上双眼！死亡属于那个世纪象征死神激情的目标，是疯狂表达虔诚的目标。思想往往会走上迷途，它失去了理智，胡言乱语，但是面对晦涩神秘的东西却毫不怯步。这些东西，除了巫师，现在已经没

① 作者认为，雨果和马拉美的激情都来源于亲人的早逝，因此他们更加能感受生命的意义和价值。

有人能作出反应了，早逝的儿童精彩地确立了一个浪漫主义具有鲜明对照的命题。在这个精美的聚焦点上，预先聚集了所有的矛盾：生与死，美与丑，未完成和确定的局面。

令人惊异的并不是雨果和马拉美和他们的同代人梦想过的那个宽恕和恐怖的景象。迷失来自真实：生活嘲弄而不可替代地检查了他们的梦想。他们所希望和所担心的，必须让他们认识到，是在词语以外，在他们真实情感的纯粹经验当中。他们的想象掘出了虚无，他们的确在那里迷失了方向。

阿纳托尔·马拉美一八七一年七月十六日生于桑斯。他是诗人斯特凡·马拉美的第二个孩子。像所有被爱的人一样，他受到宠爱……阿纳托尔相貌平平，面部不对称，九岁时是个温顺的小男孩，有点儿淘气。马拉美的一个朋友特别喜欢他。他在回忆录里描述了小马拉美的形象：长得像个小农牧神，脸型古怪迷人，配有一副尖尖的耳朵。这个朋友的名字叫罗贝尔·德·孟德斯鸠，是个花花公子，有才气的颓废派诗人，人们戏说他是德埃桑特①和夏尔吕②的原型。作品和真人真事总是交织在一起。这里有一个梦境空间，那里的人物形象经历了无法预料的险境。德埃桑特离开他已经隐退的审美艺术，去拜访他所崇敬的《希罗底》③的诗人，并且让一个

① 法国作家于斯曼（1848—1907）小说《逆流》中的人物。

② 法国作家普鲁斯特的小说《追忆似水年华》中的人物。

③ 希罗底是罗马帝国时期分封王安提帕之妻。她的丈夫是异母兄弟，这桩婚姻受到施洗者约翰的指责，为了报复，她利用舞会，唆使女儿让丈夫杀死了约翰。

小孩爬上他的膝头，他抚摸着孩子的额头。夏尔吕虽然后背还有被鞭打的伤口烧灼着，他却答应送给孩子一只岛上的鹦鹉作礼物。

一八七九年三月，阿纳托尔患病了，诊断结果为心脏病和风湿性关节炎。他痛苦异常，医生却无法减轻他的痛苦。病痛不时地在骨头的不同部位发作：脚部、膝盖、手肘、肩头、手腕，孩子已经无法站立了，他不得不放弃写字、画画。他被带到瓦尔万，亲人们希望乡间的空气、干净的饮食能帮助他恢复健康。死神是否会很快降临，还难以确定。他身上的病还没有反映出不可治愈的征兆。但是一周又一周过去了，不幸的是，疾病似乎占了上风，占据了地盘。八月二十二日，马拉美在给他的朋友卢荣的信中说：

> 我的好朋友，我不敢给你任何消息，因为在我那可爱又可怜的小家伙的这场生死搏斗中，我每时每刻都在寄予希望，我会后悔提前写出令人伤心的信，被我匆匆忙忙地当做报丧的信写出去，当我反之用一种激情去看待这件事情时，我已经不知所措了。巴黎的医生置若罔闻，似乎在对一个看上去康复的病人采取行动。当初我追问孩子的病情时，他却坚持不肯表露一丝希望的曙光。……病痛，如此可怕的病痛似乎不可避免地留在了他的身上。揭开他的被单，看到他肿胀起来的肚子，我们简直不忍心看下去。情况就是这样。我不想对你说我的痛苦。在某些方面一想到这些，我的痛苦就因无脸见

人而隐退。然而痛苦已经到了这种程度，又有什么关系；我们撇开可怕的情景不谈，如果这条小生命已经遭到同样的厄运，那么他就无法存在下去。我承认，我已经筋疲力尽，再也不愿去想这些事情。

他们决定返回巴黎，请一位心脏病专家特别护理他。十月六日，马拉美对孟德斯鸠倾诉心里的想法：

是的，我完全摆脱了自己，像某一个被持久的狂风吹拂的人。我彻夜难眠，被希望和突然产生的恐慌这两种矛盾的感情困扰着，取代了想休息的念头。但是一想到我必须承受无数次斗争，上面的那些感情矛盾就烟消云散了，它驱散了我纷乱的思绪。治疗的时间不会太久了。我不相信会从哪个无法辨别的阴暗角落里向我射来这支可怕的暗箭。

然而就在这封信写好的当天，阿纳托尔就死了。“春起生病，秋季毙命。”马拉美写道。

马拉美的疯狂不亚于雨果，而且比雨果在《静观集》中所表现的还要内在、还要冷酷。阿纳托尔的父亲打算用初稿的方式，让为儿子建造的诗的坟墓处在未完成的状态。他在写给好友的信中说出了他前所未有的伤心，这对失去男孩的父母亲深深地陷入了绝望。由于疾病作怪，死神留在时间里，变成了时间的一部分。死神找到出路后，过去的日日月月便忘记了交替出现过的希望和恐惧。对以往的回顾，与预感中的灭亡都紧密联系在了一起，形成了悲剧。无论是过去、现在、还是将来，只在死亡的石板落下的那一刻才会存在。

马拉美的诗歌笔记研究了葬礼形成的新时代："然而，自在又永恒的孩子比比皆是。"死去的孩子是永恒的，思念的悲哀将宣布一生结束的瞬间变成永恒。描述疾病的诗句延长了这段痛苦的时刻，因为一切都被浓缩在这一刻："人们利用这一刻，那是死人逝去，但是犹如活着的一刻，是归属于我们的一刻。"或者说："人们患上疾病，疾病希望的是拖延，以便获得这个病人，使他的疾病永久缠身。"生病的孩子离死亡还近一些，但是他在一定距离上已经享有了只有死人才可享受的威望。他虽然仍旧是他，但是已经不属于他本人。那个反常地发生在真正人殓前的葬礼已经改变了他。人们带给他的爱面向一个活人，送给一个能对爱抚做出反应的柔软肌体，然而这个肌体只能得到若即若离的抚爱，这是命运的安排。

父亲看着独生子的目光没有流露出丝毫满意的神色，他只要求孩子在临终时睁着眼睛：孩子要尽这样的义务，无论是用眼泪还是夹杂着眼泪的话语，都还不清这个人情，死亡的景色是一种缓慢的无法替代的巨变。马拉美写道，"亲爱的孩子"如果不能像往日那样被抱在膝头，就变成了"由死神造就而成的年轻的天神、英雄和圣人"。书中所描写的孩子总是英勇的，他们用勇气和顽强的求生欲望，用他们镇静面对一切的力量以及使他们无法自主的灾难吸引了大家。真实似乎有时就在书本里。

一种阴暗卑鄙的念头把孩子带向一个选择好的结局。马拉美还这样写道：

> 最崇高的目标只有一个，那就是带着纯洁的生命离去。你受尽苦难，提前完成了这个目标。你这个温顺的孩子，你所做的一切只是为了证实生命已离你而去。

孩子最后的形象是这样的：阿纳托尔静卧在床上死去，家人给他穿上了平时常穿的水手服……他遇到了什么灾难……也许只是为了一次航行？

马拉美像雨果一样，也躲了起来，他的悬崖却没有那么壮观，没有云雾缭绕和疾风吹拂的景色。他躲进了巴黎一家舒适的公寓，在那些二流的美学鉴赏家和社交人群中，讨论音乐、诗歌、时尚和思想。人们回答问题时，用词时髦，彬彬有礼，当人们欣赏那些优美词语时，“大师”却在偷偷地为他的永远不会成名的“伟大作品”而辛劳。马拉美被无言的痛苦折磨疯了，他在雨果之后，献身于他那个时代另一种永恒的宗教：无价值的东西。人们在沙龙中的闲谈，远不及思想上的繁琐。有关茶道的清规犹如陀螺般令人目眩。那些词句复杂费解，前所未有，礼仪却一钱不值，全是无聊的恶作剧！在这种优雅的习俗里掺杂了多少悲哀！如此之多的烦恼和无用的乐趣把我们带向了何方？无可奉告……在这片墓地上，一片沉寂……

马拉美的内心不像雨果的内心世界，有个方形的轮廓。

他的内心活动呈螺旋状和涡形，在表达上使用的是对比和曲言法。马拉美经历了一八六六年那个产生现代诗歌的危机时刻，他与现代文学故事顺理成章地重复使用的手法是一致的。马拉美钻研诗句，然而却在诗句的背后发现了虚无。在《衰老的羽毛》中，请您注意：上帝死了。琐罗亚斯德[①]得知这个消息后，终于把它传播出去，消息传遍欧洲思想界……然而上帝之死首先牵扯到文体学家和语法学家，被打油诗人发现。他们调整了韵脚，计算了音节和重音。于是马拉美写道："摧毁掉的是我的贝阿特丽丝……"

孩子死后十三年的情况怎么样了呢？一八七九年那个无声时刻加重了一八六六年那个话语连篇的危机。它确认了他一八六六年的直觉。"虚无飘渺之风"吹进了马拉美的生活，马拉美于是写道，他自己就是"现代虚无"的形象。贝阿特丽丝作为他的向导，把他引向了哈德斯。如果《衰老的羽毛》能像绒毛轻轻飘落到路上，那么天使飞翔的羽翼又将用什么制作呢？我认为，马拉美考虑的是一条可遵循的虚无飘渺之路。他以往所说的话装载了连他自己都猜不透的意义。我认为他在《坟墓集》中创作出的最动人心弦的篇章是源于对阿纳托尔的怀念。于是诗人明白了往日那些抽象诗句的可怕意义。他用玩笑的口吻写道："什么，难道我说的是真的，而不仅仅是音乐吗？"

---

① 琐罗亚斯德（约前628—前551）是伊朗宗教改革家和先知。主张一神论，同时又宣传二元论。

6

人们希望，在缺乏宗教的时候，艺术能给人类提供可能救世的机会。每个人意识到自己即将死亡时，就会成功地拒绝共享共有的命运。艺术家把这个拒绝固定在形式上，这样，他便达到了理想的永恒境地，整个人类通过他进入了这个境界。这并不真实。

人们往往把雨果描绘成伟大的英雄，是他引导全人类走向还处于崭新而不稳定的福音阶段。人类上升为诗人，诗人升华为思想家。凡人所经历的悲哀都转换成了形式。一种即将成为创作意象，最终与这种意象协调一致的境界提供了创作萌芽。这样，隐秘之处豁然开朗，从星空中喷涌出来，天使们随之脱颖而出。从行行韵句、篇篇文章中，读者在大量接踵而来、振振有词的冲击下，似乎在读玄妙多彩的北欧传说。这些传说讲出了最终被人类揭露出来的事实真相。

但是人们忘记了，最后一句话并不是由“冥界的嘴巴”说出的。雨果把怀疑和信仰、无神论和宗教一股脑儿放置脑后。他不需要任何实实在在的教理课，无论是反面的还是正面的。他不停地创作诗歌，只是为了探索隐蔽在深处的东西。他并不是为了从中发现已有的形式，造就现成的意图，而是去追寻从一个隐秘到另一个隐秘的永不休止的运动过程。雨果在暗处描绘黑暗，在尚未开拓的深层范围里不停地钻研。

这样他可以奇特地与但丁媲美。他最优秀的诗作犹如天堂之歌中表现出来的反面景象。我想到克罗德尔曾经说过："没有人能够从上帝不在的隐蔽境界里发掘出这么多东西。"

《静观集》的结论比集子里受到威胁的肯定态度更具疑惑性和相对性，是对和平、对梦境、对忘却的召唤。雨果仰望天空，再次思索这个连上帝也无法解开的难题，他沿着铜墙铁壁行走，俯身探望令人眩晕的深井。他满腹思绪，立足于茫茫漩涡涌动、闪烁着模糊意义的大海边缘，去领悟这一切。这部诗集里的最后一首诗于一八五五年十一月二日完成，这一天是万灵节。雨果到盖纳西岛以后，就把自己整个交给了留在法国的那个人，那就是他心爱的女儿雷奥波蒂娜。

人们希望健壮、高大、健康的雨果最终被称作真实的天才。但是没有人提到一直陪伴着他的疯狂，没有它，他那些真切的著作就会变得空洞无聊。雷奥波蒂娜去世后，雨果疯了，任何力量都无法把他从这种情感里拔出来。他把自己所有的孩子都带到了墓地，除了阿黛尔。人们希望雨果从他脚下裂开的漩涡口中迅速摆脱出来。有人说诗歌成为他完成葬礼的过程。人们愿意以《在维尔吉耶》为例，证实这一点。在这首诗里，心情已经平稳的雨果又回到了上帝身边，他表示接受了上帝的法则。难道人们没有看到通篇文章都充满了挖苦人的伏尔泰式的亵渎神明的言词吗？要想弄懂这些内容，必须对反用法句式有所了解。例如："我很清楚你有别的事要做，／大家都在抱怨我们，／一个孩子死了，他的母亲多么绝望，／对你，却没有什么影响！"是的，法则是明白无误的："野草必定生长，孩子必将死亡。"他从来没有如此出言不逊地与至高至上说话。上帝呢，也许并没有受骗上当，而且比大多数读者更明白讥讽的意义。西西弗斯[1]扮成约伯[2]，以此蔑视那些攻击他的人。他生性蛮横，假装祈祷，要表达的却是对天国的憎恶。

诗歌并不是完成的葬礼。雨果从来不愿意走出这个葬礼。写作对他来说是拒绝离开葬礼的形式，他要使葬礼永远持续下去，让人们看得见。他还会说，遗忘是懒散松弛的行为。如果不留意，生活会悄悄地为它奉献材料。思想应该在流年岁月中随时保持警惕。诗歌是用记忆刻录而成的勇气。时间是一本记载伤感的永久保留的日历，他在上面写下诗句，追忆失落的每一时刻。这些明白无误地奉献给雷奥波蒂娜的文章数量不少，但是后来似乎每一篇作品里都灌满了维尔吉耶的黑水。直到《静观集》里面的最后一首诗，葬礼也没有丝毫结束的迹象。

雨果在盖纳西岛流放，不可能亲自到女儿的墓前拜谒。

---

① 西西弗斯为希腊神话中狡猾的科林斯王，被罚在地狱把巨石推到山上，但巨石每次快到山顶时都会滚下去，他必须无休止地推上去。后传说当死神来捉他时，他把死神锁了起来，以便到达冥界后被获准返回人世。一个骗子，由于欺骗死神之罪，要在冥界永远受罚，这就是西西弗斯无休止推巨石的原因。

② 约伯为《圣经·旧约》中的主要人物，书中叙述了约伯追究自己遭灾祸的原因。作者用西西弗斯扮约伯的比喻，说明雨果对上帝的怨恨不亚于西西弗斯对死神的憎恶。他用反用法的句式讽刺"上帝"夺走了女儿的生命，表示了对上帝的蔑视。

于是墓地被改造成悲痛伤感的田园诗情。雨果想象雷奥波蒂娜正在棺板下焦急地等待他的来临，期待他在石子路上传来的脚步声，从冥界的一口大钟上一个小时一个小时地计算时间。耶稣能让拉撒路[①]从死人中站立起来，然而，只有神才能做到这一点，文章则无能为力。无论是爱还是诗歌都不会战胜死神。爱和诗交织成一条话语的路，永远与漆封的棺材相通。

① 拉撒路是《圣经·新约》中的人物。此处指伯大尼的拉撒路，他死后四天被耶稣救活。

7

马拉美在绝望和疯狂中从无助转变到发泄时，也在梦想奇迹的发生。儿子无法转死为生，因此他必须保留另一种可能救命的方式，而不是去维持生命。我们可以这样想象：诗人在儿子生病的最后几周，伫立在他的床头，紧紧抓住他仅剩的部分思维，在纷乱的思绪中，以符号的形式记下了他思考中的《坟墓集》里的尚未成熟的内容。作品的一页页都从形式上集中阐述了一个人与在他生活中不可能出现的事物之间的残酷争论。马拉美对死神即将降临到儿子的头上有足够的理解。他的生命已经走到终点，他也要躺到坟墓中去。他要在那里等待他生命肌体真正消失的那一刻。他的思想被从现实中突现的死神形象烧灼着。唯一能够冲散这个念头的是在威力无比的诗歌梦境里畅想。如果在现实中失去了一部分，能在另一个地方找回来吗？也许这并不是一个白白付出的报复吧？马拉美幻想着“复仇”，他认为这是“天才和死神之间的争斗”。于是思想开始迂回发展。当它在事实面前碰壁时，他写道：“唯一可以抚慰我的只有思想——这是最好的安慰良药。事实摆在面前——我无法回到包容死神的虚无中去。”然而，马拉美想象着这堵看不见的墙壁，无论如何应该有一种方式把它勾画出来，使它显现出来，使它保留着有生命的或者不可避免的死亡的形式，于是他又写道：

> 然而必须指出，如果生命和与之共存的幸福只是抽象的概念……如果这种抚慰绝对具有周长、占地、基础，在我们需要一个死去的人活生生地回到我们身边的时候，那么思想——事实上是他的生命、他的思想，会通过我们的爱和我们对生命的细心呵护，成为美好的东西回到我们身边。对这种短暂胜利所下的结论是："在那里，有一片冥界乐土。"

一个缺口这样被打开，关于命运的诗歌取胜由此得以被思考。前景被颠覆。那些绝对有伤风化的东西结果得以被人理解。就马拉美而言，所有东西都应该被打上记号。一直在梦境中的作品期待着使作品变为可能的痛苦时刻，它在梦想的范围里吸收着一个孩子的极大痛苦。儿子从死亡的语言，父亲从活着的语言，共同书写了世界上的一切都可以通达的那本书："你可以用你的小手把我拖进你的坟墓——你有这个权利——我会跟着你，让自己随你而去——但是如果你愿意，我们两个人可以结为联盟，这种婚姻结合，了不起，——生命会停留在我身上，我则利用这些去……"

在第四十页上，最后一句话没有说完。因为阿纳托尔的坟墓没有写出来。他不停地在自己固有可能性的梦想周围打转，结合固有的现实建造起来。父子之间的梦想婚姻可能是比死亡还要残酷的死亡公约，因为这个婚姻假设了虚无的承诺。阿纳托尔亡故时并不知道这些。马拉美想到儿子能够预感到自己不幸的出路时，疯掉了，他想保护失望的儿子，让他几乎没有任何负担的离开。这种无知对日后马拉美希望的写作是必要的救援。无知的死亡不算是真正的死亡。这个婚姻会属于把没想过的当做自己思想的诗人。死亡书写是对死亡的劫持。

孩子的死亡于是成为诗人安排的戏剧，今后"死亡的同谋者"。跨过某个痛苦的门槛后，死亡便丧失了它难解的特点，并在意义的新秩序里找到了它的位置。孩子必须死于肌肤，以便话语发明的身体战胜他，还有他的父亲，那个永恒。诗人重新作出了亚伯拉罕附身以撒的姿态。书写是他的剑。但是有些事抓住了他的手臂。一个声音在诗人那里回响，他配合母亲的调子说话，禁止父亲的疯狂餍足孩子的身体："我想要的，不都是那些，那孩子——也不是我。"用词语重造孩子是书写仅在最终自我庆贺的时候引出的幻想。他身上的一切丢失在他的过去。诗歌变为宗教以后，只有在它必须在死亡中睁大双眼将它抹去时，才为死亡做出辩解。但是诗歌于事无补。当主张施救的时候却在杀人。当它允许孩子的尸体存在，主张能够让他在书页上复活时，却重将他置于死地。词语只有在修补世界上的任何灾难时才能把它无能的根本暴露出来，这时它才能拥有真正的权利。诗歌在持久服丧。《安娜托尔的坟墓》的清晰伟大之处在于处于不断被拒的慰藉之中："噢，你知道我多么赞同生命——赞同把对你的遗忘表现出来——以滋养我的痛楚——当你出现的时候，让这表面的遗忘快快在生命中、在任何时候，从泪水中迸发出来。"

马拉美和雨果一样，在自身踏出了一条通向坟墓的词语之路："必须光顾墓地重温撕心和痛苦 / 幻觉异常紧随墓地不放 / 不，你不是亡者——你不会进入亡者之列，会和我们在一起 / 成为我们的快感（苦涩点）——对留在那边的人不公正的是，实际上剥夺了他与我们联盟的一切。"书可以写也可以不写。纸张装订的书卷在现实中永远填不满因为丧失孩子而打开的空洞。他的词语奉献给了虚无，虚无抓住它们，给了它们真实确定的意义。在雨果奉献给雷欧波尔蒂娜的《静思集》里，诗人这样描述道："苍白，昏厥，漂浮，消失，犹如一团熄灭的火，一缕黑夜闪过的光，香炉上一丝幽幽缭绕的烟；它的页面进入黑暗，化为星斗……"

雨果在《静思集》的前言里作了解释。他这本书曾想命名《灵魂回忆录》，述说自己的体验。然而这是每个人的生活，是生命的轮回：从"摇篮之谜"到"坟墓秘密"。读者就是作者。他们的面孔同时显现。戏剧是普世的。面对基本的东西，诗歌没有发挥出任何优势。它只是思想写出来的一种模式，另类的操作方式。更便于提供给记忆形象的编织，提供给忘却的思想。同样的事实被马拉美用颠覆的方式编制而成：思想是无需附件的写作。从诗歌到思想，只是缺乏一种归纳密度缺陷、忽视文体的工具。语言电脑可以把困境的共有材料处理成极为复杂的逻辑操作。

诗人被艺术的优雅挽救了吗？不，他把该分享的、没有解决的命运固定在意义的画布上。在巨大的文本中间回响的稳定的记录，脱离纸页就毫无保障。内瓦尔跨过冥界，两次获胜后上吊而死。他的死亡即无效又未经认证，只和地下真实的冒险经历有关。

诗歌面对死亡，寄于和思想同样不可能的空间。作家没有被排除在比任何其他悲伤还要优越的状况以外。操作改变了戏剧的条件，但是并没有丝毫改变其出路。文本说，在符号的装置里我是你，与你一样在经受苦难，在不可能的内部探寻我的虚无之路。

8

忘却很惬意，异常惬意。人们说这是悲哀之劳。然而悲哀并不是劳动，而是慵倦的自动作用，是本能的困倦，是睡眠滚动的斜坡。生命，在此受到惯例习俗的鼓励，在这里成长。一条生命逝去。他的身体消失了。人们望着变成骨灰的身体，阖上双眼。名字不再被呼唤出来。神经细胞继续它们的工作，编织感觉，思想和形象。这些词汇的重新编织总是重新建造一个形象自给自足的世界。在这个形象上没有任何虚无，但是有日常安排的颜色、形式和声音。再也没有什么东西能指明被以往人们喜欢的她占据的位置了。被抹去影子的图画，被看得见的东西包围，滑进被勾勒出来的缺席里。结果表明今后生命隐蔽部分的行迹的消失。身体开始了它幽灵的生活。传说中白色的裹尸布被说成是被抹消的苍白的脸。痕迹在面具下变白，从清晰中消亡。声音消失得还要快。过去的生活，只是轶事，是未经证实的故事的不可能的总和，它们根据人的某些还记得的记忆起伏波动。最近的过去被投射到寓言的遥远而令人眩晕的地方，那些经历过的生活不再断言成只是一个反复叙述的故事。现象出自凶猛快速。活着的人对于可以证明被遗忘强迫接受的命运无怜悯可言。他因此与弃绝他的人合作，将失败打扮成胜利。他掩饰，抹杀，审查，在犯罪之地树立起冷漠的装饰，收买证人，修正记录。

为了让莫须有的不再出现，让人不知道每人身上偶然发生的事情。在被迫努力之下，有一天，我们把一种态度、一种声调召唤到思想里来。我们相信，在所爱的人震动人心、无可争议的真实出现时，能把握住从他那里返回的形象。然后，可以实现使把握的形象形成虚构的回忆。一张在相册里看过成千上万次的相片。回忆经过重新追溯在二维角度里，在纸张虚假的喝彩中，成为被保留的陈词滥调不连贯的继续。一切无任何保留，成为回忆的回忆……

这是反复检查过的一条法则。生命应该继续，给逝者留下埋葬逝者的关照。我们不愿看到他们反复犯罪的暴力：因为他们的身体被抛在了被魔术师贩卖的冰冷当中，这些人给身体梳头，掏空它，放干净它的气，给冬季的睡眠以放心的外表，然后把身体放入花边和丝绸的包裹里，像是一只被固定在装有福尔马林盒子里的昆虫，盒子入土或者顺着煤气焚烧炉的斜坡滑下去。人们备有骨灰盒或棺材，人们封死了那个水泥外壳。其他人会来竖立大理石碑，铺撒砾石。在皮肉的尸体上丢下几朵花的尸体。人们离去，相互之间窃窃私语：这是一场美好的仪式。

仪式，静默，生命的躁动深入到尚有生命的人的死亡那里。人们因此预防他恐怖的表现标明的意义。死去的人在暴力之中死亡两次。当他们停止呼吸的时候，看不见在继续的痛苦，社会还会把他们杀死。对于哭泣的她或者他，人们会重复道德义务的重要性：保留对那个逝者的记忆吧，但是要在一种对自己和活人群体没有威胁的形式下。这就叫为他悲哀。这个说法被如此反复检验，以致听不到有异常的回声。为他悲哀，犹如铺床、洗浴、购物，犹如进监牢、消磨时间；犹如完成一项日常豪华的工作，不可避免地要纳入事物的秩序之中。必须合乎常理，不是吗？不要傻乎乎地去抗议已经过去的事，接受无法挽回的事，超越悲哀，忘却磨难，任时间完成和平的作品……我们在死者中负债，没有任何事情禁止用瞬间经历悲伤这样的假币尽责。人们在尸体的口腔里，仅仅放进了一个小小的古铜色钱币。

情理，静默，善意，甚至情感都指挥了忘却。这些东西在耳朵里形成嘈杂的最佳解决办法的声音，令人疯狂。这种孤独的生存往往获胜，因为成为本能的理由，利益的自动作用，这些经过一代代人古老习惯的判断，为人世间带来了他们降生的肉体。然而如果问题提出过于生硬，它就不会大功告成，偷窃值得怜悯的谎言吗？它狰狞的面部下面透露出总体清算的面孔。如何允诺尸首的存在？不在抽象接受符号的死亡当中……然而这个具体的厚厚的肉身，昨天还在被抚摸，拥吻，还可以用手指划出那张面孔的轮廓，在它的周围还持续着词语、笑声和承诺的反响。如何让它离去？去哪里？去哪个不可能溶解的地方？待在哪个荒僻的地方？

悲哀不是自我形成的，这是一项劳作。真正的思想劳作，在悲哀的反面工作，防止曾经的过去不会消失在遗忘的令人作呕的凝胶里。被克服的痛苦中没有伟大之处，然而这一点却表现在最为心酸记忆引导的持久的衰落中。怎么能不让那个我们陪伴临终的孩子逝去，不就是把那痛苦的生命丢进表面空空的葬礼机器中吗？

自杀？因为犯下这个罪行而去无辜地死亡吗？为了补偿无端的错误而活下去的羞愧吗？不可能不去这么想，不去看床头柜上的长颈细口瓶，不去看床上逐步沉重地睡去的幻觉中的身影，不去看聚集在石板上的三个人名。但是死亡从不把相爱的人们聚集在一起。它把那些人分散，割裂，分开。在每个加上去的尸体上，死亡进行的是磨研机的机械工作。它以机器进行麻木工作的方式成为保护剂。自杀是准许死亡在时辰之前包抄另一方肉体。死亡不是辩证法。不必举步跨越，没有否定的门槛，此外，就是人生要完成的全部幸福，从生命到死亡，然后还是到生命。抹去一切只是有些快。

你爱的肉体消失了。几分钟过后，对这个夺取了孩子表面的沉重的凝胶娃娃我们再也无能为力。离开我们的生命不可能在过去的形式下得以保留。时间一下子就战胜了它。距离每时每刻都在增加。我们可以无望地抓住时间。然而肉体走了，形象突然或奸诈地失去了知觉。直至沙子从手指间流出。怎么能不放掉要跑掉的东西呢？怎么能不放弃消失的东西呢？怎么能维持已经丧失的生命呢？

精神的所有运作都是背叛，移位，解释。活人进入虚构的状态，是他人使其生存下去的幻影，因为他掌握着往日那个人的幻觉形式。在他身上，思想开始创作，不是去完成它，而是加以区别，破坏，甚至禁止悲哀劳作。活着的人制造了幻觉习俗，通过这些习俗祈求逝者，模糊地把他们召唤到世界上，好让自己无休止地守护他们的影子。

写作就是那可笑的幻觉习俗之一。人们希望通过写作不去关闭自己脚下开放的壕沟。同是悲哀的怪癖，写作或多或少有它相对的尊严。然而条件是，让不合理性的真实特征保留在死亡中。事情应该处于不可收回的状态，尽管有修辞修饰。纸页并不是活人和死人的虚无神化的彼世。每个语句都是拒绝。尸体召唤着反抗。悲哀不可能变成慰藉的空洞叙事诗。书写是谦虚的劳作。是在时间的荒芜中无益的挽救：要保留瞬间、动作、词语等这些无用的东西。不要梦想英勇的巫术，必胜的复活……睁大眼睛，盯住那让时间抹黑的神秘莫测的黑夜吧，那张可爱的、被黑暗抹去的面孔会从那里经过……

9

写作的人不是死去的那个人。他不具备三岁孩子的智力，这个孩子用自己的词语在一个神秘的白色的房间里醒来，自我表述对新生活的恐怖。她没有从麻木的毛茸茸的睡眠中苏醒过来，去进行恼人的肢体计算。在不知什么人的眼睛睁开时，她没有询问，在这双眼睛里读出在外科手术刀下应该必须丢掉的包块。写作的他可能在预料之中的失望里，与外事隔绝，而颓丧下去。但是烈酒足以成为安眠药。他没有被麻醉剂的持久的眩晕恶心所控制。他的前额在慢慢变秃，但是头发并没有大把大把脱落下来。那个写作的人观察着孩子，去抚摸孩子的额头。他可以亲吻她，用词语陪伴她到底。死亡之门不会在她上面关闭。石板的阴影不会覆盖在她的脸上。孩子睡着时，他就跑到门诊部的走廊上，乘上电梯。他跨过医学院的铁栅栏，点上一支烟，要是夏天，他会仰首对着太阳。

写作是徒劳的魔法。是使用墨汁的无能为力的习俗。写作不能把生命归还死者。无法使他们矗立在打开的坟墓外面。写作摆脱不掉被封闭起来的没有呼吸又没有声音的下颚。肉体不再是纸张的幻影、僵直的会发声的娃娃。写作不必提前，也不在假定识别皮肉是否覆盖在骨骼上面之前。写作所剩无几，可以被认为不可能有未来。书籍将被遗忘，那些枉费心机试图保留记忆的人会被二次遗忘。写作不会向任何人打开你经历过的道路。悲哀，无论如何都是难以想象的，难以分享的。从意识到意识，兑现悲哀成为感情上的无稽之谈。写作甚至无法治愈那个用词语重新塑造她生命的人：他用每句话刻画出了悲伤完整的痕迹。书写甚至增添了尚在人世的羞辱。

有一天，一个小女孩走了，她的身体黯然失色。所剩无几。水顷刻将她淹没。身体沉得很深，外表不可能再触及水面。世界的反光抹去了她，将她刻印在池塘的镜面上，瀑布流水形成的漩涡轻轻地碰撞着河岸，荡漾着又不动了。生命重获生机：船只、泳者、小鸟，年复一年，不同季节的游戏周而复始。我写作不为任何人，只为我们三个。我悲伤地矗立在河边，阿丽丝站在我身旁。我朝池塘里扔石块来消磨时间，想重新击打出潋滟波纹，回忆最后沉入池塘的幼小身躯，想让她进入水草和鱼儿当中，进入虚无的场所，倾听我们得不到安慰的爱发出的无声回音。

第六章

日本动画片

“他们飞到了永无乡，”温迪说，“遗失的孩子们也住在那儿。”

“我想他们是在那儿。不知道怎么的，反正我觉得他们是在那儿……我在一个故事里啦，哈哈，我在一个故事里啦……”

“现在，我要你们想想，孩子们都飞走了，那对不幸的父母心情会怎样呢？”

……

“想想那些空床！”

1

我们的女儿夭折的那一年十分漫长，是我一生中最美好的一年。以后再也没有出现过相同的感觉。尽管未来有所保留，我们却再也不能三人同行。尽管治疗仍是老一套，可怕的周而复始的检查，我们却再也不去弄明白这一切。恐惧中的温馨将会被我们拿掉。我们没有间断逃离医学院，但是我们再也不可能从它的栅栏前经过时不表现出加快脚步，直奔最高层，冲进房间的强烈欲望。波丽娜可能已经在那里等候多时，随后，我们会突然停下来，只是说“是真的，”我们不能不信，然后我们慢慢在街角转了弯。

波丽娜在医学院治疗的那段时间，我们总是起得很早。为了避免塞车，我把车绕开主干道，然而在乌尔姆街或盖吕萨克街，我们的车还是会耽搁一些时候。阿莉丝坐在我的身边，我能听到她剧烈的心跳声。我刚把车停下，她就一溜小跑奔向医学院的电梯。有时波丽娜还睡着，阿莉丝就悄悄地在她旁边睡下，亲吻着她，把她唤醒。很多时候，是波丽娜在饭厅里等我们，餐桌上放着波丽娜的早餐。有时，波丽娜在走廊里等候我们，她的身旁放着输液架。阿莉丝向女儿飞奔而去，笑着亲吻她，问她离开我们的这个夜晚过得怎么样。

这一切，一切的一切，我只能靠回忆了：夏季一周又一周，没完没了，时间被触及的那一刻停下来，对我们来说，却永远延续了下去。现在，当治疗强迫我们留在巴黎时，我们愉快地用游戏、午睡、读书来充实生活。

波丽娜的身体已经极度虚弱，呼吸很困难，我们不敢再让她睡在自己的房间里，便让她睡在客厅的大沙发里，供氧装置也被搬到了客厅，让她和我们一起看电视。我和阿莉丝心照不宣，我们的女儿将在这里度过她生命中的最后几天。当她虚弱的身体即将开始，我不敢让她在自己的房间睡觉，呼吸困难让我们必须随时随地保证给她严格规律地输氧。

嘘，现在，别打搅波丽娜，动画片就要开始了……

2

现在播出的节目是专门为大人准备的电视连续剧。这些剧目的名字都起得怪怪的，波丽娜一点儿也记不住了。例如有一部讲马丹·图波尔[①]先生的故事，马丹·图波尔先生长得有点儿像爸爸，年纪也相仿，和蔼可亲。波丽娜觉得他有点蠢。因为他喜欢赤身裸体，笑得像个傻瓜。当然，如果不是睡在客厅里，如果不是生病，波丽娜这时候早就睡着了。而且爸爸妈妈也不会让小孩子这么晚还看电视。波丽娜对这类电视剧显然没什么兴趣，她很快睡着了。

家长们看的电影经常用英文，演员的台词用英文打在屏幕下方，由于在屏幕上停留的时间很短，爸爸会去找他的眼镜。英语是很有意思的游戏。在一个词的位置上放上另一个词，却又往往没什么意义。某人说出一句话感觉却像是在说某样东西。其他听到的人好像是听懂了。这会延续很长时间。在伦敦的人就怪怪的，大家都在玩这个游戏。波丽娜也会说英语。她走到书架跟前，拿起一本爸爸的书，她说："我想为你朗诵一首诗，可我告诉你是英文的哦：Tink, tonk, tink, tacatinktonk, tacatink……"她特别喜欢《神曲》，因为那上面

① 马丹·图波尔是法国电视台播放的美国系列电视剧中的人物。爸爸妈妈喜欢看，波丽娜不喜欢。因为说英文，而且是针对成人的。

画着魔鬼和天使。波丽娜朗读着，即使像《炼狱》里的那些深奥的诗句，经过她的朗读，也会像音乐一样有韵律，特别优美动听。在我看来，就像给原始的三行诗节押韵法带来了更美的韵律。

晚饭时间，波丽娜和阿莉丝从不耽搁看《罗伊斯和克拉克》。波丽娜说起“克拉克”就像是在说宝贝。每一集都录了下来，可以随时想看就看。连续剧很精彩。妈妈庆幸精彩的好莱坞式的马里沃文体，可以天天对胃口。波丽娜绝不错过欣赏克拉克穿蓝色紧身衣，披红色披肩，飞向天空的形象。“他真是又棒又帅！”妈妈叹了一口气，用眼角瞟了爸爸一眼，他正在喝下今晚的第一杯威士忌。

洛伊斯落入无耻之徒卢托尔之手。绿色的氮化物使超人感到窒息，他一下子丧失了超人的能力。波丽娜看到这儿担心极了，她问道：

“可是，妈妈，他怎么才能救下洛伊斯呢？”

“不要担心，你知道，一切都会好起来的……”

波丽娜总是被双重身份问题纠缠着，困惑不已：“我们叫他克拉克·肯特，可是怎么又可以叫他超人！？”由于她知道很多东西，她又补充道：“那么我们也可以管布鲁斯·维纳[①]叫做巴特曼，把邓肯·麦克里奥德称作海兰德尔了？”可是问

---

① 布鲁斯·维纳和邓肯·麦克里奥德都是美国动画片里的人物。他们在需要穿上超人服装与敌人作战时，便分别以“巴特曼”和“海兰德尔”这两个名字作掩护。

题还不只是与超人有关，比如：

“那么我们说妈妈可以叫阿莉丝，爸爸就是费里克斯。那波丽娜呢？”

“我们说波丽娜时要看情况，比如叫你米古鲁娜、古娜、宝贝、大姑娘、可爱的小宝贝儿，或者让人心疼的小宝贝……”

“我们有好几个名字，就像说好几种语言一样。在英国的时候，他们称爸爸‘doctor’（博士），可他根本不是医生。到了法国，爸爸管医院里的先生也叫‘doctor’（医生）。他们都穿着白大褂。这是他们的制服。就像超人的红斗篷一样。他们回到家里和自己的孩子玩耍时就具备了隐秘的身份。他们不会受到氮化物的伤害，可是谁也说不准他们是不是真的具有超人的能力。难道他们另外还有名字？他们可以用同一个名字或者变一个名字。人们可以长久地以几种方式生活，根据人家给你的名称变幻面孔。只要把名字扔掉，就可以成为神话人物了。”

晚上八点钟是关键时刻，爸爸坚持要看他的“受教育节目”①，妈妈和波丽娜总是串通一气讽刺爸爸：“嗅，一把胡子了，还在受教育！”她们要看电视三台的音乐有奖竞猜节目“张口就来，唱吧，猜吧”②。她们用略带嘲讽的口气让爸

---

① 这里指新闻节目。因为法语的“新闻”informations和“受教育”formations只差一个前缀的区别，所以母女俩故意用“受教育”戏弄爸爸爱看新闻。

② 这是法国电视台组织的猜歌名节目，采取淘汰制，由小乐队演奏或演员歌唱，参赛者根据乐句报出歌名，猜对最多的获奖。

爸注意，不管怎么样，有他没他，地球都会在发生它身边的一连串好消息或坏消息中转动。爸爸表示反对，可是他是少数，只好认输。他总是肯定地认为，如果照他的天性发展，他会成为歌星。无论如何，现在这位明星主持人唱得比他强，“比他能干……”妈妈强调说。可是这个主持人要比马丹·图波尔的样子高大，他和爸爸一样都经历了他们十五岁那个陈词滥调的年代。可是这件事不好乱讲，因为这样会把爸爸脆弱而难得的大学教授声誉毁于一旦。可是除了费雷和布莱尔（啊，棒极了！）、阿兹纳芙尔、雷吉阿尼（噢，还可以吧）、甚至还有拉马或者萨杜（什么！还有他们的？）的保留节目之外，爸爸清清楚楚地记得那些老调子。一提到传统的流行歌曲，他没有一个猜不出来的。妈妈受到的是新潮影响，对节目选择这些平庸的老调子，提出了抗议。但是游戏归游戏，妈妈必须认输。爸爸还是赢了。到了八点三十分，他终于“谦虚”地获胜。电视机被关掉，爸爸开始弹琴。波丽娜也想弹一曲。爸爸演奏着，他制造了欢乐气氛，犹如一支大乐队。波丽娜只能等着上场。可是爸爸的耳朵不灵光，正像妈妈所说的：“一点儿节奏感都没有……”。

他只能准确地弹出被女儿敏感地辨认出的五六首曲子。

“这是三号调！”波丽娜猜道。

“一个提示：这首歌是由一只橘黄色的恐龙创作的；我重复一遍：这一首一歌一是一由一一一条一橘一黄一色一的一恐一龙一制一作一的。这里有多少个音符？”

“六个。”

“不对。我放弃这首。”

“现在弹出‘哆咪咪……’”

“这首是《孩子岛》!”

“猜对啦!”(喝彩的观众只有妈妈一个人。)

“波丽娜小姐再一次获得我们的竞赛大奖。”(于是波丽娜温文尔雅地向狂热的观众行礼。)

然后，睡觉的时间到了。“喂，小丫头，去睡觉吧。”波丽娜踩着红木梯往上爬时，妈妈总要在她的小屁股上亲切地拍上一巴掌。夜里就要待在小花被底下。首先要在十几个长毛绒玩具里选择几个今晚可以和小姑娘同床的玩具。这些长毛绒玩具太多了，阿莉丝在老奶奶们的指导下，做了一个长长的布条，贴在墙上。上面挂着很多口袋，每个口袋里都装着波丽娜的“一个小朋友”，里面有熊、兔子、老鼠、狐狸、小狗。还有刚刚买来的玩具，这些玩具代表着新潮时尚，有米老鼠、丹波和小矮人堤米德，等等。还有最早的那些娃娃，它们在伦敦的家里，每天夜里在医院里陪着小姑娘。有个绒娃娃叫布尔高姆，是最温柔的一个。橡皮奶嘴到哪儿去啦？是掉到床垫下面去了，滚到家具底下去了，还是绞成一团压在床单下面了呢？即使是缠在奶嘴周围充满“神力”的白色线绳也没有办法确定那个塑料吉祥物的位置。“奶嘴会到哪儿去呢?”就像是在玩游戏，在捉迷藏，玩传环游戏，它一会儿跑到这儿，一会儿跑到那儿。“费里克斯，你看到奶嘴了吗?”波丽娜说着，她利用这个机会从卧房里溜出来，假装在沙发靠垫中间翻来翻去。“爸爸，我又把奶嘴丢了!”

波丽娜很小的时候就需要借助这个橡皮宝物睡觉。现在似乎是到了该取消它的年龄了?也许。但是为什么要把这个让她高兴的东西拿掉呢?如果它能够驱散深夜的幽灵,把夜深人静的气氛召唤回来,为什么要夺走这个魔环呢?在培养孩子上,我们不是那种激进的父母。自从波丽娜患病后,她表现出连许多成年人都难以做到的成熟,这远远超出了丢掉这个晚上才使用的物件的意义。于是,这个塑胶奶嘴被保留了下来。

阿莉丝给她买了一本新书,每天晚上都把故事讲给她听:

> 这是一条小龙宝宝的故事,不知不觉地长成了高大的龙子。可是他不愿意离开他的奶嘴。爸爸妈妈训斥他:“你不会一辈子都嘬这个奶嘴吧!”在学校,小伙伴们都嘲笑他:“大家看这个小家伙,他还在嘬奶头呢!”他在家里意想不到的角角落落里都藏匿了奶嘴,但是家里人都把它们没收了。结果,他只留下一个,这是早就使用的那个,已经用旧了,还残留着往日的气味。他把这个奶嘴埋葬在花园里,然后庄重地找到妈妈,语气严肃地对她说:“从今后我是一条大龙了,我扔掉了最后一个奶嘴!”龙妈妈激动地说:“我真为你骄傲!”但是在这本书的最后一页上,花园里出现了一棵大树,它长在埋葬奶嘴的地方。大树的枝头上奶嘴绽放,无数的奶嘴花果抚慰了孩子。小龙嘴边露出狡黠的

微笑，采摘了它的果实，篮子里盛满了这些漂亮的橡胶果实。

我们认为最好的书应该是那些最后能给孩子忠告的书，它介于寓言和真实之间，不热衷于简单的说教，而是采取另一种方式。它们不用说教的口吻解释该洗手，该喝汤，要听大人的话，它们不必催促孩子长大，只要告诉他们应该怎样做就可以了。

“睡觉时含上一个奶嘴，咳，那真是棒极了！你的奶嘴借给我用用，也让我吸吸那个可爱的小姑娘的味道！”妈妈逗弄着请求道。波丽娜微笑着摇头，她很愿意让妈妈尝尝，但是作为回报，她要求读最后一本书。

“我们可以读《玛汀娜》吗？”

“好，主意不错。”(这句话是妈妈说的，因为爸爸总是独断专行，固执地拒绝读这套书，借口这是大姑娘们读的书)这套书里有《小妈妈玛汀娜》，说的是她如何照料她的婴儿大小的弟弟，把她裹在襁褓里，推着童车带他散步；有《乘飞机的玛汀娜》，讲的是她坐在喷气式飞机里，通过舷窗欣赏云彩，空中小姐给她彩色胶泥和玩具玩；有《玛汀娜病了》，讲的是主人公在雪地里玩耍，受了凉，发高烧让她做稀奇古怪的梦，在梦里，她和一位体态臃肿的冰绅士跳舞。她必须吃药，躺在床上，医生对她说，康复期要小心谨慎。

“妈妈，康复期是什么？”

“康复期是说生病了要休息，等待痊愈。”

“那么我是不是在康复期?”

“是的。”

“那么以后，我的病就治好了。”

“是的，我亲爱的，以后你就康复了……”

她们再一次互相亲吻，用力地“啧啧”亲着，像要吞掉对方似的吻着，充满温存地吻着，饱含柔情地吻着，随后便进入了万籁俱寂的深夜。

3

早晨，一从睡梦中醒来，还是打开电视机。真正的节目都在白天播放。J频道没有间歇，儿童频道的“可爱”主持人令波丽娜浮想联翩。妈妈确定：“不，他呀，可比爸爸年轻多了……”然而早晨与观众首次会面的总是电视一台的节目主持人多洛黛[①]。登月者——也可以称为“小兔子”的女孩儿是个长着金头发（不行吗?）的日本小姑娘。她是个感情丰富的中学生，她的男朋友叫布杜，也可以称为“戴面具的人”。她有个朋友，是一只会说话的猫。她自己有超人的本领。当黑夜侵袭地球的时候，她在空气里发挥跳舞的绝技，借助粉盒镜子里反射出的月光，她一下子变成了宇宙斗士。她在朋友的帮助下，让玫瑰和真心这些象征爱情神力必胜的光束照射那些最凶残的魔鬼。她是最伟大、质朴而迷人的女战士，她为拯救地球而战。地球上的任何敌人都无法和她抗争。那一天，我们看到一辆又一辆救护车拉着圣米歇尔地铁快线爆炸事故中的幸存者驶向医院时，我默默地在想，我们是不是有时也需要这样的女斗士。月球旅行者就凭着身上一条学生短裙和神奇的魔力，毫不费力地取得了性感和征服人的效益，

---

① 多洛黛是儿童节目主持人，她主持的节目为《多洛黛俱乐部》。其中播放的日本动画片宣扬暴力，受到公众的谴责，然而波丽娜喜欢看。

远远胜于那个头发灰白的部长；一次又一次的谋杀事件发生，他却在支支吾吾地说，民主力量战胜了恐怖主义的阴谋。

怎么，你们不认识那位月球旅行者吗？我知道，因为你们早出晚归去上班。你们都是大人，没有权利享受星期三的休假日。星期天早上，你们要打高尔夫球和网球，下午睡午觉的时候，夫妻间的义务有时又在召唤你们。你们有孩子，但是有人替你们照看。你们必须首先查看通讯录和笔记本，还不应该忘记用支票算清学习舞蹈、柔道、网球、拉丁语和英语等课程的费用。你们怎么可能有时间去看日本动画片？为什么要看这部片子？你们在《电视节目报》上读到，这些节目对年轻一代产生了毁灭性的影响，培养了他们观看无法令人容忍的暴力现象的习惯。而这些通俗的东西不是很容易破解吗？我们在大众文化这面镜子里很容易读到一个民族的心灵。性欲挫折的传统感受被颠覆成强大无比的幻影，孕育了扩张主义的危险的民族思想。然而确定了你对这个人口众多的民族维持的想法，这些商界的武士中的万岁爷们直到刚刚受到威胁的过去，还在你们的企业和你们的职业中苟延残喘呢。多洛黛和她的同行们摘下面具，收买了你们的孩子，把他们带到了敌营，阴险地把你们推向提前退休和就业办事处。你难道是种族主义者吗？当然不是，因为围绕在你周围的种族主义是你在习惯上、迷信中自动否认的。然而你不由自主地想到广岛是对日本帝国主义不可缺少的阻止性的一击，在超越欧洲的文明深层，个人的概念不存在，对伟大的民主观念感到陌生，这个观念是西方独有的。你无可置疑，有道理。（我会再一次提到，请注意，广告结束了，动画片又开始了。）

可是你想要我们怎样，我们毫无灵魂地实现了敌手的部分东西，深入地、系统地进入了日本人的生活：《美少女战士和坎迪》，给小朋友吃的“串烧”，给大人吃的“生鱼片”，爸爸用的原装轮胎，妈妈喜欢夏目漱石的作品！（原装轮胎也就罢了，那个夏目漱石是谁？说说看……不，真的，对不起，下一次吧……）

然而你很想睁大眼睛观察那个你儿女要在那里成长的世界。你是一位散文的大读者，但是无论是阿兰·明克还是吕克·菲里，都不会告诉你对《七龙珠》的看法。至于当代作家，跟他们说动画片，他们会回应《丁丁历险记》，借口纯洁人的纯真友谊带给了一小撮绒毛，《金色睡莲》里的小中国人的纯真友谊在很久以前引出了小男孩的首次勃起……当然，为了不让表情过于愚蠢，他们在第二度上给你玩弄这个表情，让米卢现象化，让哈多克心理化……《丁丁历险记》！为什么不是《比比·福利高丹》、《尼克尔的脚》、《皮姆·巴姆·普姆》、《贝卡斯妮》？请你跳过本世纪至少二十年，体验一下巴特曼、蜘蛛人、银色冲浪手、X战警的最新历险……年老的超现实主义者们，总体来讲，没那么胆小怕事。缪斯多拉，那个时代的美少女战士，穿黑色紧身裤的荡妇，在没有人想到自己会在电影俱乐部了结的时候，反而刺激了他们。他们用方托马斯的斗篷怪里怪气地打扮起保尔·瓦雷里，抛出尼克·卡特去追逐马科斯·雅各布和让·考克多，让夏尔洛和兰波擦肩而过……如果当今的作家敢于……

“《登月者》开始了，爸爸，片头字打出来了，快来呀！”

“我来了，宝贝儿……”

我过去和波丽娜一起坐在蓝色的沙发上。我昨夜没睡好，所以斜靠在那里，坐在她旁边昏昏欲睡。剧中的布尼正在梦想和布尔杜约会。这一段剧情十分奇特……一个三头怪兽吞食了东京。从它的每个嘴巴里都流出一股令人作呕的毒液。它捣毁了桥梁，掀翻了马路。这头怪兽出生在巴黎的贡堤码头，只跨了几步，就可以跨过大洋。怪物本来的样子是绿色的。它大声出气，吐出毒液，伸出沉重的尖爪，扫荡相邻的房屋屋顶。它的长舌像一条爬虫似的在逃亡的人群上空蠕动。城市里一片恐慌。宇宙英雄们都挺立在自己的轨迹上眺望，但是装备优良的军队却懂得如何逃跑。破损的飞碟横七竖八摊在路上，有两个影子摇摇晃晃地从烧焦的外壳中钻了出来。阿考尔和阿克达吕斯失败了……我揉了揉眼睛……阿考尔长了一脸罗伯-格里耶式的大胡子，阿克达吕斯则和克洛德·西蒙一样，有一个闪亮的秃顶。他们进行了英勇的战斗，但是身上却被白色的藤条紧紧束缚着。他们靠怪兽恶臭的利齿来解救战败者。可是还有一只空中飞船在天空转悠，与怪兽打了个照面。在杀场“格格他”的控制下，是杜拉斯飞来解救了他们……她怪里怪气地穿着一件性感十足的宇宙战袍……星星状的刀片杀过来了！闪电雷鸣般吼叫的波音飞机飞过来了！恶兽可毫不留情！它用尾巴锋利的侧面，把金发杜拉斯的飞行器拦腰劈成两截，杜拉斯抓住时机，调整了她的弹射座椅。要抓紧时间！应该打开主控信号灯。决定整个宇宙的命运就在此刻。怎么办？不知道？有办法，在雅各布大街上，《原样》[①] 编辑部的成员正待在他们的秘密地下室里，他们都穿着特种部队的制服……他们是红色武装力量！……大革命在激光战中结束……闪烁的星星在银河系汇成一条火流……多么巨大的闪电雷鸣，多么杂乱的光亮！我的后背被人踹了一脚。“爸爸，你打呼打得好响呀，我听不见《多洛黛俱乐部》的超级系列节目啦……”

可是这还不是结局。现在要把情节重演一遍。请相信我，这可是一种职业。我当然是那头不知名的怪兽，黏糊糊的，隐藏着触角，我仔细做出怪兽的动作，喉咙沙哑，喘着粗气。波丽娜自从在圣诞树下发现了日本女斗士的盾形牌后，就全副武装了起来。她打开月光棱镜，扮成一个卫星战士。用她那只健康的胳臂把登月者的棍棒伸向上方，这是节日里穿军服的少女用的那种棍棒，又像公主用的节杖，上面镶嵌着一颗心，还会奏出音乐。我是个善心人！我瘫倒在地毯上，被爱的力量击败，我加倍嘶哑地尖叫着，直到她的最后冲刺……我扮演得很成功……

① 二十世纪六十年代法国一批文学家创办的杂志。

4

爸爸看着看着动画片就睡着了，那是因为他昨晚没睡好。威士忌不至于让他昏头昏脑到如此地步。他很快就进入了梦乡。过了几个小时，有些执意要做的事唤醒他回到梦境表面。他在幻觉中，在黑暗中，在想象和真实中间完全迷失了方向。他无法弄清那些噩梦是从哪里来的。小姑娘的哭声传进他的耳朵，但是可能是他想象出来的。该起床了。他傻瓜似地流着汗，在梦境中漫游，梦境里充斥着十几张不同的面孔。他碰到的那些人都颠倒了姓名和面容，没有知觉的机器记录下进入编码的情节，将他带回他久已忘却的童年情景。约纳河畔的乡间老屋就在索尔邦大学旁边。花园里正在进行剑术比赛，他也参加了。在那里他遇见了老同学。有人对他说，必须重新参加十多年前已经通过的考试。他必须做一次讲座，可是他的笔记却是用一种连他自己都不懂的语言写成的。他面对观众，陷入了一首苏美尔语诗歌的博学注释，思维混乱，可是大家在他当场译出这首诗时，却显得异常坦然。后来他赤身裸体走到街上，感到十分窘迫。有些人也光着身子，有男的，有女的，都显露出性器官，可是他也弄不清这些器官中有哪一个是属于他本人的。这样背离自己的角色，真是愚蠢透顶！屠宰场的钩子上挂着几具尸体。有人要他去辨认这些尸体。一个穿着白大褂上面布满血迹的男人训斥他，问他的身体是否作过登记。那个人要求他必须做一个标签，一张收据，一张担保单，那上面要留下制作日期。他在根本不存在的口袋里摸了半天。他觉得自己仿佛是一个演员，正在一部长达二百五十七个情节的烂长篇连续剧中扮演一个角色。有人对他说话，他必须接上话茬，完成这样那样的动作，但是没有人肯花力气解释要他进入角色的这个乱七八糟的故事是怎么回事。反正都是些雷同的靠想象堆积起来的素材。是我们生活中的素材吗？是的，都是由平常的恐惧心理产生的想象，琐事形成的难处，隐藏起来的凶残本性……他在夜晚读到的故事都是支离破碎的、曲折的、伸出枝杈并向四处分散的。一波多折，于是一下子形成了几十个故事，没头没尾，不押韵也不讲道理，充满血腥又直来直去。令人惊奇的是他却十分清楚这些乱七八糟的故事会把他带到什么地方。梦呓者的背后还有一个清醒的人掌握着白日的一切。梦中的情景总是以烟消云散告终。他的周围浸满冰冷的水。水位升高，从大腿四周漫到腰部。海水上涨，他成功地抓住了一个小女孩温暖而麻木的身躯。抱着她，他没有办法游泳。他的踝骨被冻在罐子里。他想让她靠在肩头，把她保护起来。她捏着拳头，但是却在呻吟着，嘤嘤地哭。他猛地惊醒，该起床了。可现在是半夜，周围一片漆黑寂静。

大家都在睡觉的时候，爸爸醒了，轻轻地打开电视机。他感兴趣的是那些谈话节目，尤其是话题最严肃的那种。他最喜欢的是社会性主题，文学节目和医学节目。看这些节目难得笑一笑……差劲的节目愈来愈多，好的节目是……他不相信自己的眼睛，也不相信自己的耳朵。

一位先前的作家在他的节目片段里集中了思想上的头牌人物。一位讲话幽默、头发做成波浪形的著名婊子，带上盔甲，把每期节目都做成小丑戏。这位大知识分子从来不懂得思想的连贯性。二十年来，靠着各政权机构的丰厚回报，他用反动的陈词滥调为自己的顾客服务。他肯定地宣称："很显然，马克思不过是个可恶的哲学家！十分可鄙，我保证……必须结束思想界强加于我们的所有虚假的光荣思想。"一位长着大胡子的哲学家跑来宣传凡夫俗子的教理，散播了含混不清的抗议，却意外变得可亲可敬："不管怎样，有……"但是大家都在他周围献殷勤。啊哈！我们都行走在正确道路上！比加尔什么时候纠正了海德格尔，蒂姆斯什么时候重新招惹了巴门尼德？……

自从女儿生病以后，爸爸很快就放弃了看文学、政治、哲学节目的嗜好，但是他无法拒绝医学节目的诱惑。最后他选择了为艾滋病人演出的马戏节目来看。台子上都是小丑，耍把戏的，举着涂胶钓鱼竿的丑星，在两场演出中间，他们不用担风险地向麻风病患者频频发出飞吻。爸爸启动了遥控器。

在半夜一点钟这么晚的时候，一个又一个地调转频道，总是有可能收到一个伤感或者关于疾病的节目。是不是说癌症的？往往是这样，一位记者坐在高大的圆台子上，那里聚集了医生和病人。不断有证人作出科学解释。一个人解释说他如何放不下手臂，又如何在医生的帮助下与病魔斗争。还有，经过三个月英勇不屈的化疗，他明白了：他的意志，他活下去的欲望得到了回报，他的肿瘤像阳光下的冰雪融化了。在询问他的医生时，他便夸大其词，解释他所具备的尖端医术的现代知识使他获得了昨天还难以想象的成功。这可称得上是生活和希望的精彩的一课。

这类节目的问题是只对活下来的人提出问题。尽管有时完全出自好心。所讲述的全都是成功的故事，这样可以让主持人坦然地发挥他亲切和蔼的品质，以便把观众们安安定定地打发到床上去睡觉。医学伦理学是什么？对客观的关照，是否可以强迫人们在想象的天平上摆平支持和反对的观点？我对此有自己的想法。应该让大家都说话：去询问死者，并且把《旋转圆桌》这个专题节目引进电视。我要让这个念头获得专利。帕戴尔和杜马①在此争执不休时，我就可以变为巨富。只是还有一些小的技术细节有待解决。我会提出这样的问题：

“我们与冥界维持着双向联系。您接待我们吗？”

“先生，我从我的卡片上看到您是经历了长期病痛后死亡的。您能否向我们详细说明一些您经历这一切的情况？”（他们则会这样回答）

“我认为我们有一个小小的技术问题。我们的联系马上会建立起来……”

---

① 帕戴尔和杜马为法国电视台《谈话》节目的主持人。该节目话题涉及性、疾病以及各种形式的痛苦，很受欢迎。

“也许您在我们的电视观众中间时才有希望发出信息?”

“官方人士告诉我，非常不幸，我们不可能让您知道这些有根据的情况。我们请求您原谅。在我们的播放节目里，偶尔会直接联系上……我们将让教授先生发言，他出类拔萃，很多人想从我们这里……您是教授先生吗?”

“作为结论，我要说的是我们无可争议地走上了正确的道路。我十分激动，因为您向我们提供了很多有力的证据……这是病人们每天告诉我们的实例，充满勇气和人情味……还应该致力于研究……但是我要说的是您可以依赖我们，医生、护理人员、科学家在疾病没有治愈之前，是不会休息的。”

主持人接上话题后，一切就绪，请打出片头字幕!

5

生命，死亡……这类剧目必须演下去！如果一位完全进入状态的悲剧作家出现在一个人的生活里，其他所有的麻烦都没有了。不会有人再来郑重地打搅你。譬如说，只有几个星期时间得到安宁。因为那些没完没了鸡毛蒜皮的职位之间的争斗不会因此而休战，大家都在巴望你出现薄弱的攻击点。在社会的跳鹅游戏里，经常跳来跳去不是件好事。在伦敦，大家自然地认为，缺席者永远错误。由于我总是没上班，因此我永远无理。猛然间我认为利用一下这种情况十分合理：可以修改一下时间表，悄悄去承担一些繁重的课程，拒绝承担教学计划，得到批准给你的假期和不兑现的许诺。我不用费什么劲，装出一副疲惫不堪的样子，便在医生那里得到了理解：停止上班两个月。以后呢，要耍些滑头，一直坚持到放假，秘密准备一个逃跑的计划，锉断围栏，准备好打结的绳子，在草褥垫下面挖一条通道，向人们表明此人还在，而让他们忘记人们常常逃走。生活犹如日本动画片一样：同时充满恐怖和温情，无望而可笑，演绎了暴力的闹剧和吓人的喜剧。

间隔几个星期后，我又去上课了。我宁可学习而不去教书，我认为……“A leaner rather than a teacher”，德迪勒斯[1]向校长解释时说了这句话，被校长用上了。但是光学习是赚不到钱的，没有工资，没有职位，没有社会保险，因此要把无知通过勤奋变卖掉，把它压缩到最低限度。庞德[2]给教师下了一个最好的定义：那就是“在一个小时内不停说话的人”。因此从历史上留下的这类职业人士，总是在阶梯教室的安静气氛中或在教室喧闹声中，上演收入微薄的节目，脑际萦绕着如何在那三十双、五十双或者二百双有意识盯着你的眼神中，树立起个人形象。当他们的脑子里只想停下来不说话的时候，当他们只想着害怕自己会汲干所有的词汇时，他们怎么能继续把话说下去呢？说什么？对谁说？爱克哈特[3]大师建议道：“为大树布道，为石头布道，为小鸟布道。”我则面对白云，面对天花板，面对地板接缝，面对粉笔授课。我为几乎是由自己的话语所控制的情绪而激动。我进入近于疯狂的“一言堂”，因为我所传授的知识里埋藏着躁动不安。我想，这些东西处于从外部几乎看不到的状态。我依赖字母的有效作用上课。但是如果在文学中看不到根据我观察到的东西所作出的响亮反应，我就无法接近文学。为了说话并且找到说话的力气，我对自己讲述故事。我照自己的意图破译隐情。随后，课程结束了。阶梯教室人走一空。我扣好公文包，走出教室。

---

① 在乔伊斯作品《尤利西斯》中，德迪勒斯在都柏林一所学校教书，被认为是一种“宁学不做”类型的人物。

② 庞德（Ezra Pound，1885—1972），美国诗人、评论家。

③ 爱克哈特（Mister Eckehart，1260—1327），神秘主义派创建人，德国新教教义、浪漫主义、唯心主义、存在主义先驱。

爸爸在奔跑，爸爸飞起来了。爸爸到了伦敦。最好是不要常去，时间愈短愈好。自从撒切尔夫人年代[①]以来，英国大学效仿的是美国大学。学校和学校，同事和同事之间总在竞赛。一切以“抽签”定局：晋升和荣誉，时间安排，承担课程。走廊里总有共谋或名誉受损的声音交织共鸣。不是发表成功就是被判死刑！一个智囊团定期开会，目的是审核著作、期刊文章、科研报告、报刊文章单行本。他们根据高等院校的研究成果衡量学校的优劣。像是给餐馆定级一样，也给大学颁发星级。得高星级别的学校等待的是国家拨款所带来的益处。其他学校为了平衡开支，必须限制扩大招生，限制调整，限制解雇。成果最多或称最滑头的教师把年休假积攒到一起，利用科研经费作假期开销。实际上他们躲避了教学，在法国南方阳光照耀的度假区思考几篇玄妙深奥的文章，在标准刊物上发表，在领导的眼里，他们背离教学又拿到报酬却是天经地义的。我用少有的笨拙手段，也去要了个滑头，以便靠我的发表文章挣些钱。我的行为的直率特征是马上摇身一变，变成个小流氓。行政机构习惯于人们用低声下气的语调求它。可是我的时间不多，今晚有人在巴黎等我。

(以下是行政部门和我之间的对话。)

---

① 指英国首相撒切尔夫人执政时期的规定：大学和教师必须像企业一样出成果，否则丢饭碗。

——我们完全了解你目前处境的特殊性，但是我们要完成的是一项使命。我甚至可以说是对我们的学生应负的道义上的责任。我们所承担的课程应该公平分配。你已经知道上次委员会开会制定科研项目，你又缺席了。我本人承担了相当繁重的写作任务，有些人不断强调了这项工作的重要性。我差不多花了六个月时间撰写这篇我和你提到过的文章……

——……（我无言以对）

《罗贝尔·班热作品里的正统故事和异性故事》……几个我不该说出名字的编辑建议我把研究文章集中起来，我在考虑这样的标题：《不顺从的文本：新小说的后现代观》，您觉得怎样？不坏吧，嗯？

……

——至于我们那位受尊敬的同事，您知道经过十年艰苦努力，她那部巨著已经脱稿了……

——是的，秘书对我说，她[①]熬夜打字，打出手稿……

从语言到性：口淫和舔阴。这是文本性欲化理论的要素。她一锤定音，改变了我们对拉康的阅读方式。当然是在女性主义的认识范围内。关于圣约翰·珀斯的那一章，我刚刚在会议上听说，确实十分精彩……有这样的理论作基础，加之她在美国已通过审查，我们不用费

① 即那位巨著脱稿的女同事。

太大力气就能为学院的新项目获得必要的经费。

——对不起。

您不知道吗?《文本与性:后结构主义与超越》。

您肯定我们的教师,作为高乃依和拉封登的专家有能力参加这个项目吗?

他们将改变专业或者退休……我们不能阻止现代化的进程。大学在相当长的时间里经历了这个愚昧无知的阶段……

我不明白您的意思!您有研究赛弗、蒙田、拉伯雷的顶级专家,可您却避开他们去大规模推动普及欺诈的做法……

请注意您的用词!我希望您的立场不要这么反动。我们选举您的时候,就想到您会参与这个使大学思想年轻化的大规模行动。确实您在《世界报》上发表的勇气十足的关于有损解构的文章本可以引起我们的警惕……

勇气十足从您嘴里说出来,如同自杀的同义词……

《守护者》里面的那篇文章马上就翻译出来了,只是给您形成了等级上的朋友……可是您还得等待。但是损失不了什么。我准备帮助您。您该参加我们的研究研讨会。我肯定您会有感兴趣的东西从我们这里学到。以后会对您有用……

肯定……我很抱歉……我要乘《欧洲之星》去了……

——您难道不能推迟一天回去吗?

——我不想耽搁卡西米尔的研究……

您简直是一位不可救药的巴黎人！那位卡西米尔，又是您要和他在丁香花园（咖啡屋）约会的《原样》里面的一位作家！他不是可以来这儿开一个小型讲座吗？我们没办法付他讲座费，但是我们可以让他欣然接受名誉教授的头衔……

——您知道，他只对“格鲁比-布尔加”感兴趣……

——对什么？……这是个新的理论概念，是不是？让我猜一猜，是不是德里达的最后一本书？

——它出现在一千本书里！这是续集，是比德里达那些“叽里咕噜”的语言还要难懂的蹩脚语言！

——这是个新开发的领域。请再说说有关的内容！

——可是我要赶火车！……

——您总是自以为是，混蛋……我是说朗多姆那家伙。我们一起签过字……他是我认识的一个熟人，我们要相处一段时间，可以初步探索一下。格鲁比-布尔加：法国诗歌的新趋势，然后再组织会议，出版杂志等等。

——我的火车要开了！再说卡西米尔没有解构什么东西，它是用青豌豆做的橘色恐龙，是《孩子岛》[1]里一

① 《孩子岛》是法国儿童很喜欢看的系列动画片，卡西米尔是其中的一条恐龙，它和孩子们嬉戏，孩子们都很喜欢它，因此对“格鲁比-布尔加”这道恐龙爱吃的菜也背得很熟。爸爸急着搭火车回巴黎，和波丽娜共同观赏这部电视剧，而他的上司却只对哲学和科研话题感兴趣，两人话不投机，驴唇不对马嘴地搭讪着。

个可爱的魔头！我请您原谅！（I beg your pardon）

——我们的赞同-赞同，是我们的双子座。您知道片头字幕写的是："现在是欢唱时间。在孩子岛上……"

——您是在取笑我！（You are pulling my leg）

——绝不是这样的。请您听我说：卡西米尔，特别爱好"格鲁比-布尔加"这道菜，这道菜不卫生，但恐龙比谁都喜欢，甚至连胡椒带籽儿一起吞下去。配料很好，有鱼、草莓冰淇淋、斯特拉斯堡红肠和果冻。吃的时候要微热的……

放薄荷不放醋栗可以吗？

您读过《符号学要素》吗？

别忘记我可是第一批在英国维护罗兰·巴特的一个，你们皮卡底人和索邦大学的高官们甚至都没有给他一个大学的班级任课！

对对是巴特，他分析了烹饪语言，将意义明显对立的词语罗列出来：甜/咸，生/熟，冷/热。您在听吗？

请注意，那是B.A.BA的对立。

哦，我说说中心观点吧：格鲁比-布尔加属于烹饪范围，书写属于文学。侵犯编码，美味交织的文本，矛盾修饰法的口味……所有"供自己吃喝"形成的级别被推翻——因此，思想建造了这些东西。这些东西发挥作用形成有限体验，解放了生命古体符号的潜力，复活了与母体流出的最初接触。

这难道不与伊利格瑞的观点唱反调吗？

从这儿说起的话，您知道托波，可以由此发挥……与巴克提娜，格鲁比-布尔加连贯在一起，构成烹调实践互为文本的关键。由此产生了对话体范畴……少儿电视节目就是我们现代的狂欢节，被解放的地方，那里的弱者变强……卡西米尔犹如被颠覆的基督形象，让孩子们向他聚拢而来……格鲁比-布尔加犹如圣餐礼。整体形成了福音隐喻的诱惑……革命范围很清晰……格鲁比-布尔加是混杂的美味，违反了成为区别工具的资产阶级烹调编码。

符合布尔迪厄的概念意义吗？……

我马上说！

您相信吗？

我肯定这没什么。您可以从这些方面出发构建一个普通烹调符号学。所有的法国文化都可以从这些菜品和酒品的镜子里解读出来。您甚至可以做一部畅销书。一位年轻的哲学家在每年发表一部混杂形而上学和烹饪的书的情况下会出名。读者、批评家、饭店主管都会抱有极大热情。他会出现在电视的所有节目、所有杂志上，在法国的和纳瓦拉的“旅馆和城堡”免费呷点儿小酒。

“呷点儿小酒”，我不知道这个短语的意思……

我对您说，这是让·皮埃尔·科夫的哲学。

科夫？是另一条用青豌豆做的橘色恐龙吗？

不去理它吧！您会让“文化研究革命化”。请看去年的成果：超级本能冲动，超人，一个美国英雄的命运，马拉多纳，足球，流行音乐和圣母玛利亚，巴巴，一尊法国肖像：种族主义和三十年代的大众文化。我向您提供卡西米尔。这肯定能上牛津的讲台。请保持您脱离中心的英国人观点，您排除了泽尔丁，在梅尔那里买进外省的农舍。您成为所有电视关注的人物，成为连法国人都梦想成为的理想的英国人……

您能否给我写一张纸把刚才那些东西概括一下……

等我周一的课挪到周三下午时，那张纸会放到您的办公桌上。

6

波丽娜生病前几个星期，我到头儿的办公室去过一次。他告诉我，由于某些说不清的理由，我最近的那本论述先锋派文学的论文集要推迟几个月才能出版，真令人扫兴。但是又怎么好因为推迟了数十星期去怪罪头儿呢？作为很有名气的诗人，他自己也一年又一年地推迟了自己少有的著作的出版。我敬佩他，在我的眼里，他是达到智慧高峰的禁欲者。他裁决了平庸书籍的生命，当然我的也在其中。这些书令他痛苦或者令他深深烦恼。走到可以称作梯子的顶端、他的办公室门口时，我告诉头儿：这一切都不重要，生活中有更加戏剧化的事情！我真不相信自己竟然脱口而出。

当我和阿莉丝日日夜夜守在波丽娜床头的时候，我的初稿在我不在场的情况下体现了它的生命力。它在伦敦的一次重大法英国际研讨会上亮相，会议的议题是：《前卫还是后进？》《原样》派来了一拨人，一部分从希思罗机场下机，另一部分从滑铁卢下机。英国大学里的智者能人毫不含糊地期待着这批撰写严肃“基础理论”的人，指望好好向他们讨教那些深奥的观点，讨论“唯物主义语义学”。他们看到向他们走来的却是一帮法国作家，活泼可亲，五十来岁左右，健谈，思想也不循规蹈矩。我既是向导又是翻译，既是中间人又是反驳者。在 J.H. 和 J.-L.H. 之间，我在做今后逐渐臻于完美的丑陋期刊《年轻的土耳其人》，它揭发了法国文学的衰败。Ph.S. 晚上出来讲话。一个法国人在伦敦追忆乔伊斯，朗读了一段翻译过来的《芬尼根守灵夜》。有什么不可以的？这里是伦敦……有个信息过来，编码为："riverrun past Eve and Adam's . . ." 这是发给大厅里什么人的？……我觉得，信息肯定是收到了。

这一切并不重要。我们回到巴黎。我们每天都要观察波丽娜的情况。书已经出版了。在每天早晨前往医院的路上，我能看到报刊书亭里朝我而来的攻击。多么嘈杂的喧闹声！所有的报刊都摆在那里。我似乎代表了全体作家。我的轻微偏执狂被疲劳和烦恼搅得加重了起来。那些最有利于书籍的报告文章也排挤不掉一二个对我的作品进行攻击的人。我从中学到了什么？对我来说，只有行为得到尊敬。我只是学识渊博地去评论就够了，比如博纳弗瓦或者雅考特，甚至勒克莱齐奥或者班热，甚至任何一位可怕的诗人，一位外省获诺贝尔文学奖的同类……只要是真正的、与众不同的、典型的、值得怀念的都可以。您想怎么样？幸亏我离开了。远远地走开了……一个小姑娘在早晨八点钟，正在医院的房间里等着我呢。必须给她准备早餐，给她洗澡。然后我们回到桌边，要打破昨天的记录，进入下面这个充满黑话和火球的世界：索尼克，梅加德里弗，塞加……

可是我担心这些攻击谩骂声，这片充满猜疑的噪声会一直跟随我飞进医学院的院墙。在医学院接待大厅的矮脚桌上，父母唾手可得的报刊里面，总会有那么三四篇报复性文章，强烈抨击我故意欺世盗名。这不是分明在强迫我公开放弃自己的观点吗？我该做些什么？是不是该利用人家不留意的时候，悄悄地把那些杂志丢掉，要不至少把有关我的那几页纸撕掉？但是这儿没人读报。我感到温暖。我没有公开姓名。我难道是作家吗？不，您肯定弄错了……您知道，我是波丽娜的爸爸。

这简直是一出闹剧！一位批评家在一篇蹩脚的文章里一次又一次地把我说成是“患前列腺毛病的注释者”和“淫秽评论家”。文学难道是放在胃里消化的吗？胃消化完毕后，我们不是主要靠腰以下的部位吗？以后有一位大诗人，在一篇引发幻觉的平庸散文中指责我，揭发我是“斯大林信徒传记者”。我注意到，在这个时候，“斯大林信徒”这个绰号破例经常出现在诗人笔下，他们以往的职业是在共产党的羽翼保护下得以发展的，在杂志和合辑里发表文章，紧抱着阿拉贡、艾吕雅、基莱的陈词滥调滔滔不绝，在图书馆或者红色郊区的文化宫为自己赢得顾客和声誉。我避免向左，也避免向右。在首都以前一份受人尊敬的后来变成法西斯秘密组织的日报里，都德提到，有人干脆把我钉在示众柱上，我甚至成为法兰西青年思想腐败的化身，我召唤出了“思想上的变态者”。看吧，贴身男仆，白痴，献媚的人，过分挑剔，恐龙，不负责任的傻子！……这都好像是在说我呢……简简单单说出正确和真相，真是难得！

我告诉您这场闹剧有多么精彩！我被电台采访。午休时间，我简直如临大祸般离开了医院。我亲吻了波丽娜，跳上出租车。我在电台走廊上迷了路。我坐到麦克风后面，一束红光打亮了。“请允许我对您说，亲爱的先生，您的批评文章在我看来，像是从圣德传记里找来的晦涩难懂的话语！”我进入了陷阱。已经太晚了，我认得身边的三张脸，它们是上次噩梦里的形象……救救我，高登拉克，帮帮我，月球人！我忘记带望远镜了！我喃喃解释了几句……我在退却中战斗……我消失了……那位前作家坐在圆台子上，让我无论如何出现在他的节目里。我能否不接受电视台的采访？如果我逃避，必然会招致最残忍的报复。我必将彻底垮台，我的书必将遭到充当贴墙纸的下场，或者一张张书页会被他人激昂愤慨地撕下来擦拭倒翻的橘汁。我为出现这种可怕的前景抗争着，无论如何我无法挣脱眼下的情境。这次节目是星期二录制的，那一天是马戏演员和乐师到医学院演出的日子。

多么好的马戏呀！如果我不是在拉芒什海峡海底人工挖通道，这一切可能都不重要。我有规律的缺勤到了在伦敦再也闻不到神圣气味的地步。如果对波丽娜的治疗要延续到夏季以后，我就必须守在医院，找到一个专业的落脚点。我把自己定位在法国的大学。我的材料比另一个质量高。但是我背后不和谐的噪音令我困窘，很少对研究人员怀有尊敬感。我白白提前交上了自己最有代表性的、最严肃的研究成果：罗登巴赫、梅特林克和勒南，但是人家没有一分钟严肃对待过。记者把我当做大学老师，大学老师把我当记者，我没有受到实质上的伤害，却把我塞进充满诡秘的声名狼藉的编辑大厅。我并没有在晦涩隐晦的编辑那里出过书，我甚至没有参加过大学教师头衔的会考。人家往往把我看做世界自由派联盟的人，但是不幸的是并没有站在大众一边。

春天到了。波丽娜的手臂重新开始无情地肿了起来。不知什么时候会截肢的幽灵在我们周围游荡。我乘着快线地铁车在法国外省穿梭，从一个大学评委会走到另一所大学评委会，听众被召集在一起。大家看着我，向我提问题，让我谈观点，有时气氛亲切，有时则充满不信任的冷漠。我上演着年轻教师的拿手好戏，非常清醒地了解自己的教育责任和科研责任。这里隐藏着巨大的赌注。在令人作呕的极度绝望中，我看到一幅情景：手臂青蓝的血管上吗啡的剂量又加大了。但是戏已经演完了。以后，就到了终场，根据所有的可能性在幕后安排好的奇迹，在某个人的仁慈心肠感召下出现了……最后的听众是最棒的。人们撤回起诉，挽救了我。现在我成了离巴黎不远的一位副教授，离波丽娜很近，这正是我所期望的。

哈，我终于和阿莉丝、波丽娜团聚了！我飞奔，我飞翔。日本动画片里的女主角们常常碰到可怕的妖怪，但是她们依旧在笑话和寓言的平常世界里生活。在夏秋季节，治疗次数减少了。疾病在其漫长沉重的岁月里，消耗了每一天、每一个星期。病痛在反复不断的化学治疗过程里是否有所减轻？它是不是在偷偷积蓄力量？波丽娜的治疗在接近尾声时，地球仍旧在转动。地球的旋转使我们感到眩晕，使我们简直没有心思继续收看“教育节目”。我们任其运行。疾病延续了数月，从那时开始我们就生活在另外一个时间表里，这个时间完全属于我们，完全不受他人的干扰，也不要人家来操心。不幸使我们成为流放者，摸不到，攻不破，看不见。

7

因为他们会死，我们就再也无法和他们打招呼了。不幸在他们周围筑起一个有益的社交险境。很少有人还敢于跨越泪水挖掘出来的、围绕在你周边的壕沟。

在波丽娜生病的最初一段时间，前来表示慰问的人蜂拥而至，信箱总是掏不干净，和你并不是很熟悉的人在电话里缠住你不放，向你打探孩子的消息，劝慰你自己要小心身体。有些人甚至还不期而访，到医院去，给孩子带去几本书，几个玩具。你由于被打上死神的标记，你就什么也不是了，你比世间最悲惨的人还要悲惨。没有人再问你想些什么。在你的危急时刻，所感受到的是最廉价的同情表示，而你却要激动地接受下来，感激不尽。你留在那里，在女儿的床头，让那些游手好闲、身心不健全的资产阶级完成施舍的杰作，……于是你便受到了保护。你可以把见证人的身份隐匿起来，不要再待在那里。你买了一个电话自动传话机，让它没日没夜与医院的电话连接起来。你对来电来信再也不作出任何反应。你周围的每一个人都感到自己承担着伟大崇高的使命。他们轻轻地在相互感染的恸哭中离去，他们面对痛苦的面庞显得如此高尚。

孩子的死亡场面是极其罕见的。你已经到了忍无可忍的地步。你在已经关闭的售票口前面表演。人们在前厅、在楼厅里挤来挤去。在后台，舞台监督击掌三下。幕布拉起，那里的情景令你惊讶。你简直难以置信，只要眨眨眼睛，喜剧顷刻变为悲剧。演员只有很少的时间换服装。考隆比娜披上了安提戈涅的长袍，穿上安德洛玛克的高靴。可是从远远望去，人们还是看得见她走路时从她的悲剧外衣下面露出的花边。皮埃罗迷失在剧本里面。司卡班甩掉了闹剧的棍杖，装备上赫克托尔的武器。热隆特怪里怪气地装上波里阿摩斯的假胡子。多里娜遮住她裸露的胸部，捶胸顿足，发出撕心裂肺的哀怨。特里索丹抛撒出去的骨灰散落在他自己扑粉的假发上。他在吟诵不朽的十四行诗，诗名被他定为《波丽娜之墓》，他希望你融化成眼泪，希望你去亲吻她。

然而，你并没有在看悲剧，你处在实际生活当中，是别人把我们的生活称作悲剧。你生活中的灾难远远超出了词语的范畴。无言可述，无法分解成剧目搬上舞台。欧里庇得斯①和索福克勒斯②在生活中的位置远远抵不上卡洛琳娜和月球人。生活中的灾难总是有一股令人作呕的味道，但是也洋溢着温馨和亲情。从那时起你就接受了到来的现实。你站在污秽的漩涡边缘，但是你还可以用爱、微笑、仰头面对阳光，在那些灿烂幸福的日日月月里，你可以随时守护在孩子身边。你们说说笑笑，开各种玩笑。你们在一起嬉戏逗乐。

---

① 欧里庇得斯，古希腊三大悲剧作家，共创作了九十二个剧本。

② 索福克勒斯，古希腊三大悲剧诗人，为酒神节写过一百二十三个剧本。

显而易见，你对你的人物并不关心，对戏剧性的紧密逻辑以及接近真实的心理状态并不在意，反倒是别人提醒你严肃对待自己的角色。在幕后或者化妆室，那些人窃窃私语，最后形成了一致的意见：你还没有达到导演的水平。他们要求你和他们接台词，要你的声音在大厅里发出厚重的回声，你张开嘴巴，抬起手臂，移动着戏服绛紫色的折边。你自己感到吃惊。于是你不由自主开始说话。吟诵六音步诗句和十二音节诗。你在莫里哀中沉睡，又在拉辛那里苏醒。提词人照你的意思概述了这场戏的情节。为了让阿亨河的战舰直通伊林，伊菲格湟亚①必须做出牺牲。美狄亚②在翻滚的池塘上掐死了她的孩子们，池塘正等着这些肢体。你要扮成阿伽门农或耶逊。你仰望苍天，向众神乞求，你咒骂肌腹孕育了你的身体，日光目睹了你的出生。神圣的眼泪顺着面庞流下来，你的化妆粉饰在眼睛下面留下一道灰色的痕迹。继续下去！你想象着费加罗的形象，憧憬着幸福，你的餐具已经摆上了阿特柔斯③家的餐桌。所有神秘莫测的气氛都在此刻降

---

① 希腊传说中迈锡尼王的大女儿。

② 希腊传说中的女巫师。她与耶逊私奔。耶逊后来将她抛弃。为了报复，她掐死了他们的孩子。

③ 阿特柔斯是希腊神话中迈锡尼的珀罗普斯和妻子希波达弥亚的儿子，后来成为迈锡尼的国王。其弟堤厄斯忒斯与他争夺统治权和妻子，被赶出迈锡尼。他们互相残杀对方的儿子以示报复。阿特柔斯的儿子被弟弟杀死后，他又杀死了弟弟的儿子，并用侄子的肉设宴款待弟弟。这种恶作剧的报复令人毛骨悚然。作者在书中大量引用类似的比喻，反映了他处在女儿生病的悲哀中的想象和思维混乱。

临。大家希望你完成序曲，降落至地狱，观众迷醉于你呼吸奏响的绵绵音乐，结果，荡妇们讨论着你的皮肤，幕布垂下，盖住你吟唱的头部。

但是幕布并没有垂下。加把劲！让形象永存。大厅里，大家开始吹口哨。很快，人们嘘声四起。你的对手把你扔在一边，他们头戴假发，热得够呛。他们的坡跟凉鞋伤了脚。穿着长袍，热气腾腾。这出戏等待血腥的结局。要最后表白一下，你还等什么呢？有的命题晦暗，其余的无语言表！请站在舞台上倾听，任置景工收拾残局吧。

8

人们对濒临死亡的人不再倾注自己的热情了。电话铃声不响了，信箱空了，电话接收机的信号也不再闪光了。通讯地址本来是用蓝墨水恭恭敬敬地写在通讯簿上的，上面的蓝色墨迹正在慢慢地褪去。没有人读你们，你们被人遗忘了。在你们家庭之外的那些人，离你们愈来愈远，尽管他们当中还有人打起精神询问孩子的病情，会把手指放到键盘上拨号。你们越过茶道门槛以后，三个人便完全处在了孤立状态。无论如何，你们还是平静了下来，因为你们认为这样的状态更理想。

你们从周围听到久久不断的嘈杂声，夹杂着惊愕、烦躁的情绪。人们在那里嘀嘀咕咕：病拖了这么长久，这样顽固的症状讲得过去吗？你们有什么新的消息吗？我不敢再打电话了。你们知道她还活着吗？到最后的时候总是很令人烦恼的。一定要弄清楚最后要坚持做些什么呀！

当他们偶然在街上与你们相遇，当必要的社交或业务场合要求他们无论如何要向你说几句话的时候，那些最想和你们说话的人都有些忐忑不安。他们不知道该说些什么。这就是他们往往语无伦次的原因。

一位四十五岁的拒绝生育的妇女选择了维护道德和社会活动。她在我身边咕噜着："啊，孩子，多么悲惨！……"她想说的是：你们看，我不要孩子是多么正确，你们生育便得到了如此惩罚；无论如何你们只拥有值得拥有的东西，你们有什么可抱怨的呢？她问道：“可是这个癌症，是吧？不会有什么遗传原因吧？”“不，我不这么认为……”

“你们完全可以再要一个孩子！……”

很快，我们走到了陷阱边缘，我们有一个不完美的小姑娘！我还能用另一个来和她交换吗？这能获得担保吗？我会得到相应的补偿吗？每个孩子的价值都是相等的，很难让他们有所区别。让一个去顶替另一个……

一个家庭的年轻爸爸抓住我的手臂，他难以克制自己，眼眶浸满泪水。他说道：“我有一个小男孩，和您的女儿同学，我太清楚您的感受了……”我估摸着他痛苦的程度，准备尽自己最大的努力去安慰他，有那么多人与我同病相怜，我要去安慰他们！这位多愁善感的父亲接着说：“上帝保佑，我的那个小家伙身体十分健康。”于是这位年轻敏感的父亲，控制住抽泣，拿出钱包，里面有五六张假期拍的照片，他一张张塞到我的眼皮底下……于是我彬彬有礼地沉醉在这个与我毫不相干的孩子的健康面孔里。

人们常常赞赏我的勇气，就是说，人们强烈地怪罪我没有立即号啕大哭，没有把眼泪洒在我父母亲的肩头——他们对我多么温柔亲切。一位朋友对我说：“我可比你的勇气差远了，我长久以来濒于崩溃，如果必须度过重重考验的时候……”我对这段话是这么诠释的：我是一个少见的感情细腻的人。而你呢，无论如何应该是一个地道的圣人，经历了一切以后，还应该挺得住！

一年来，大家都在那里预测我要被精神病院软禁起来：压抑情感不人道，禁止别人了解他思想里的东西不正常。我们要弄弄清楚！我们要深入了解！我们要为此激动！无论如何我们有权这么做！社会上那些唠唠叨叨的议论形成巨大的交响曲在我们身边回响，尾随着我们的行踪，悲剧中真正的欧墨尼德斯们就在那里！她们嚎叫着，舞动着满头蛇发，那些蛇头“咝咝”鸣叫，要人们付出眼泪和鲜血！我们三个人弃之而逃，不敢回头。我们并不希望按公众和众神们的要求，把事情神化。我们只希望生活在一起。刽子手大爷，再等等！无论是一天，一周，一个月，一年，你暂歇的时间再长些吧！

在死亡通知书上，癌症都是用婉转的措词书写的。死者因“一种长期残酷的疾病缠身”而去。无论是生还是死，疾病总是残酷无情的。至于怎么知道病会拖多久呢！写死亡通知书的都是活人。对他们来说，疾病似乎往往是长久而无尽的。他们所选择的形容词愚笨地背叛了他们的烦躁情绪，背叛了他们想结束这种局面的初衷，背叛了他们的疯狂信念，这种信念被濒临死亡的人侵占了那么久，而这段时间本该是由活人充分利用的。死人的意见是什么？他们发现自己的病拖了很久吗？这可能是超越了痛苦和衰落点的那些人的说法。所有致死的疾病都不是和身体及思想的消亡连在一起的。人们都幸运地具备了消除痛苦的方式。波丽娜的病残酷绝顶，时间并不长久。它有一线希望。我们无尽地期望着，祝愿这线希望绵延一百年或者至少二百年。

9

生活就是一部日本动画片，这可以肯定。崇高没有荒诞作陪衬永远不会前进。我们不停地从悲剧走向可笑。生死，光明与黑暗的星球大战，都是喜剧人物托付给它的。我听见波丽娜一个人在房间里游戏。她是美少女战士，因为她被光棱镜的威力改造过了。整个房间里回荡着闪光、激光和军乐合奏的声音，她向看不见的朋友们求救。她们必须联合起她们神奇超凡的力量，把魔鬼推向它的恐怖世界。必须借助爱的力量，解放地球。但是波丽娜深知自己处于梦境，孤立无援。她感觉降临自身的威胁，包含着厄运。寒夜冰霜沉重，压在她的肩头。世界会得到拯救吗？除了她自己，没有人知道星河的这场搏斗。只有她的娃娃和小熊是她的见证。星球的伟大战士不过是个弱小的女孩儿。没有人了解这个躲在秘密身份后面的女孩儿，这个代表善良而战斗的女孩。她仰天倒下，怪兽眼睛里咄咄逼人的光气，照射着她。她站起来，手持音乐节杖，朝怪兽挥去一道光束，迎头痛击。她使足全身力气，庄严发出带魔力的口号，以此产生威力。她周围是一个灾难重重、充满废墟的世界。天空中银河系的星球在相互残杀。善恶之争，胜负就在此刻，眼下还很难确定谁是战胜者。谁将最后取胜？无人知晓。故事总有下文，我们应该相信这个小姑娘，她挺立在夜空激战的星星当中。如果日本动画片中的女英雄们不能次次取胜，那么她们也绝不能真正被击败。她们绝不放弃战斗。

第七章

亡灵欠下的情

他们并排躺在岩石上时，一条人鱼抓住温迪的脚，轻轻地把她往水里拽。彼得突然惊醒了，恰好来得及把她拉回来。不过，他不能不把实情告诉温迪。“我们是在岩石上，温迪，”他说，“可是这岩石越来越小了，不多时，水就要把它淹没。”

可是温迪听不懂。“我们得走。”她开朗地说。

“是的。”彼得无精打采地回答说。

“彼得，我们是游泳还是飞？”

彼得不得不告诉她：“我没法帮助你，温迪。胡克把我打伤了，我既不能飞也不能游泳。”

“你是说，我们两个都会淹死吗？”

1

寒冷笼罩着整个城市。圣诞节即将来临，国家因为大规模的罢工而处于停滞状态，没有火车，没有邮政，没有公共交通，服务系统也停止了服务，整个经济处于瘫痪状态。大学是运动的中心，罢工纠察队禁止人们靠近它，有人当场被抓，有人被从汽车里赶下来。走廊里堆满桌椅板凳，堆得犹如金字塔，摇摇晃晃的。墙壁上的黑色墨迹成天都在召集人们参加各种集会。

这一切使我更有机会做自己的事情。我和阿莉丝、波丽娜待在巴黎。我们听到窗底下传来游行队伍的口号声。在挤满人群的街道，我们碰到一些人手持地图，茫然不知所措地寻找他们上班的路。准时、遵守时刻表、迟到等等概念已经不复存在。每人从此都有权安排自己的时间。电视节目变得愈来愈喜剧化。政治家、记者、商人火冒三丈，痛骂那些有时只领到百分之一工资的邮政人员和铁路工人。这些地位优越的人物，通过他们不负责任的行为把国家置于破产的边缘。国家马上将停止支付各类款项。据可靠消息，股票交易所将倒闭。国家信用破产，内战的阴影在各处游荡。

波丽娜的治疗已经结束。术后的六个疗程停止了。放射和扫描没有显示需要重复进行的迹象，无论局部还是肺部都是如此。导管也摘除了。秃头顶维持了几个星期之后，在五六天里，螺旋状的金头发一下子冒了出来，在枕骨周围形成圆圈。小家伙像是一个温顺的头发被剪得短短的小囚犯。出院时，护士和实习医生都来祝贺波丽娜治疗有效，和她告别，看到她导管也不用了，直叮咛她回来看他们，亲吻他们。

我们如释重负，第一次有了一劳永逸的感觉。无用的药被放进废弃的鞋盒里。血也不用验了，最终摆脱了先天萎缩症，血球数量稳定了下来。医生继续不断的上门拜访，强迫孩子做少量运动，让得病的手臂活动活动，保持韧性，以便在三四年后进行外科恢复手术。

一月份，波丽娜回到幼儿园，她和小伙伴又相聚在一起。整个生病期间她都不停地思念他们，既有快活又忧心忡忡。回幼儿园使她激动不已。相隔了很久的名字、轶事、拌嘴和好，这些孩子间吵吵闹闹的事，都留在她的记忆里。她对学过的东西保留着非常准确的记忆，如歌曲啦、绘画啦、小剧目啦等等。她在幼儿园的最后一段生活变成了一段充满神话色彩的往事，而让我们成为她的见证人。但是我们没有钥匙可以打开她那些疾病缠身的故事秘密，这个男孩对她做了什么？和那个女孩玩了什么？女教师在这个或那个问题上对她说了些什么？当高烧、吗啡、痛苦或者焦虑最残暴地压在波丽娜的思想上的时候，她绝不抱怨疾病，绝不请求治愈。她放任自己跑去参与小小的癫狂讨论，背景总是一个小院子或者一个教室。小朋友们在这里有爱又有恨，他们结成联盟又自己把它们打破。他们生活在烙有大人烙印的秘密规则中，永远弄不清楚怎样做才是最好。幼儿园是一个神秘的世界，有躁，有乐，有残忍也有温情。家长们远远地看着，大钟敲响时就奔到他们身边，可是从这里到那里，我们把自己交付给了生存下去的极大的、可怕的冒险。治疗将会返回到生命之中。

我们给女校长打了电话，一天上午，我们和波丽娜一起返回学校。在没有真正返回以前，我们希望她能重新和一年来她没有见过的所有人接触。我们走上熟悉的路，自从孩子生病后，我们一直没有走过这条路。我们经过面包店，买了羊角面包和油酥饼。我们在背包的年轻人、孩子们蜂拥而下的道路中间穿行。我们穿过拱桥，彩旗和着风在我们的头顶飘舞。我们走进幼儿园大院。波丽娜认出了树木，玩具滑梯、巨大的金属塑料器械占据了孩子们的天地。“这是我的学校！”她说道，院子里没有一个人，因为上课钟声早就敲过了。老师简捷地接待了我们。我们谨慎地向她解释了女儿受伤的那只手臂。老师把她的新班级指给我们看，谁是她的新老师。波丽娜可能要和她的同学待上一两个小时。我们要坐在教室的角落里等她。我们爬上楼梯，敲响了教室门。我们走进一个宽敞的大教室，里面挂满生动活泼的图画，那里的家具都是矮矮小小的。书架堆满书、硬纸板、玩具。我们让波丽娜在小朋友当中挑个位置。她笑眯眯的，充满惊愕。她重新找到那里的一些朋友，但是她不相信只能找到一部分。果然他们几乎都在，他们的名字一个个都回到了她的脑海。她向他们走过去，显得有些害羞。她将信将疑：这些她朝思暮想的朋友，陪伴了她一年，竟然有血有肉地坐在她面前。果真如此：学校还在，男孩子和女孩子还在那里继续他们的孩童生活，而她在这段时间里，却进入了由麻醉剂、绷带和眼泪组成的现实而又残酷的世界。这两个世界哪一个是伸手可得的，她已经弄不清楚了。

其他的孩子无语。孩子们既没有仇视，也没有欢迎。他们异口同声，毫无表情地向波丽娜问好（按老师要求的那样做）。他们似乎麻木不仁，好像正沉醉在他们日常反复出现的梦境里。他们若无其事，望着小姑娘戴着一顶漂亮的贝雷帽走进教室，她的父母跟在后面，远远地坐在一边。她的轮廓在他们看来像是模模糊糊的一张脸。也许这个或那个小朋友还保留着一丝淡淡的记忆：这个金发小姑娘，就是入校时穿着连帽蓝色风衣，上面缀有紫色玫瑰的小女孩。漫长岁月过去了，有多少友谊、争吵、调和，多少战斗和胜利都丢在了这个院子里，多少充满情谊的合谋、多少鸡毛蒜皮的事情，最终还会再次充斥上午和下午的空白。孩子的童年如此漫长，如此慷慨大度地向现实的浓烟尘世打开了大门。在这里度日如年，一年犹如永恒永世，一切记忆消逝殆尽。

我深信这一点：波丽娜会很快在她的朋友当中找到自己的位置。但是她显然不再和他们完全属于同一个世界。她在另一个环境里生活过了。疾病使她成熟长大，使她不可思议地经历了许多经验。这些经验对于所有被保护的女孩中最聪明的那个女孩来说，也是不可思议的，她们都看着她。由于将被抛进死亡那个不明之界，波丽娜开始进入一个遥远、混乱的世界，在那里，她仍旧是一个小姑娘。她要远离她的同学，远离老师和校长，远离照料过她的所有人，远离赋予她生命的亲人……她的欠缺使她和别的孩子保持着一定距离。她在最后那几个月里没有和他们共享生活。她没有在朋友们陪伴下庆贺自己的第三个乃至第四个生日。她本该和他们一起长大，但是她没有长大。一年的童年生活已经绕开了她。没有人可以为她找回这丢失的一年。无论将来前景如何，这个空洞已经留在了她逝去的时间里。她被禁止计算那段时间，在这段岁月中，别人都长大了，而她将在缺失的这一年中，永远做个孩子。

波丽娜做游戏，在那里转圈，唱歌。院子里阴沉沉的，孩子们看上去很悲伤，她们随着口令跳舞，机械地服从着老师发出的指令。总之，我的感受不太好，我在一种虚幻又令人作呕的心情下静静地度过了这段时间。我看着这些男孩女孩，想象着他们十年、二十年、三十年以后的样子。等他们到了我这个年纪，就该轮到他们陪伴自己孩子读书，穿过拱桥和旗子，在同一个院子里观察他们的孩子混杂在这些吵闹又令孩子们疲劳的群体中。除了一个孩子之外，别的孩子都长大了。他们进入了另一个时段、生活的时期。男孩们结上领带，女孩子穿上长统丝袜。他们匆匆忙忙，奔跑着，挤着往前冲。他们无暇光顾身边的事情。有些东西在催促他们，他们却一无所知。他们在夫妻之间，在公司里，总是没完没了地继续着在课堂上、在课间休息时的争论。他们耗尽精力，疲劳至极，自我受到伤害。他们摸索着，从一个见证经历到另一个见证。由于年轻，他们还会重新去做一些他们涉世不深的事，因为他们并不了解其中的意义。谁看见他们怎么样了？从我眼前经过的孩子里，一个成了高级官员，另一个成了法官。米歇尔成了工程师。让长出了胡子。温迪也有了一个女儿，起名简。

圆圈舞跳完了。孩子们开始两个一组排成行，他们必须回到教室里吃午饭，睡午觉。在老师的要求下，他们和波丽娜道别，约她下次再来。他们摇着小手，转过身，一起登上石板铺成的台阶。带着羡慕、伤感和顺从，她看着小朋友们朝喧嚣、色彩斑斓的危险生活奔去，而她，却不能与他们为伴了。

2

我们能自由自在地待在一起了。我们要到瑞士度圣诞节。在高山上我们会看到上次没有见到的大雪。这小小的承诺终于可以实现了。每天晚上，波丽娜都要我给她讲《卡洛琳娜的冬季运动》的故事。她也要进行冬季锻炼，不是吗？她要滑雪，坐上小雪橇，还要穿溜冰鞋。她要躲避冰道两旁的松枝，不倒在雪地里，而是要挺立在冰鞋上。我和阿莉丝不会去牵她的小手，我们将一起在坚硬的铺满冰霜的雪地上滑行，一些冰舞者已在那里留下了阿拉伯式的浅浅印迹。我们要堆造一个大大的雪人，找一个大胡萝卜做鼻子，用大黑扣子做眼睛。在粮仓顶找一个掏空的鸟巢做一顶奇特的帽子。

波丽娜对雪的认识，只是形式上的接近。当她停下来，在黑色的人行道上闪身躲避行人时，就有可能把一些烂东西滚成球。她笑着，把这个东西从妈妈的两腿中间滚过去。快了，快了，我们马上就可以到明亮的白雪世界中去，看到穿过这片天地的松树，一条条划出的雪道，那里，将会晴空万里，无一丝云彩。天空云雾即将消散，清澈透蓝，敞开胸怀，让雪峰庞大的山顶冲进它的怀抱。

整个国家仍旧处在瘫痪状态。我终于有了梦想成真的借口，让自己放假。从伦敦到巴黎之间的唯一的一条铁路快线，时不时有车发出。几辆“欧星号”列车还在日常运行。于是我们出去了两周，把已经出售的公寓整理好，可能的话就搬家。我们要向伦敦告别了。四年来，这座城市已经使我无法忍受。但是阿莉丝和波丽娜却对它保留着深厚的感情。她们在那里度过了另外一种生活，那是在没有焦虑和烦恼之前。我们住在爱尔兰区一座维多利亚式样房屋的二层，外面有一座荒凉的小公园，可以在那里荡秋千，滑滑梯。晚上，我们到印度餐馆吃饭。整座城市陷入了悲惨的境界，商店一批又一批地关上大门。这并不重要。现在她们两人又和我待在了一起。英国人只有一个念头：庆贺圣诞。街道上灯火辉煌，挂满花环和彩灯。在牛津大街的人行道，闪闪烁烁的松树给黑夜开辟出一条通道。大型的玩具商店成了贮藏宝物的仙洞。我们最后一次去参观动物园，向长颈鹿、猴子、乌龟和在玻璃房子后面转悠的老虎告别。比起以往几次来动物园，我们这次运气不好，没有看到大熊猫。

当我们返回巴黎时，伦敦的罢工似乎有些缓和。复课还没有宣布，但是邮局已经开始工作。正当我们准备上路去冬运场所时，收到了一封信。信是由医学院儿童癌症科寄过来的，已经有三个星期了。信中约定我们后天必须再进行胸部扫描。通知上没有任何解释，我们猜测这可能是个行政错误，或者因为其他的原因。我们也想到了最坏的结果……必须多打几个电话弄清真相。我们没有得到通知，因为人家以为我们要长期待在国外，因此无法联络。事实证明，治疗过程中进行的扫描揭示了不正常现象。这种不正常症状初次被发现的时候，总是不十分严重，所以他们先告诉我们检查检查就可以了。然而，进一步观察，发现右心肺上有一小块斑点，但是还不能确定其性质，最明智的做法是进行检查。

从此刻开始，一切都发展很快。第三天的胸部扫描确定了我们担心的一切。这块斑点确实很有限，但是它很快会扩散，毋庸置疑：癌细胞在转移。我们与负责波丽娜的医生见了好几次，他很有信心。由于肿瘤的毒性严重，突然出现复杂情况并不令人惊讶。但是癌细胞开始转移并不能视为灾难性结局，进行治疗仍旧是有希望的。我们可以立即进行手术治疗，或者重新开始化疗。手术似乎更好一些，因为病变局限在局部，但是要冒险，在以后的一个月里，会看到肺部里大范围的斑点。那么又要重新治疗。反之，在紧急状况下采取化疗，有可能在手术前全面抑制住病情的恶化。但是事实是，前一阶段的几次治疗经验，对使用吗啡治疗过的肿瘤，提出了怀疑。过几天将做出决定。而我们，我们要向波丽娜做出解释是：那个“小球”又出现了，必须进行治疗。

然而事情似乎难以决定下来，在以后的几天里，我们听到了一些自相矛盾的传闻。医生们一直犹豫不决，圣诞节的前几天，我们终于得知外科手术将推迟进行，还得往医学院跑，由三种药物混合而成的液体可能会对肿瘤有反应，只要有可能，就应该给孩子使用这种药物。在没有效果的部位进行一至两次的化学强化治疗，还应当考虑下一次扫描的结果。

这次扫描显示了一场灾难。病变是局部的，但是它以疯狂的速度蔓延开来。一个令人可疑的斑点出现在另一侧肺上。一个星期天的下午，医生到波丽娜的房间来找我们，让我随他到办公室去。他打破常态，一脸晦气，犹如刚刚参加过葬礼。他说话速度很慢，让人觉得他说出的字字句句的分量。他说出要点然后停了下来。如果我们直接向他提出问题的话，他不回避，但绝不会主动把问题提出来，而是给我们留下了真实、准确的选择，而这正是我们希望知道的。治愈的机遇已经受到限制，似乎没有办法可以阻止癌细胞的扩散。最后期限在什么时候？以这种速度进展，一切都得按月计算，甚至可能按周计算。强化性化疗是可以使用的最后一张王牌。诊断方案是试验性的，只适用于骨痛扩散的情况。到这个时候，如果十个孩子接受这种治疗，五个可以治愈，五个要死掉。只有百分之五十的机遇吗？我们已经到了这一步，只好接受这样一个百分比。

3

医院里人们的行为发生了变化，你很难再见到某些人。他们已经不愿意和我们多说什么。即便有些医生口头上答应告诉你分析结果，我们还是能觉察到他们迫于职业压力：这使他们感到为难，但是他们完成了他们该尽的责任。看不见的希波克拉底①将他们推向你。护士们并不知道病历上提供的细节，但是她们知道一部分，因此并不像往日那样急急忙忙赶来在孩子周围忙乎了。那些可爱的小病友们每个月都来，我们总希望他们表现得有信心：他们必将被治愈，一定！医生们愈来愈把担子卸到实习医生头上。他们都是一些比阿莉丝稍稍大一些的男女青年，一个小孩的死亡还能令他们激动，缺乏实践经验使他们无法估量医疗状况的严重性，因此他们还可以信心十足地和孩子们以及家长共同分享可能治愈的幻觉。波丽娜发觉这一切了吗？她仍旧对每个人保留着爱。她有自己最钟爱的人：两三个护士、一个女实习医生、教员、心理医生、丑角……她看到落在自己头顶的那些看不见的痕迹了吗？看到了，我是这么认为，但是她什么也不说。

① 在此指“希波克拉底誓言”中的希波克拉底。传说他有一批手稿制定了医学准则，流传至今。誓言第二部分要求医生要发誓尽其所能为患者服务。作者在此的用意是想说明他内心的矛盾：他认为医生已经尽职了，但是又好像在推卸责任。

治疗和关注照旧进行，但是当被宣判死刑的孩子经过走廊时，却有一道阴暗的光环围绕着她。她的脸上已经打上了十字烙印。“下一次的扫描会发现许多情况，实验性医案治愈不了疾病，但是仍有理由希望延缓病情的发展。几个月后孩子会战胜疾病。即使机会只有千分之一，也要紧紧抓住它。没有人敢保证说我们都尝试过了。”这就是医生的反应。他又一次查阅了厚厚的医疗档案，重新思考了治疗的全部过程，然后他自言自语道，无论选择什么样的治疗方式，都无法拯救孩子的性命了。这个周末晚上，一道青蓝色的光环围绕在医学院周围。桌子上的灯打开了，灯光照在散落在桌面上的最后几张胸部照的底片上，凉冰冰的。医生既伤心又疲惫。他感到自己老了，已经有些厌倦了。他想在医学院兜一圈后再回家。

人们从精神上觉察出一页已经翻过。怜悯化成的巨大情感毋庸置疑地埋藏在一年来每一个接近过孩子的人心中，而他们却眼睁睁地看着她残忍地离去。然而同情心是危险的，它慢慢转化成尴尬与痛苦，当人们想到要注意时，已经变成无望的黑色阴影。这团阴影落在他的肩头，压垮了他早已疲惫不堪的身躯，所有的分量都凝聚在“有什么用？”这个问题上。这种印象是很普遍的，不应该让自己因为悲伤而把双手紧紧压在头颈上，也不应该让眼神中流露出放弃一切的阴影。如果已经跌进这个令人作呕的深渊，完完整整的几个星期足以让他重新走出深渊。三十年来，他看到多少死去的孩子了？他已经记不清楚每个名字和每张面孔了。许多事情都已经被抹去，他的记忆总是和遗忘混杂在一起，因此几个轻柔的小精灵只能在一定距离之外围绕他的头脑盘旋。他们喃喃低语，发出垂死的疑问“为什么?”但是有些记忆并不那么顺从。当其他记忆烟消云散时，它们却总是留在脑海里。但并不见得记得的都是那些最难忘的孩子和最值得注意的事情。有些情景简直无法解释地保留着，并维持着谜语般的魔力：一举一动，小姑娘的形象，诊断情景，某个阴暗的下午，某个晴朗的早晨。医生面对那么多孩子合上了双眼。他看到那么多的父母亲在抗争和顺从之间搏斗，当一切医疗赌注都下过之后，他们仍旧抱着希望，如果继续瞒着他们，那就太残忍了。人类的天性面对本质的东西受到了多么大的局限。他们每一次都在上演悲剧，每一次都说出同样的台词，似乎是魔鬼在他们耳边低语，人类的进步惊天动地，然而死神依旧带走了一个小姑娘，科学所做的一切似乎变得微不足道。医学院里有四分之三的病人被治愈，然而这并不重要，因为对他们当中的每一个个体来说，只有一次游戏机会，不是反面就是正面，非白即黑，不生即死。这一切都在周而复始地循环。

4

当治疗愈来愈表现出失败的迹象时，他们更加关注承担失败的心理后果。面对小家伙的死亡，父母亲如何反应？他们的祖父母、叔舅、姑姨以及表兄弟姊妹又会怎样？他们默默地进行有关调查。

星期三下午，阿莉丝和治疗科的心理医生谈了很长时间。这位女医生和蔼且聪明。多年来，她积蓄了大量的病人的实证材料。她准备写一部专著，探讨“治疗情感”，对象是那些癌症患儿。但是我所担心的是波丽娜的情况无法进入她的研究范围。阿莉丝和她谈论小姑娘，回顾了小姑娘的生活，追述了她一周又一周的欲望和烦恼。过去的事情比较容易体检，将来却是一片黑暗。有一点，两位妇女不能达到完全共识：遇到一个面临死亡的小姑娘，做些什么事才是合情合理的？波丽娜学着妈妈的样子，也要求几个小时不间断地待在心理医生的办公室里。她找到了理想的伙伴。她和医生在一起没完没了地玩游戏。她把所有的芭比娃娃都带来了，那些永无止境的奇遇只归她们两个所有。

肿瘤科开办这些年来，前来就诊的孩子无论是死亡还是救活，都必须在这里设立一种心理治疗方案，以便研究那些跨进医学院大门的孩子亲人的悲伤心态。反复思考过的谈话内容与思维紧密相连，这些内容具有宗教上冷漠的威力。人们到这里来是治病的，而不是来找死的！死亡当然存在，但是与它相遇时不该对人产生任何诱惑。人们不应该有病态的献媚心理，甚至没有必要去思考它的意义。有些孩子死在了医院病房，一切都谨慎小心地料理停当，没有任何情况能中断其他病人的日常安排——游戏啦，治疗啦，都在照常进行。房间加了封条，一位护士来整理好房间。等待夜晚降临，把尸体放上担架，遮上一块床单，推到走廊尽头的电梯间，尸体从此销声匿迹。床铺经过消毒，门上孩子的名字换下来，某一个角落里传来了母亲悲痛的哭声。一切到此完毕。对死去的人，再也没有人会说起什么。不是因为他已经逝去，而是他根本不曾存在。我们因长期频繁出入医学院的大门，开始以一种清晰的幻觉体察这些不停发生的轻轻躁动，它侵吞了姓名和尸体。几个月前，这个小男孩还与你常常擦身而过，怎么这么长时间你都没有见着他了？也许是在偶然里，他……一部分人的住院时间与另外一些人的住院时间并不统一。或者，某个人很快治好了，只是到这里来做一个简单的常规检查。事实大概就是这样。

5

在住院病人中间，最令人惧怕的传染病就是丧失信心。为了抵抗这种病，人们发明了“无菌疗法”：如果有人无意之中被感染了，就会有人想到给他们治疗，如果治疗失败了，就把他们孤立起来（人为地制造一种隔离方式），在那里他们不会再对整体形成威胁。即使是那些濒临死亡的人，也鼓励他们不要丧失信心。他们对这些人解释说，治疗到最终都不会中断。什么是“最终”？什么是“治疗”？不必追问。对那些啼哭的孩子，仍然鼓励他们克服伤感。早晨，仍旧让他们鼓足勇气去教室，去游戏厅，而青少年患者却在那里准备绝不可能参与的考试。小女孩儿几十张几十张地画着无聊的图画。重要的是让时钟转起来，而不要有人询问怎么转。必须堵住缺口，医院是一条在风浪中静静漂流的大船，黑色的水流不应该进入船舱，否则，船就会沉没。整个社会就在这条船上，抑郁消沉是免不了的，绝望放弃却是行不通的。

正式的说法是希望在医学院内成立一个团结的集体，那里的每一个人都可以轮流汲取必要的心理营养以便“应付”一条长长的相互帮助和理解的链条，从看护人员连接到病人。如果就某一个人而言，积累了丰富的日常经验，他就可以“传递接力棒”。当某种情况难以解决，令他们头疼时，医生之间相互传递，也传给护士。父母亲的接力棒传给祖父母、朋友、看护人员，不一而足。

一名医生把我们看做是这个集体中的一部分。“你们最好把传递接力棒的工作做起来，”那位医生对我们说这话时，带有责备的口吻。“应该承认，这是把你们对孩子的责任推托一部分给他人。你们应该让医生做医生的工作，而不要掺和到那些与你们不相干的事情当中去。与病人的联系过分紧密，你们会变成‘引起焦虑’的一个因素。”我们表示出十分理解的样子，接受了这些合乎情理的说法，可是，却丝毫没有改变我们的行为。因为问题十分明显，这种病人并不属于可以“把接力棒”随便传递给别人的那一种：这种病人不可能把疾病、悲哀、烦恼打发给任何人，他总要扛在自己瘦弱的肩膀上。当接力棒一手一手传下去的时候，应该看到，这种连续的情感施舍给病人的是多么的微乎其微，因为这都是一些匆匆轮番离去并且思想千变万化的人们。

6

每个人都要在别人那里得到他所需要的支持，他们向我们解释道。每逢星期二下午，病孩的父母被邀请去参加会议，在那里他们可以摊开自己的问题、不安，提出这样那样与治疗安排有关的要求。意外添加的治疗手段成为中心议题。往往是一些人的烦恼和另一些人的不安相呼应，由于经常有难以想象到的事情发生，因此，大家总是话说不成句，只是在词语之间周旋。可是十有九回都觉得时间过得没完没了。大家都没有说到真正的问题上去，每个人都觉得没能点到要害之处。大家讨论了这样或那样的具体困难，游戏厅的布置，物质上的各种问题，但是没有人敢去触及敏感之处、要害之处。

在一个外来观察者的天真目光里，病孩的家长来这里是为了凝聚成一个悲哀的整体。这里汇集了法国社会的典型代表人物：有年轻也有年长的亲属，有巴黎人和外省人，有富人也有穷人，有高学历的也有文盲，有天主教徒、无神论者、移民劳工、农民、律师、医生、工人、职员……他们同上了一艘不幸的战船。他们由于具备了同样的悲剧身份而丢失了自己原有的姓名和社会身份，由于所有这一切原因，他们认为自己生活在社会之外，完全封闭在诊所内而毫无知觉。他们为此也成了孩子，是一般的孩子而不是自己的孩子，是些笨嘴拙舌的大男孩和强词夺理的小女孩……他们聚集在平台上抽烟，孩子们的餐具一撤，他们也在餐厅里用餐。他们和儿子女儿们一块儿做游戏，他们讨论治疗问题，几乎从不谈及医学院以外的生活。当他们为了一个细节突然捕捉到他们经历的众多荒谬而哀泣的内容时，他们会爆发出疯狂而令人费解的大笑。有时，他们明知毫无意义，也会结下友谊。这完全是出自有一颗破碎的心的人对另一个人瞬时而温柔的礼貌。

他们十分清楚，他们只是表面聚集在一起，绝不可能把自己心头的烦恼集合起来，每个人的痛苦感受也是不可能共同承担的。有的人还在因为某种治疗惊慌失措时，另一些人已经看到了治愈的迹象在增加，而另一些人却在痛苦而可怕的泥泞中挣扎。这些人从来不说什么。疾病的经验没有把他们凝聚在一起，而是使他们分开了，相互不理睬了。像所有其他公共团体一样，这个团体也是反常的。死亡把他们凝聚在一块儿，他们渴望了解铡刀，那个放在即将死亡的人头上的铡刀。虽然一种肿瘤与另一种肿瘤的治疗方案截然不同，大家都知道，四个当中可能有三个获救，但是每一次死亡最终引出的情感都是复杂的。它启迪疾病可能治愈的出路，同时也使活着的人增加了希望。事情的数学逻辑比较容易掌握：机会均等，一个孩子死了，必有三个得救。死神愈接近你，扫荡了临近的病房，你被赦免的可能性愈大。没有人能在隐秘的意识里，克制自己清讫这个可怕的账目。只有那些癌症症状不完全的人敢于承认这一点。因此有位家庭妇女听说了波丽娜的病况后告诉阿莉丝："我听说事情的状况后，总是觉得，我们不要过分抱怨我们的痛苦，还有人比我们的运气差得多呢！"理智有时候真是残酷无情。

在治疗的初期阶段，你渴求知道一切，你走到别人面前探听你所必需的信息，然后有一段时间你不再提什么问题，因为人家的回答令你极度痛楚。好消息像坏消息一样令你痛苦，使你极度恐慌。你抱怨那些极度消沉的人，你忌妒那些痊愈出院的人。于是你缄默不语。你经过走廊时，低头看着双脚尖。在平台上，你两眼茫然无助。很多人离你而去，因为他们知道你陷入痛苦之中，有些人则在过道上缠住你不放，他们把你的颓废当做他们许诺给你的救命之道来品尝。

我在最近的一部小说里读到这句十分正确的话："大部分人类都觉得自己在这个世界上存在一定的运气。当他们发觉有人离开时，会在他们的脸上流露出小小的满足感。他们认为，不幸的亡者因而解放了分给他的部分运气，这种运气可能恢复通向生者的全部有益的东西。"

倜傥马力木兰曾说："从岸边观赏被暴风吹起的大浪，感觉神清气爽，而对与死神搏斗的不幸之人，则是灾难：不是因为人们喜欢看到别人遇难，而是因为慰藉的目光出自没有体验到不幸的那些人。"

7

面对人性的弱点，应该抱有清醒的认识，难道不该是这样吗？医院就是为此服务的。人们在这里拍下粘在袖子上、衣领上的污渍的照片，涂在额头上的糖浆。我们发现，他们的思想活动来自持久激荡产生的愚蠢和恶意的波浪。悲剧的体验不能把个人抬高出生活境遇，也不能使他免于无知和悲惨。只要进入这个领域，一切都打上了不合理的相同印章。医院是个避难所，死亡令每个人发疯。把持在这里的灵活而看不见的纪律令你进入最不可预见的或最恼人的通路的勇气。礼貌和惯例成为必需的紧身衣。但是人们都感觉到每个大脑里令人振奋的癫狂。我们在面部、难看的表情、抽搐这本翻开的书里读到它。

在这里要摒弃失望，抹去无望的迹象，每人都佯装乐于参与有关治疗的讨论。当病症迅速消失时，人人都可以毫无困难地做到这一点，离开医院两三个月后也没有问题，然而对那些长期滞留在那里的人，情况就不同了。他们继续克制自己的烦躁不安，绝不流露出半点这样的情绪。在那么几个房间里，孩子和父母亲偷偷自顾自抹着眼泪，不愿把自己沉重的悲哀强加到别人头上。医生护士总是受到悲哀的感染，他们的抑郁症在增加，沉浸在悲哀之中。这些人都离不开成为他们生活中谜语般的标记。

这个标记指什么？众人都转向了医生。

从无名而荒谬的病痛来看，应该有人做出回答，这个人应该是一个有名有姓、有真实面孔的人，而不是一个匿名的、远离厄运的幻影。大家想向一个掌握情况的人打听病情，希望相信这样一个事实：病人不只是机械地接受药物治疗，被动地接受审判。但是医生不做回答。人们重新对精神失常进行了推理。如果说死亡确实是由于它的存在而使生命获得意义，那么死亡本身也该有它的意义，不应把它看做是毫无意义、突如其来的。每个病人都是一个破译疾病之谜的俄狄浦斯[①]，但是却没有人能够战胜这个谜样的斯芬克斯[②]，因为没有人能回答出她提出的问题。唯一明白的事实是无法弄清“明白”是怎么回事，人死犹如人生，一切出自偶然。但是这个事实似乎过分残酷，难以想象。在荒谬的疑团之中，人们偏爱所有的寓言。应该对自己走过的灾难做出解释，追溯一下从原因到结果的整个过程。

于是最为合理的推理可能成为最为癫狂的言论。应该让他们了解病因，给他们生命中的“为什么”命名。他们情愿探究自己一无所知但是可以决定一切的隐秘点。在某些病人

---

① 俄狄浦斯是希腊神话中无意之中杀死亲生父亲并娶生母为妻的底比斯国王。

② 据荷马以后的传说，俄狄浦斯在去底比斯的路上碰到女妖斯芬克斯出谜害人，凡说不出谜底的人都将被她吃掉。俄狄浦斯说破谜底，斯芬克斯自杀身亡。作者在此用斯芬克斯及其谜话比作病魔，癌症犹如生命之谜无法破译，病人将被宣判死亡。

那里，探寻病因的念头一直在他们的脑子里打转，并且威胁着他们的思想平衡。我为什么生病？为什么是我而不是别人？为什么是我的孩子死亡？科学使某些环境和遗传基因明朗化。但是在儿科肿瘤学上，这些因素却很罕见。很少有小儿患者的喉癌出自抽烟或者酒精过度。他们的病可以说总是不知道原因，隐藏在细胞里，当症状初起揭示出癌症时，研究原因就已经太晚了。大家都被局限在假设当中。这里的不稳定性甚至给想象的构建留下了空间。这位母亲向你解释说她女儿的癌症是由于从自行车上跌下来造成的，另一位则指责学校食堂供应的饭菜没有掌握营养平衡。父亲们则看得更远：他们想到的是全球性的原因：不明飞行物的影响，核实验，秘密进行的军事实验。这些被推测出的原因是无法推卸的祸根，任何一个家庭都不应当承担悲剧的责任。

但是事实上，他们在考虑，如果病情有了发展，那是因为缺乏爱，出于对生存渴望的逃避。寻找原因总是要“逮住”一个罪人，要预见害人的意图，里面只包含着虚无的专横和生物学的毁灭。最残忍的事实莫过于由一个并不存在的神明，莫名其妙地制造混乱、荒谬和拦截。由于缺乏秩序，他们更喜欢有一种秩序来谴责它们。他们不希望一无所有，而是有一种法则存在，即便是谴责他们自己的法则。

这确实令人诧异，然而事实就是这样：许多病人希望在想象中获得一种渺茫而有力的惩罚，无论它是一种愉快还是痛苦的补偿，而不是由盲目的命运之神去不公正地责难。他们宁愿到一个公正的世界里去受罪，而不愿意明明毫无罪孽，却要到一个不公正的世界里去！每一个考验都是由暗暗选择出的苦修行方式造就的。每一种死亡都是无意识愿望中的自毁方式。每个人具备的只是他意料之中的。世道无论如何还没有坏到如此地步。

每个人都不愿面对耸人听闻、黑暗无比的真实。好人和坏人共同受难，仗义者和邪恶者同时奔向坟墓，他们被同时下葬，他们的骨灰混杂在同一墓穴里，强者不见得总是比弱者后死……无论你是否重视生死，无论你活在人世还是撒手人寰，无论你与命运抗争还是听天由命，暗中总有一个魔鬼在虚无中拿你的生命作赌注。

这个事实很少被癌症的见证人提起。广泛传播的说法是，生命的意志是治愈疾病众多因素中的一个，奋力抗争的人会取胜。谁放弃了抗争，谁就会失败。白纸黑字这么写着：这一切还有待于继续研究。心理学研究根本没有弄清楚，比如说，精神抑郁和病情进展之间有何种联系。头脑清醒的癌病专家从个人角度出发辨认这些毫无困难：某些病人具备的治疗意愿，与枯死的树叶和捆扎布一样多，在地面上对被管理的农作物发挥令人赞赏的作用，它们的组织结构在最后一刻变形，肯定有一个朝上的趋势；反之，值得夸赞的有勇气的病人会在几个星期当中被可怕的癌病带走。这时根本不公正的东西便占了上风。

8

神话因而夺走了真实的位置，因为它靠社会和病人有意义的愿望加以滋润。某些医生明白这一点，他们向公众吹捧这种对病情错误的诠释。您想怎样，不应该对维勒瑞夫失去希望！如果病人希望他们的痛苦得以补偿，如果社会都愿意思考那些逝去的人是值得的，为什么还制造出人们并不喜欢的无用的癫狂？为什么解释说天意并不存在，一切都浓缩到不可解释的晦暗的细胞的撞击上，这种小规模的灾难既不是道德也不是心理上的作用。最好去奉承日常的迷信。媒体有效地和它勾结在一起。它们解释说，疾病是一场战斗。它们制造了各式各样的典型例证。在所有的医学节目中，一些举止可笑的人面对镜头把自己保护起来。他们讲述自己如何努力坚持，克服病痛；如何懂得在取之不尽的精神能量和亲人永不放弃的关爱里汲取。观众很激动。他们鼓掌，签署支票。伊芙丽娜的亲人 M.X. 患上睾丸癌（百分之九十五的治愈率），眼神定准目标宣布：“我不是失败者，我知道自己会走出困境，我比癌症要坚强。”艾松省的 Y 先生和太太，膝头上坐着他们的小孙子，去年小孙子治疗了眼癌（百分之九十五的治愈率）：“我们如此爱他，他不能死，这是我们爱的力量，我肯定，我们的爱帮助他治好了病。”M.Z. 巴黎的著名记者（未患癌症，在医院里待了三周，接受救生法）：“我一直相信，认为应该给病人真正的有希望的信息，我很清楚接近死亡时，真实事物的意义，我以为最终是这种启示免除了我的死亡。”电视“把接力棒交给了”出版物。人们向我们讲述了各式各样建设性的冒险活动。加尔热莱戈内塞的M.V.知道自己患结肠癌以后，变为更能干的干部。华西昂布里的W.夫人尽管做了化疗，仍旧没有放弃自己小学教师的职务，她知道自己今后必须鼓足勇气给小学生们上课。

啊，孩子们哪！我们能从他们那里学到很多。多愁善感——当疾病落到孩子们身上时，真是太可怕了！——为什么？——当然啰，这不公平，他们是些无辜的人。——那么其他病人就有罪了？

> 小J十四岁（所有的医生都断定他必死无疑），他参加了最后一次冒险行动。他穿着旱冰鞋穿越撒哈拉沙漠。陪伴他的那个小分队是由可口可乐公司自发组织起来的。有人给他拍照。法国附加频道选择拍纪录片的方式特别保留了由此产生的专有版权。《费加罗》杂志为他开辟了专栏。他在骆驼和柏柏尔人中间找到了生活的意义。他战胜了病魔，是具有英雄品质的人物。
>
> 丁小姐是位教育员。她回忆了小J的故事。小J当时才八岁，患淋巴癌。一天晚上，教育员给她读瑟干先生的山羊的故事，可是当书本合上时，小J开始发脾气。布朗歇特本不该放弃，她应该继续战斗，那么狼就不会吞食她了。勇敢的小山羊用羊角奋战黑色魔头，胜利走

出了黑暗……

战绩累累，结局圆满，不胜枚举，直至令人呕吐为止。如果疾病在盲目进行攻击，它至少应该尊重那些与之顽强搏斗的人，应该回避那些已经患病的人。社会总希望它的“劣质品”的价值维持到医院关张为止。在生与死亡中，必须有搏斗者，有战胜者。胜利的天堂属于他们。最好让医院成为一个典范，在这里，社会知道如何检验它建立破坏性逻辑原则的正确性。为了生存而进行的永久斗争并不是假想的政治。请看医学所确认的事实吧：弱者必亡，强者必胜。应该对倒霉的人仁慈怜悯，主动出击的真正英雄是那些已经走出困境的战胜者，他们证实死亡本身是个失败，它并不存在。他们收获了他们播下的种子。他们的努力得到回报。这一切都很公平。他们得到了他应该得到的，但是死者该得到什么呢？

9

人们反复向那些受疾病侵袭的人说：要与病魔斗争，不要失望，不要放弃，治愈疾病取决于你自己，要正视疾病。小战士们鼓起勇气！音乐开道，战旗飘扬，战刀闪亮，向你们的疾病出击。濒临死亡的人只能责怪自己。他们对自己的命运不够相信，他们背离了幸存者这个庞大的军队。应该把他们当做范例枪毙掉。有人测算过在所有出版物、在某些医生的这些言论中，重复这些词句的残酷性吗？死亡还不够，还要加罪于自身的死亡。

事实是，人们不可能战胜疾病。疾病是一个幻影，谁都没有亲眼见过。人们只是从它对精神的反复折磨和皮肉的宰割中认识它。人们无法与之搏斗，用肩膀扛起它，把它抛到地上，击退它，攻打它。人们无法唾弃它的面庞，它没有脸，无法朝它发出辱骂声，它没有耳朵。除了要与病人分担的肌体以外，它没有其他身体可以依赖。对它发动战争并不光彩，这不过是一场说不出名称的常规的药物大战，X射线大战，手术刀之战。病人是在与自身搏斗，与那个由于长期痛苦、愿意自身发出呻吟的人搏斗，与那个寻求疯狂避难的人搏斗，这样的人只是不想最终弄懂自己到底出了什么事，在幻觉中看到自己离去的恐惧感，看到在爱他的眼神中反映出的恐惧感而伤心搏斗。这是自我与自我之间的战斗。这场战斗无可争议地要求一股巨大的内在力量，但是与社会所赞赏的那种战斗毫不相干，与支配者、征服者、自负傲慢无关，恰恰相反，只是一种讽刺、狡猾，有节制而顽强的行为。人们取得的胜利，每天都遇到质疑，在遇到疾病的出路时，绝对没有任何保证。那些在冷汗淋漓中战斗过的人们，无限荣耀走出来确实值得欣赏。然而他们和别人一样，会完美、快速地聚居于墓地。

嘘，这些都无需多说了……为什么你要向公众卖弄这样的观点，认为好人和坏人都会安安静静地死去呢？好人可以死，但是他们的死应该奉为神明，视为一种胜利。坏人可以活着，但是他们的胜利把他们交付给了地狱，被恐怖困扰。电视观众乞求获得能直接转移到他们生活中的意义，希望在他们生存的世界中得到安慰。事实犹如一部美国的电视肥皂剧，一部音乐剧，因而变得如此令人烦恼，如此可以预见。因此人们遥控电视的速度愈来愈快。

用一句话说说我们生存的这个社会是什么？“沉湎于情感，”乔伊斯写道，“是享受激情而不愿意清偿与之建立的有效债务。”沉湎于情感，就是流泪不受惩罚，远距离同情，自我感觉人性的欢乐和遥控现实的自在。屏幕上催眠的形象一串串闪过，摇摇晃晃，把你催入懈怠无力。那里有人死了，这里你还活着。你流出眼泪，但是你并没有受苦。死亡对你来说只是演戏，而你却无法进入。你贪婪地看着，想知道一切，因为你愈是看到你所在位置的玻璃屏幕那头的恐怖而顿足，你愈感到能得以保护。你必须做出恐慌的假象，以便检查自己是否受到伤害。死亡只伤及别人。人们增添死亡形象以便把它们清除出相似的形象。你不会死，要死的人住在遥远的地方，人们把他们杀死在不可能的战争当中，无知的流行病造成大面积死亡，饥饿将他们消灭。其他离你近一点儿的人，濒于死亡。但是死亡让他们度过了另一个看不见的巨大障碍，你明白他们现在是安全的。他们是肌病患者，血友病患者，同性恋，残疾，事故受害人，癌症患者。他们都有一个永恒的标志，他们必须保持他们变化后的现状。他们是另类人，是被展示的人，是被当饲料抛弃到肮脏的蠢货里的人，这些蠢货必须在某些肉体上满足他们的食欲。但是一切都为了你不花任何代价视他们为同一。你站在记者、医生、幸免于难的人和所有那些幸免于死的人一边，因为你经历的是电视节目。对于那些遇难的人，你哭泣，你付出，你琢磨已经了结了。你为这种痛苦已经体验到怜悯，但是你并没有分享到他的处境，你应该是神，因为，在你的屏幕面前，你就像是一头不可摧毁和幸福的野兽。如今，死亡被遗忘在搬上场景的“死亡状态”里，这就是一个睡眠状态：娱乐的符号，怜悯的腐烂状态，躁动的说教。形象增多以便更好地禁止通向思考体验的入口。现实和虚构混为一谈。你再也无法分辨报道的电视影片。你的结论是电视上的所有尸体，一旦字幕过后就可以站立起来。八点三十分，卢旺达和波斯尼亚的人集结在一起，医院作为背景一下子拆穿了所拍摄的证据。作假的人脱掉制服，和你在屏幕的另一端会面。你并不了解死亡是什么。你从未见过尸首。你从未对任何人闭过眼睛。

即便在你身上发生过这样的事，你也忘记了。人家告诉你说，医学将一个一个摘除病患，永葆青春的年代已经接近，电子学和外科学将会给你所希望的身体。当尽管一切发生都必死的时候，人家会让你睡在一间墙壁如蓝天般颜色的房间里，你会听到天使的音乐，温柔的女人会握住你的手，如母亲般擦拭你额头上留下的汗珠。你最终睡去，周边都是你所爱的人。他们不会哭，因为他们早就明白这是重新获得你已放弃的所得的时刻，你还会生活下去。你长久穿越光明的时辰开始了。你会在一口光明之井里站立起来。宝石和珍珠的光影用手抓住了你，不是吗?

第八章

温　迪

彼得和别的孩子不同。然而，他到底也害怕了。他浑身一阵震颤，就像海面掠过一股波涛；不过，海上的波涛是一浪逐一浪，以至形成了千层波涛；可是，彼得只感到一阵震颤。转眼间，他又挺立在岩石上，脸上带着微笑，心头的小鼓“突突”地敲着，像是在说，“去死是一次好大的冒险”。

1

波丽娜生于十二月二十四日，那是四年以前。圣诞节和她的生日在同一天。这个日子运气并不好！所有的礼物都在冬季的高峰时期一起涌来，然后要等上漫长的一年！然而在这十二个月之间还是提供了许多其余的机会。我们从来没有错过。然而，如何去庆祝这样一个有足够理由认为是她的最后的一次生日呢？一棵任何别的圣诞树无法替代的树应该是什么样子呢？我们几乎无法想象。我们比平时花更多的时间去找书，找布娃娃，找玩具。我们只想一次就把所有的东西都给她。我们要提前给她过完将来所有的生日，把她留下来，让她抓紧时间读所有的书，打开所有的盒子……这些包包都藏在那扇蓝色的大壁橱后面。

中午我们将和爷爷奶奶一起庆贺生日。到晚上，我们三个人待在一起。没有任何东西会让我们因为单独待在一起庆贺而后悔。生命中的每一天都是有意义的。波丽娜相信圣诞老人的存在。她给他写信。他给她回了信，要她把软底布鞋放在高大的、松叶不会掉落的圣诞树下。一个用电灯照亮的花环使圣诞树在客厅的黑暗中闪闪发光。松枝上吊着蓝色的小球，结着红色的绸带。从傍晚开始，激光阅读器就开始重复放送儿歌和感恩歌了。圣诞老人会光顾这个没有壁炉的公寓吗？他要过很长的时间才能回来，他一定累坏了。他必须在几个小时里拜访地球上所有的孩子。爱尔菲做好礼包，四只白色的驯鹿在空中拉着雪橇行走。圣诞老人肯定很疲劳。波丽娜像在书里读到的那样，坚持要我们在桌上摆上一杯橙汁和两份巧克力蛋糕，好让圣诞老人恢复体力，然后再回到寒夜之中去。波丽娜身着天蓝色的裙袍，背后结着一个大蝴蝶结。妈妈尽心尽意给她略加修饰（从面孔到嘴唇），佩戴起首饰（如项圈）。她被打扮得美若天仙。头发也长出了一部分。她随着圣诞歌曲舞蹈，一圈又一圈地旋转着。她的胃口不太好，几乎没有去碰节日盛餐，但是她坚持用嘴唇品尝香槟酒，酒有点儿刺激，它温暖了她的喉咙，在她的小鼻尖和额头上沁出了细细的汗珠。圣诞老人什么时候才能来到啊？

按我们商定的计划，我建议带波丽娜到隔壁的教堂去欣赏耶稣诞生的马槽。做礼拜的时候临近了。本教区的教民们都穿着节日盛装，走成螺旋形的队伍，从大堂里圣让-巴蒂斯特的石雕面孔后面经过。他的手放在一个孩子的额头上，另一只手放在他另一边。信徒们是幸运的。孩子们等待着打开礼物的那一刻。大人们愉快地沉浸在酒香和晚宴之中。他们扯起喉咙高声赞颂圣婴。牧师们心满意足，眼见着教徒们在渐渐增多。马槽做得有些令人扫兴：样子太现代化了，它被打造成几何形的，像一部车子，顶上铺着稻草，天上点缀着星星。我们一下子就认出了玛利亚、约瑟夫和基督。可是牛和驴子在哪儿？牧人、羊群和天使又怎么样了？弥撒马上开始了。我们已经走不掉了。我把波丽娜领到旁边的小祭台。

我们停在一尊奇怪的木制雕像面前，形象是圣母和圣婴的样子。波丽娜很熟悉圣婴生于马厩的故事。我让她划十字，和我一起重复一句话：“我向您致敬，玛利亚。”我们并不乞求什么大事情，只是请求恩赐我们下一次圣诞节：在明年的同天、同时、同地相聚，行吗?

在回来的路上，我把心态调整好，准备来个突然惊喜。说不定圣诞老人真的选择我们不在的时候把礼物摆好了呢?难道没看见远处有一只飞翔的雪橇吗?那屋顶上的影子说不定就是吧?听，楼梯上有声音?这一切都是经过精心安排的。我们打开家门。阿莉丝在那里等我们。她似乎有些疑惑，一副迷惑不解的样子。她不十分确定，但是好像从房间里真的听到客厅里发出了奇怪的声响，就像有个身体笨重的人放下了沉重的物品。哎呀，还有人喝掉了橙汁，发出吃蛋糕的咀嚼声呢!这真奇怪极了。可能的话最好去看看是怎么回事……波丽娜来不及脱掉风衣，摘掉风帽，就冲了过去。包装纸被剪得粉碎，绸带被扯得乱七八糟，礼盒一个个被撕开了。一个盒子刚被打开，另一个就被掏空了。“甫莱英比尔宫”也不能忽略，读读盒子上的提示，它是由三百块拼图块组成的。这个拼搭宫殿的说明写了十来页，都是一些难懂的图示。多亏爸爸有修修弄弄的才干，大家足足折腾了大半夜。可是妈妈却在那里拼命忍住笑。她做的事是给每个芭比娃娃脱脱穿穿，打扮一番。当爸爸妈妈规规矩矩地做小精灵爱尔非们的活计时，波丽娜在那儿忙着清点礼物，把盒子里的东西摆了一地毯，脑子里计算着她增加了哪些新宝物。

圣西尔维斯特节来到时，我们是在几乎空无一人的医学院墙内度过的。波丽娜在接受治疗，并等待做肺部关键性的扫描。大部分病房都空了。那些治疗情况不紧急的病人肯定取得了一段时间的延缓治疗。这段时间制糖业处于停滞。治疗小组又回到了治疗效果最为欠佳的状况。个别在这里的家长下午也逃开了。我们三个人在病房吃饭。在隔壁的一个医护人员那里，我拿来一些必需的东西组织了一个形式上的小型盛餐。我们都没有胃口。我打开香槟，从办公室里拿来几个平底纸杯上酒。波丽娜只是用嘴唇抿了几口。嘘，我们什么都不说！有人不是对我们说过，像这个年龄的孩子稍喝一点儿酒是违反化疗宗旨的吗？我与阿莉丝碰杯。享受吧，新年快乐！会比上一年差还是好？可能更糟吧？等着瞧吧……

现在每天都在计算的是所进行的治疗，没有人会去思考一个月、两个月之后的未来会是怎样的。时间一小时一小时地旋即而去，马上又该回医院了。我们不得不放弃了假日。我们掌握在手中的这些分分秒秒的时间该做些什么呢?

很长时间以来，在最初几个月的最艰苦的治疗过程中，她的手臂严重肿胀的时候，我曾经让波丽娜在医院的傍晚遐想一切，还向她许愿，有可能就领她去米老鼠的家园玩玩。那时她对欧洲迪斯尼这个地方的概念十分模糊，但是她需要像所有的孩子一样，知道在医院的墙外面还存在着另一个世界。她看见过这个世界，希望尽最大可能返回去看看。

哦，对啦！别指望我描述欧洲迪斯尼的坏处。我已经被卖给了日本那些勤快人和动漫，我也被卖给了美国人。作为叛徒，我寄人篱下。我有一笔皮克苏叔叔提供的美元，还有一笔日元。不要指望我去给负有责任的请愿书签字。马恩河河谷战役爆发时，我不会去当兵。不要忘记，这都写在了报纸上，我是一个“知识鸡奸者”，就是说，四海为家的犹太人。我成为法兰西批评思想衰败的化身。我不配参与知识界的英勇骑士发起的反美国帝国主义文化的十字军东征！包括巴巴拉对米老鼠的战斗，唐老鸭对小拇指的战斗，笨蛋对火刑柱的战斗！法兰西对法国人的战斗！还有滴克-哒克的钟声，丽丽、菲菲还有露露这些祖国神圣领土以外的东西。不，我不和那些严厉的老小伙儿、师范生、有教师头衔的人、医生、编辑、专栏作家论战，他们有六七十的高龄，主张操纵被称为孩子的思想。这无济于事。在这片土地上，无论多么小的男孩，多么小的女孩，面对他们都具备优势。

波丽娜欣赏欧洲迪斯尼乐园有她的道理。“咳，我们去米老鼠家看看吗？”“当然，你喜欢的时候，咱们就回去。”应该说这是属于我们共同的家园。我们在那里享尽了特权。对于患病的孩子，入门时给的是一个蓝牌，这块牌子给他们一个优先进入游乐场所的权利。即便没有这块牌子做标志，那些演出人员，值勤人员也能从她的秃顶辨认出这是一个有病的孩子。波丽娜总是第一个入内。米老鼠和米奇都长时间地爱抚着她。那些人让她拉响火车大机头的汽笛。当曼斯垂特街举行晚间的大规模游行时，波丽娜就坐在前排的轮椅里，那些小蒙古人不时地拍掌助兴。当阿拉丁和雅斯米娜爬上他们的飞毯时，他们把唯一的飞吻献给了波丽娜。请相信我，这对一个四岁的孩子来说，简直称得上是重大事情。

“我们现在到那边去，好吗？”

“去！”

这是二月份一个白雪皑皑的上午，没有预约的诊疗或者体检安排，可以有几个小时的喘息时间。可能还会有更美好的天气让我们到公园走走，例如阳光明媚，没有雾气。但是我们不敢肯定有充裕的时间等待春天来临。我在向东的高速公路上行驶，越过了贝西大街。大雪开始纷纷降落。团团雪花执着地飞舞着，被刮水器刮走，降到沥青路面，在上面形成一个个厚厚的雪畦，汽车在上面毫不客气地留下了两道车轮印。在这个故事里，雪又下来了，我用小说家顽固的粗人的方法，了解这一切。就像是必须坚持强调被玩弄命运的冷酷协调。如果三年来巴黎处于不像往常一样的冬季，我能做什么？我是否应该制止这场持久不停的、一开始就陪伴我们的团团雪雨？迅速结冰是否标志了疾病的重新复燃？我是否应该疏忽这个难以抹杀的形象：厚厚的白色覆盖了医学院的阳台，椭圆形的脚印踩在了撒过盐的雪面上？是否应该通过相像的心理学家的关注，向读者制止叙述者的思想，不要把他，这位家庭里年轻的父亲托付给海蓝色克里俄的驾驶盘？当他扎好安全带，借道通向欧洲迪斯尼乐园的出口时，他正在倒退，制动，脑子里引入了《都柏林人》的最后几句话：“大雪缓缓落下，犹如终结落幕缓缓落下，落在所有生灵和亡灵之上。”

今天的蓝牌牌不会有用了。寒冷来得如此迅猛，让所有常来的参观者望而却步。温度下降之快令大家出其不意。从停车场到进口的无穷无尽的石板路没有撒盐。要特别谨慎避免栽筋斗。米老鼠、明妮和别的人物既没有露出他们的大鼻子头也没有露出尾巴尖。他们耸肩缩颈在自己的外套里，勉强竭力让自己待在露天里，那副姿态根本不像是明星形象。

今天使用蓝牌牌不会有什么用处，寒冷袭来如此迅猛，所有的游乐者都丧失了勇气。公园里空无一人。温度计骤然下降使大家猝不及防。那条漫长的石板路，从停车场通往入口处，一点儿都没有被踩脏。必须千万小心以免摔倒。米老鼠米奇和其他人物既不会露出鼻子也不会亮出尾巴。他们会缩成一团，一下子摔个四脚朝天，和平时那个明星形象没法相比。

公园仍旧在工作。它不该使来自欧洲各地的几位游客失望。我们又来到曼斯垂特街，看到刻板的美国外省的布置。一穿过睡美人的木结构城堡，景象就变得格外超现实主义。虚无境、奇遇境、边境的各种景象都是如此。大雪静静覆盖着大地。它抹去了美国西部牧场的灰尘，它在热带椰林的片片树叶上，加勒比海海面火红的岩石上，密西西比小木屋上，阿肯色的仙人掌上形成了团团花絮。它正在向银河系里的其他星球模型方向移动。它轻轻地把冰雪大衣盖在“鹦鹉号”航行的海面上，它在茫茫白雪的仙境里托起了孩子们的所有梦想。

我们到这里来是为了尽情游乐一番，而不是来孕育多愁善感。今天我们要做牛仔亲临美国西部。波丽娜长大了，她有权享用最让人着迷眩晕的娱乐，不只是像小娃娃一样玩玩罢了！我们三人一起乘上地下火车。小心，出发啦。我们跌入黑暗世界，在铁轨上行驶，我们避开碰撞，我们一直降到地底下的岩石中心，然后冒出地面，和一只飞翔的蝙蝠擦肩而过。在黑暗中，我们听到火车机头发出“哒克哒克”的辛劳声响，它拖着车厢前行。然后它向地下驶去，我们与闪闪烁烁的万花筒般的岩石搏击。妈妈开心地笑着，波丽娜喘息着，爸爸苍白的脸上露出嘲讽的笑容。都结束了吗？没有呢……地下雷鸣般轰响，还有一个回头弯要转呢！嘘，前面到啦……

“再坐一圈好吗，妈妈？”

“好的，如果你乐意，我的宝贝儿。”

但是爸爸宣布放弃。他宁愿抽着烟，观赏从他眼前经过的“马克·吐温号”大轮船。姑娘们要乘宇宙飞船，他不想再陪了。波丽娜认为“环星号”是个“行走不好的小机器人”，自动飞行器失控了。这一切都模拟在屏幕上，只有飞行器在打转，扫除了陨石，而躲避随后追击而来的敌方飞行物时，中心结构被损伤的样子却模拟不出来。

如此激动人心，今天玩得够知足了！我们和彼得·潘一起轻轻飞翔，爬上飞艇，经过了沉睡的伦敦上空，一股看不见的风吹鼓了风帆，把我们送到星球之间，云彩露出缝隙，我们在梦幻境上空飞行，那里有光秃秃的岩石、空心树、印第安部落、美人鱼的环礁石。其余的海盗要比小丑克罗赛奸诈得多。我们乘船在他们抢劫猎获物和他们的战利品这一系列景物中穿行。热带风暴在我们头顶炸响。当闪电出现时，波丽娜闭上了眼睛。加勒比海的一座城市被可怕的红胡子一伙人占领下来。殖民主义者把港口的美丽房屋燃起熊熊烈火。我们直奔海盗船长的洞穴，那里掩藏着所有的宝贝：木盒子里装满金子，艺术品堆在装旧货的地方，铁栏后面那些可怕的骨架向我们打招呼。画着死人头骨的黑旗在我们头顶飘扬。我们还要去看“唱歌的娃娃”。最后我们在音乐仙境里转了一大圈，它整天都在重复唱着一首歌：《美丽的小世界》。

公园即将关闭。大雪不停地下着。景物灰蒙蒙的，脚下打着滑，必须小心谨慎地前行。停车场上，汽车陷入白色泥浆，很难启动。

“今天玩得怎么样，嗯？”

“不错。”

“我们还要再来看米老鼠的家吗？”

“当然，我们还要回来。”

2

强化治疗即将开始，我们又进入了一个陌生的环境，再次闯入一个不定、偶然的境界。强化治疗在肿瘤治疗里是传统方式，但是在骨瘤治疗中却是很少使用的。治疗方案是实验性的，只是在其他医疗技术手段无效的情况下短期使用。化疗药物剂量猛增，肌体要经受药物的强刺激反应。它在床铺上与药物拼搏。但是一切抵抗都没有用。如果强化治疗使用的预防措施没有生效，肌体将受到初次感染的任意摆布。当肌体还具备一定的抵抗能力时，在病人的大腿部位放上了第二根导管。两个同时输入的导管把身体和一个庞大嘈杂的机器连在一起。血液通过这台机器，筛去了那些可以产生白细胞的原细胞，防止这些细胞对化疗产生防御作用并且重新回到血液中去。取骨髓的手术要进行好几天。这几天都要睡在床上。波丽娜明白自己回医学院的原因：肺部上长了一个"球球"。她不太了解什么叫肺。用的药比她先前用的药要多，这样"球球"才会缩小，然后像手臂上那个"球球"一样被拿掉。关于她现状的严重程度，我们没有对孩子吐露一个字。但是她不是完全不知道。几天来她焦躁不安，她玩的把戏也很伤感。她和奶奶玩医生的游戏：

比如我是医生，你是病人。你会死去，要死，就会闭上眼睛，什么话都不说，一动不动！你装个死的样子，好吗？死，你知道，就是睡着了，然后飞逝而去……

波丽娜和我们从不涉及她生病的出路。她保护我们避免被她困扰，就像我们尽力保护她一样。她只是和别人把她的生命游戏玩到底，最终赋予这个生命以意义。

有人告诉我们，弗洛伊德曾经指出，孩子对死亡一无所知，他们对这个词没有概念。他们充其量给它一个赋有隐喻的措辞。因此，他们把它看做父母对他们的绝对抛弃，比任何其他事情都要恐惧。如果对他们的爱不是在记忆中还有所保留的话，除了生命，他们对赋予他们生命的人没有任何要求。向一个小生命谈论他的死亡，对于那些爱他的人来说，只是在和他分担一个难以接受的痛苦包袱。

可是我对死亡又知道些什么呢？难道比一个小小孩儿知道得更多吗？难道我会比一个四岁的小姑娘更能想象出我的末日吗？读书万卷，身经生活的磨难，我仍旧处在生活的旋涡边缘，即便是各种人为创立的教规教派，也不足以填充平息这个旋涡。科学对我和对孩子一样无所适从，而孩子却无法从任何一个这样的人那里汲取教训；这种人属于善意的批评者，他们让孩子蒙受厄运，而孩子却比他们更有毅力承受厄运。

每个人都可以通过想象逃避这个事实，但是没有人能够被剥夺可以想象赋予生命意义的权利。彼得·潘在飞向梦幻境时，让他带着重病垂危的孩子而去，并不是一个没有经过证实的设想。我充分相信无论在永无乡还是在天堂，都会有美好的天使在盘旋；在肥沃的土地上，随着棺材的转动，圣体会溶解在圣灰之中。

当这个时刻即将来临之时，我决定对孩子不加隐瞒。我所祈求的真实情况，也是我愿意为她做的。我在力所能及的范围了解的真实，远远强于所有经历了平凡虚幻的、匆匆失去一生的成年人。我找到了向孩子解释的词汇。我不能剥夺那个事实，这是一个可以赋予她短暂生命意义的事实。

从现在开始，我们就在准备。她为什么不可以知道死意味着什么？她无数次用她喜欢的动画片人物语言重复过极度痛苦的词汇。怪兽死在美女怀里。利箭刺进兽皮，击中了心脏，它庞大的身躯在城堡最高层抖动，美女把自己舞裙上蓝色的丝绸盖在它的身体上。她向怪兽承诺，絮絮道出爱的话语：“不要扔下我，我绝不离开你……”在约·史密斯的家，波卡翁达说道：“你的问候犹如一簇炽热的火焰永远在我这里燃烧！”波丽娜似乎已经懂得这个预言的事实，静静地面对电视屏幕，落下眼泪。

倘若有小塑料人，还可以玩彼得·潘的故事。转动的桌子代表海盗船。我当然是那个大喊大叫的克罗赛。波丽娜扮演温迪。即兴创意部分有很大难度，必须严肃认真地重复动画片的对话。独臂船长建议年轻的英国姑娘到坏蛋的阵营里去。由于缺乏必要的给养，她将被推进大海，而在那里等待她的却是怪兽的利牙。波丽娜在自己的手指间推动着小塑料人，一直把它推到桌沿边，大声而清晰地说：“我宁愿死也不要当海盗！”温迪心甘情愿地置自身于死地。她消逝在木盘下面，又成功地被彼得·潘救了上来。彼得·潘在飞翔之中把她从海里救出来，这里演绎着一场无情的战斗，手指在激烈伤人的剧烈动作中，与彼得·潘和塑料铁钩船长拼搏，船长必须承认失败。海盗必须承认失败——这是最大的耻辱，而且还必须在迷失的孩子面前承认自己不过是一条“臭烂鱼”。大鳄鱼欢乐地手舞足蹈，等待着它的猎获物，和孩子们一起一遍又一遍地欢唱。温迪是不怕死的，她也绝不会做海盗……

3

强化治疗有它的特殊性，必须在几个与诊断所分开的单独房间进行，那里安放着消毒设备。人们把这些房间称作防护间。即使采用移植术，身体也只能缓慢地恢复自然抵抗力。因此，外界的极其微弱的感染，都会给波丽娜带来致命的危险。波丽娜每次注射药物后，在药性发作前，护士都要精心给她洗一次澡，她的皮肤经过这样的消毒，可以去除病原体的威胁。他们给她穿上无菌外衣，但是没有合身的。给她戴上一顶宽松的蓝色软帽。长长的衣袍在她的身后拖着，就这样，她走进防护室时，就像一位小公主，惴惴不安地踏上了她新王国的土地。

人们向我们解释我们要告诉孩子的规则，就像是一项新的游戏，有些复杂。她要在这个房间待上比平时更长的时间。谁也无法确定她要在医院睡上多长时间。一切取决于医生的意见。与往日一样，我们要与她从早到晚待在一起。任何外界来的物质都不能进入她的房间。一切都必须绝对干净，都要经过特殊药物清洗后，彻底去除了可能沾染的细菌才行。她的衣物、书籍、玩具都消过毒。我们也被套上了两层塑料袋。她周围所有的人都被装扮成“蓝精灵”，从头到脚都套上了医生的无菌罩衫。在第一阶段等待移植术后的血液形成时，我们甚至要戴上面具。波丽娜理所当然地要笑话我们，因为我们的穿着打扮看起来十分怪异。

第一次消毒时，医生们脱掉鞋子，第二次，把衣物等全部脱掉，把衣物放进一个有儿科标记的壁橱。他们细致地洗手，一直洗到手肘，尤其是要洗干净手指和指甲缝隙。在一个筐子里，每人拿一件装在密封袋里的消毒衣裳。每件衣服都像一件不分男女的睡衣。每人戴上一顶像可以伸缩的口袋一样的软帽，它可以紧紧裹住头发。每人穿一双同质的软鞋。穿戴完毕后，可以走进治疗室了。在走进房间以前，还得进一个消毒室。在那里再洗一次手，在嘴和鼻子部位戴上外科面具，这时候，可以进房间了。在给波丽娜做移植术时，医生们每出来一次，只能有五分钟时间吞掉一块三明治，抽上一支烟，然后重新再消毒一次。这次他们把软帽和软鞋扔进垃圾筐，把衣服扔进一个每晚腾空的装衣筐。放满平时穿的衣服的柜橱早晨会在消毒室的进出口两个地方打开。大家最后走进第一个宽敞的房间，那里放满了鞋子。他们走出手术室时，已是第二天早晨。

当医生们疲惫的脚一跨进消毒间的入口，放衣服的柜子立刻自动打开了。他们来到第一个消毒间，那里排列着他们的鞋子。他们从终点又回到了起点。可是，我们的波丽娜呢？她也能这样吗？

药物作用异常强烈，波丽娜变得非常嗜睡。晚上七点钟就已精疲力竭，早上九点钟我们穿着蓝色消毒衣走进她的房间时，她还在打瞌睡。先天萎缩在加剧。始料未及的副作用出现了，药物只是部分成功地解决了问题。口腔和咽喉由于发炎生口疮而疼痛。好像口水都已经干枯，咽东西变得十分困难，进食必须通过输液进行。

这种强制的要求一般来说对病人和家长都有压力。这个防护间保护着我们。我们处在疾病的关键时刻，其他人的出现愈来愈让我们难以容忍。我们对谁去说？无菌房间就是一个白色口袋，里面比防护间还大。任何东西都进不去。甚至连疾病到那里都会停止发展。扩散磁振造影、扫描，住院期间的检查必须连续不断。治疗是题外话。当他们被关闭在只能容纳三个人的几米长的立方体空间的时候，都很温顺。命运希望有几个最为专心和温柔的护士被指定来照顾波丽娜。那个月，一个伟大而充满温柔的故事很快就在孩子和防护间负责小病患的实习医生之间书写出来了。

波丽娜以令人惊异的毅力经受了这种被称为“K.O.”的药物治疗。孩子当然无法用任何行动控制自己的血球数量，就像她无法阻止肺部病变一样。但是她并没有因为身体的虚弱而减弱日常的生命活力。一周之后，她竟然站了起来，并要求新的冒险举动。但是必须等待……这并不重要，期盼已经成为我们的专业，这大约是我们最应该和孩子一起做的事。我们准备在这四壁之中度过几百年，把这一个月一次的治疗串成链条……一定要把我们一起扔到外面去……我们可以依赖一个位置，把自己武装起来。房间里有一台录像机。所有的录像带都可以经过消毒后进入治疗室。只需撒上一些适当的消毒水。当时最受欢迎的动画片是《美女与怪兽》和《一百零一条白花斑狗》，当然，还有《彼得·潘》。

午睡以后，我们会进行一些很有创意性的活动。波丽娜和妈妈一起习字。那些大写字母被描得很高大，很不匀称，在纸页上写成晃晃悠悠的一行字。字母“E”占了五六行而不是规则上的三行，但是从总体上讲，仍可以看出是波丽娜的签名。波丽娜想学会读书写字后像爸爸妈妈一样工作，工作对她来说意味着在电脑键盘上打字，在笔记本上涂涂写写，在书上注释或画杠杠。（我不在家时，她就坐在我的办公桌前。我在文件里发现了我的笔迹里混杂着她乱涂抹出来的小小笔迹。）

阿莉丝说：“你还是个小孩儿，写字太难了，如果你乐意，我们可以试着认字。”

波丽娜回答：“好的，妈妈，像大人那样！”

“比如，在PAULINE（波丽娜）这个名字里，有字母P-A-……”

“就像写在马路上的那几个字母？”

“写在地上的？”

“是的，你知道的，在车子旁边！”

“啊，那是PAYANT(已付款车位)。对，是这几个字母。你的名字准确地说是从这两个字母开始的。每个字母与一个发音相对应。听着，P发音像Papa（爸爸)！”

“或者像Peter（彼得)？”

“是的，对极了！还像Pinocchio（皮诺奇欧)。然后是A就是Avion（飞机）的A！”

“或者像Aladin（阿拉登)！”

“是的，是的，也像 Arielle（阿丽埃尔），还有 U 呢？”

“U 是不是和 Blanche-Neige（白雪公主）一样？”波丽娜坚持道。

阿莉丝笑着回答：“不，我亲爱的，U 不和 Blanche-Neige 一样，但是这不要紧。”

波丽娜在爸爸那儿习画。她用彩笔描绘蝴蝶、花朵、小鸟、小狗、小猫。她有属于自己的描绘人物形象的方法。她绝不忘记给他们按上一个位置不准确的肚脐，四肢差不多是和身体分开的。每张脸酷似自画像。圆圆的头，笑眯眯的脸，两个勾勒出来的圆圈圈代表两只面对世界的大眼睛。每张画好的画都要立即签上名字，贴在墙壁的空白处，随着治疗次数的增加，她的作品愈来愈少。

有时会有马戏团演员、心理分析专家、教养员、乐师们来演出。所有人都很难在面具背后首先辨认出谁是谁。和那些男女乐师在一起，波丽娜愿意单独待着。父母亲可以撤出来喝杯咖啡，抽支烟。那些秘密的音乐长剧，在长鼓的节奏下都是两人表演和对唱的。傍晚时分，照例是“演戏”(spectacle) 时间，波丽娜总发成“演习”(Pestacle)，[①] 观众经过严格的筛选。房间里只能留下两个人，允许给演员鼓掌的人有限。他们是亲人、护士、实习医生、心理医生、教养员和几个来访者。因此他们必须对赋予他们的特权表现出充分

---

① 此处为波丽娜的儿语，译者根据波丽娜的误发音，创意译为“演习”，法文中没有这个词。

的热情。波丽娜穿上白色睡衣时，兴奋极了——所有进入诊室的衣服都是棉的，还得消毒过。这件衣服当然成了舞袍。穿上它，可以行一个优雅的屈膝礼。在转弯时，它可以飘逸，在膝盖周围飞转。整个芭蕾舞蹈都是照迪斯尼的音乐来的，有爵士乐还有《灰姑娘》和《林中睡美人》中的浪漫曲。最优雅的乐曲部分是由舞蹈家自己哼唱出来的。在世俗的观众看来，这些舞蹈动作太有限了。那个“被装备好的剧院”场景缩小到特别的程度，因为它已经和医院一张床的床垫模糊地形成一体。在这张床垫上，有只“小白鼠”必须小心翼翼地不让自己失去平衡。她的动作也没有到自由完善的程度：舞裙下面有一根塑料线在那里滑动，它随时被舞裙架子挡住，只有右臂可以抬过头部，左臂有气无力地垂在身体一侧，身体从胯部缩进裙袍。然而，正是这些局限可以定义真正的艺术，更好地确定舞蹈者的技术、舞姿和感受。小舞蹈家来来去去、前前后后地移动着，飞起裙袍，扯起裙裾，尽量转着，伸开躯体，弯着腰，将右手伸向天空……演员弯下身去，直立起身体，再一次致意，向观众抛去一个又一个绝妙的敬礼，打断了观众热烈的、一遍又一遍的喝彩声。观众发出了频频赞叹。今晚这里没有要求演员上场谢幕的掌声。女歌星尽着艺术家的义务。她把她的崇拜者都凝聚在了一起。人们只允许爸爸和妈妈再待一会儿，直到看完最后几本书，直到静静地睡去那一刻。

4

我们在隔离间待了差不多一个月，静静地过着与世隔绝的生活。血球计数终于稳定在正常的水平上，可以考虑出去了。我们十分兴奋：这种受到严格局限的生活终于结束了。我们以为波丽娜可以在春天的阳光下稍稍走一走，呼吸呼吸花园的空气，重新睡到她自己的床上去了。但是我们也知道她这次与以往不同，也许，几天以后，我们将不可避免地再一次带她进行扫描检查。这一次，也许是波丽娜最后一次感受大自然的亲吻了吧。

事态的发展在我们的恐惧中与日俱增。强化治疗用的是重剂量药物，药物对平衡血液细胞的数量作用缓慢，需要不断地输血。孩子肌体一直受到感染的摆布，或者说受一种并发症的摆布，结果可能是十分严重的。十多天以后，波丽娜开始一阵阵有规律地发烧，能离开客厅蓝色长沙发的次数愈来愈少。有一天我上班去了，不在家。波丽娜发起高烧，她的痛点非常准确，可以清楚地指出后背的某一部位。血红蛋白和血小板数量还在下降。波丽娜必须立即去医学院输血，或者为极度虚弱的孩子做点儿什么。实习医生们采取了他们力所能及的措施，但是疼痛并没有缓解，波丽娜坐在游戏厅的一张桌子那里，抽搐着，表情呆滞。阿莉丝到处找医生，但是没有一个医生有空，没有人愿意和她多说什么。阿莉丝找秘书、实习生、护士，坚持要有人接待她。快到下班时，波丽娜的医生终于出现了。他把阿莉丝拉进办公室，向她说明情况：已经没有必要花很长时间来鉴定这种感染的原因，因为这不是偶发性的。阵阵高烧和背部疼痛的最大可能是肺部癌细胞转移后迅速发展的标志，通过扫描可以确认。经历了漫长的数月后，医生第一次掏出粉皮的记录本，开出必要剂量的吗啡。

过了几天，我们打电话询问医生，我们以后该做些什么。他告诉我，扫描和拍片要在下一周才能决定。他向我重复了对阿莉丝说过的话，并且加上一句“情况十分令人担忧”，然后缄默不语。于是我问道：“您是想说她要死了吗？”他回答说：“是的，扫描后我们会确认的。但我认为，是的，她要去了……”说完，他又闭上嘴。我想把话说完，我注意到我的嗓音没有背叛我，没有变声，我试图在我的脑子里形成一个巨大的空白，让它一直到谈话结束都保护着我，让混合嘈杂的声音结束。我感到，头颅中间正有一股旋风吹出，而我正在随着这股风消逝。词语虽然已经来到头脑里，但是我却试图拖延它们凝重的意义与它们在我身上结合的那一时刻。我的思维在几分钟之内曾在我的心上保持着几分清晰。这已经足以使我听懂医生所要表达的意思。

于是，我说道：“她果真要死了吗？”

他回答说：“不一定，我们肯定还有办法消除与这类病变有关的病痛……”

我说道：“我们还有多少时间呢？”

他说："这很难估计……"

我打断说："但是，有没有必要按月按周去计算？"

我知道癌症是一种没有终结的顽症，我说到"周"的概念是希望最终在他那里得到一个令人鼓舞的回答。我以为他会向我说明疾病的出路，以延缓不可避免的事实，缓冲残酷的打击，我们还可能有一两个欢聚的夏季。"由于疾病的毒性，"他宣布说，"我们还是以周以日计算为好……"我们还讨论了以后几天的安排，然后挂掉了电话。

我们进入了死胡同，我们看到这个死胡同面对我们渐渐地关上了门。他们清楚地告诉我加紧治疗可能是打出的最后一张牌。但是同时，人家拒绝向我们过多仔细解释以后会变成什么样，我们在这个主题上维持着一种有利的朦胧希望和幻觉。当疾病潜在的宿命特征出现后，我们就和波丽娜的医生做了一次长谈。阿丽丝强调不管发生什么，必须保护病痛的孩子。至于我呢，我反复说明必须抓住微小的机会，波丽娜未受伤害的身体和心理可以面对新的治疗。医生似乎对我说的话有些悲哀。他可能因为我没有信心，猜测他有没有能力尽力试过，而受到伤害。我特别相信他担心的是察觉到，尽管经过一年的治疗和屡次失败，我们还没有摆脱看到我们的女儿逝去的思想。我们并没有闭上眼睛，我们面对现实，但是这个现实拒绝我们接受它。在某一时刻，病人必须被抛弃到死亡之中。但是这个被抛物对活着的人，如果能够得到他们的同意，应该没有那么残酷。就是说，应该同意必将到来的事情。逝去似乎更喜欢持久的疾病，全是由亲人父母本人请求医生以结束一切。我不知道这是不是我们的忍耐力，还是我们的更为强大的盲目能力。然而在我们的内心深处，我们的知情是徒劳的，我们没有准备好该说的最后一句话是什么。

片子拍出来了，又作了肺部扫描。肺部癌细胞转移是什么样子？我的印象里有一张医疗照片，是在一本百科全书上见过的……是不是和在医学院的一份报纸上见到的吸烟过量者的情况一样？我仿佛看到一朵厚厚的多肉发黑的花朵在开放，因为那里面饱含毒液。

在她的手臂进行最后一次透视的时候，肱骨表面有两个球状物，外科医生从健康的肌肉层里把它们挖了出来。但是太晚了，这朵毒花已经播下种子，在我们度过夏季时，正是它的冬季。种子沉眠在肌肉层里，等待着寒冷中有利的阳光以便成熟，穿破它们的纤细包裹。花朵形成了，但是还关闭着，然而在它未来死亡时却十分茂盛。我想象着它黑白相间的颜色，植根在孩子的右肺部，在气管周围形成了它的枝叶，准备在她的嘴里绽放开来，大面积的恶心和花瓣的芳香令她窒息。

当我们被打发到扫描后的诊断的时候，我们准备好去碰壁，进入不可能的现实……不要做一个我在书里听说的，一篇篇诗歌，所有的文人伪君子开拓出来的“不可能”的骗子……不，有些真实可见的倒胃口的时刻应该解释给一个活不下去的四岁的小女孩听……无论如何要告诉她真相，虽然我们还没有想过说什么……

为了给我们更多的时间，医生最后才接待我们。他检查了孩子的病情，确定使用背部疼痛麻醉剂以后，紧急情况有所缓和，而且还没有发现任何呼吸困难的症状。然后，和往常一样，他打发孩子去玩，他自己则和我们待在一起。我什么都没有去想，我们什么都没有去想，我尽量想些别的，不让思想顺着痛苦的思路走下去。医生表示，尽管进行了强化治疗，肺部病变并没有停止扩散，我们很清楚接下去要说的是什么。

然而我们弄错了，医生向我们解释说，最后的检查只为诊断留下了一线小小的开口。通常，由骨癌形成的转移总体上是朝肺部扩散的，但是波丽娜的情况不同。病变只是单一地、大面积地吞食右肺并且朝外扩展，没有涉及左肺。医生猜测她的左肺是健康的，因为过去出现的大面积斑痕几个月来都没有变化。拍出的片子与骨头上的症状一点儿都没关系。总而言之，新的肿瘤很难说是积存下来的，因此可以考虑用外科术摘除。然而还有很多情况难以把握。从取样活细胞的情况来看，病变还没有大到一定要动手术拿掉的可能。切除术可能用不着全面进行。因此我们可以指望在手术解除胸部的肿瘤时，疾病得以减轻。

我们离开医学院以后，我们孕育了共同分享的情感，悲伤至极。因为如果最后决定属于外科手术性质，就该从十二月起，在病变还微不足道的时候，计划如何参与。在汽车里，阿丽丝向波丽娜解释她失望的理由，而波丽娜似乎很好地回到了医学伦理的细节："如果要拿掉'包包'，最好趁现在还小的时候拿掉，而不是等它变大。”但是真实的宽慰，就是期待我们手中一无所有，而不是软弱无力地期待死亡。这样微小的、不真实的运气还要抓住才行。

给我们确定的约会定在巴黎南部的一个诊所。一天早晨，我们赶到那里。医生的意见有分歧，有所保留。情况十分棘手。要等待肺部细胞拍片的结果。最后医生通知我们下周做手术。一切都像医生向我们预言的那样进行得很快。波丽娜开始真正感到呼吸困难，冷汗滴滴顺着她的头流下来，头发倒是重新长了出来，喉咙里发出“嘘嘘”嘶哑的喘息。肿瘤压迫动脉使她的面部肿胀，面色通红。氧气罩不是非要不可，但是我们觉得它给人以可以依靠的感觉。我们获准可以回家几天，等待手术。波丽娜睡在客厅的长沙发上，氧气瓶就放在旁边。

5

波丽娜变得特别虚弱，我们无法带她去作远途旅行，只得在巴黎转转，在勒库尔柏街的商店买些东西。我们参观了凡塞纳花园里的花卉园。巴黎市上空阳光照耀，却是冷冰冰的。我们显然弄错了节气，花坛上面光秃秃的。花朵还在地下睡觉，它们在等待时机。我们没有去玻璃花房。我们尽量不去可以遇到孩子的娱乐场。在波丽娜极度虚弱的状态下，碰到他们会太伤心。我们小心翼翼地从一棵树到另一棵树，跑下山坡，玩着捉迷藏的游戏。晚上，我们到瓦蒂尼街用晚餐。波丽娜遇到了通常在夏季花园里才能遇到的朋友——小猫。她长久地抚摸着那些黑色、白色和红棕色的猫，用丸子和肉填饱它们的肚子。该回去了，当她走下餐馆的阶梯时，她哭了起来。她抽泣着，卡住了喉咙，呼吸困难，无法听清她在说什么。我们尽力安慰她。她舍不得离开那些小猫。我觉得她还另外说了些什么话。

阿莉丝答应波丽娜，第二天即使不买一只猫，也要买一个小动物，归她所有，成为她的小宝贝。阿莉丝有她的道理。在波丽娜住院动手术期间，家里会有一个活生生的小东西等她回来，会“咿咿呀呀”地对她说，你快些回来吧。在我们家养上这么一个小动物真是无所谓，这只是让它坚持参与未来的一种方式。

我们又去了塞纳河左岸的一个百货商店。我们乘上玻璃电梯，到达最顶层的宠物区。从鹦鹉、鱼类、猫狗边经过。但波丽娜对它们一点儿都不感兴趣。她一心想要一只印度小猪或者豚鼠。她的解释是："它们比仓鼠、小老鼠、小兔子更愿意和小孩儿待在一起。我们可以抚摸它们，它们喜欢得到爱抚，从不咬人。"我们不可能花很长时间去挑选。在一个很大的木笼子里，铺满稻草，只剩下一只小动物了，这是一只生下来才几个星期的雌性动物，刚刚断奶，红红的眼睛，白色的毛皮分布奇特，兔毛略微竖着。"像爸爸的头发！"阿莉丝觉察到。就是它啦！售货员与波丽娜谈了很久，向她解释说这是一只安哥拉玫瑰花斑兔还要小心它的褥垫，喂它种子，让它习惯奶嘴，别忘了在水里加一些维生素C，波丽娜喜欢的时候可以抚摸它，但是小心不要吓着它，因为对于如此小的动物，四岁像高山一样高大而且吓人。波丽娜听得十分认真，像每一次向她解释重要事情一样，明白了许多东西。小动物被放进一个纸板箱。我们下了楼梯，拿到所有必需的东西：笼子，麦秆，种子……波丽娜向我们宣布，既然这是个"女孩儿"，她的"豚鼠"应该被称作"温迪"。回到家，阿莉丝和波丽娜一起安放好小动物，试着教会它在哪里吃饭，怎样喝水。温迪似乎有点儿小心谨慎，但还是任人摆布着。当它睡到长椅上时，波丽娜把它搂在左手里，用右手久久地抚摸它，偶尔还用嘴去亲吻小动物的头。

波丽娜回医院后，温迪当然待在笼子里。过了几天，阿莉丝对这个小家伙奇怪的皮毛感到不解。奶奶找兽医给温迪查了查。安哥拉玫瑰花斑兔易得严重的皮肤疾病，一簇簇掉毛。不久，这只兔子可能会变成秃毛，玫瑰色秃皮斑会愈扩愈大。兽医建议到商店去要求索赔，他们应负责任，给它打针。可能的话再去买一只一样的，不让孩子知道，去取代原来的那只。治疗的办法是打针、用药水洗，但是比买价还贵，而且不一定有效。一般情况下，豚鼠不用怎么照看，它们很健康，假期到来时，它们可以像孩子们希望的那样维持几周几个月的健康。然后把它们扔到巴黎的一家公园，一条高速公路边上。有时会被扔在垃圾筒里。我们甚至不需要说话。依目前的状况，不用考虑我们下指令去给一个温顺的生病的小白生灵打针，因为它脱毛了。我们不想对波丽娜撒谎，可我们怎样向她解释她的小宝贝儿要死了，还会给她再买一只？我们要求兽医立即给它治疗，把实情告诉波丽娜。当我们向她说起我们的不安时，她的声调有些异样。她说："你知道，我有点儿担心我的小动物，我怕打针把它弄疼。"波丽娜睡了，阿莉丝面向温迪的笼子，躺在地毯上，过了好几个小时。她悲伤地欣赏着它在草堆里戏弄温柔的小老鼠。她好像在红色小眼睛诡异的闪烁里努力阅读神谕。我和小动物从来没有什么感情。但是我们经历的事情从内心狠狠击垮了我曾经的一切。每件事都逃不出我的预料。我在想，波丽娜的命运和温迪的命运是神秘地联系在一起的。我很愿意相信某些人或某些方面会感谢我们挽救了小动物，并且对我们的孩子伸出援救之手。我准备乞求任何一个救世主，我在脑子里，把眼睛朝向天空，在那里寻找一个长着豚鼠脑袋的、并不可能存在的救世主形象，一个印度猪的形象，关注着牧场和田园里的温柔生灵。我们很快得知温迪的皮毛又长出来了。阿莉丝说："也许我们应该请求兽医给波丽娜治病。"

后来，我们又回到家待了短短的两天。波丽娜无法打起精神，浑身沉甸甸的。她说话声音很轻，浮起惨淡的笑容，好像对自己难以跨越的疲劳负有犯罪感。她用微笑给我们留下永久难忘的歉意。我把她抱在怀里，把她放在童车上。我们走上她生病前去花园玩的那条路。那天下午孩子们都在上课，花园里空无一人。我们有好几个星期没去那里了。孩子们的游戏器械都重新更换过了。有彩色滑梯，庞大的五颜六色的木制建筑，就像停泊在沙地上的几只木船，仰起朝天风帆。我建议波丽娜上去荡两下，她却对我说她实在不想玩，待在童车里挺好，也许下一次她会玩的，她希望我们这样散散步，在太阳底下坐一坐。我们还得给温迪买些东西。我们又到了勒库柏大街，走进"莫诺普里"超市。轮到波丽娜购买她的小动物所需要的东西了。她很乐意站起来，推起一辆给小孩子用的购物推车，支起一片架子，这样可以让孩子在商店里学习爸妈的样子。波丽娜慢慢推着车，撞击式金属门自动打开了，我推着空车，在几米远的地方跟着她。我这时看到她在梦境里的形象……才走出二十米远，她就转身告诉我说，再走就太累了。我重新把她放进童车，又回到买宠物用具的地方。我们几乎把所有有印度猪照片的盒子都买了下来，有食物、维他命、饼干等等。所有的盒子都堆放在她的膝头，压着波丽娜，她好像被埋在童车里，看都看不见了。

我们回到家里，可以肯定地说，波丽娜连两级阶梯都登不上去了。我把她抱起来，她像一岁时那么轻，当年我接她出托儿所时只有这么重。波丽娜把温迪喜欢吃的食物一股脑儿倒进它的笼子。她帮温迪把鸡蛋饼捏碎，小家伙“嘶嘶”叫着，奔过来，饼干渣从它身边纷纷落下。它用小尖爪把自己喜欢的渣子都扒到嘴边，送进嘴里，当盛宴结束后，它让人抱着陪波丽娜奔到蓝色长椅上，波丽娜随即沉沉睡去。

6

我们必须登上赴诊所的路。手术定在明天。孩子虚弱无力的程度已经无法让我们对手术这个赌注放下心来，调换医院是一种解放。这样中间要经过的治疗手段全部取消了。为波丽娜提供的房间有两张床，房间收拾得漂亮而有条理，就像一个旅馆房间。我们两人中总有一个，往往是阿莉丝留下来陪她睡觉。我们不是在儿童外科，这个科室在大楼的下面两层，专门针对胸畸形的乳儿。八楼是胸外科，病人平均年龄在七十岁左右。波丽娜是唯一的孩子。自然，她引起了不大习惯照料如此年幼病人的护士的同情。我们很高兴能和新的医生说说话。我们对医学院里的那些大夫没有持任何否定的情绪，一年多来，他们一直在治疗我们的女儿。我们知道他们已经尽全力了。但是，我们不可能对他们不产生任何疑问和丧失信心的感觉。他们眼见着波丽娜走向死亡，就像以前看到别的孩子走向死亡一样。生命的深渊在他们看来，已经有过很多次，十分熟悉，然而对我们来说，却是惊恐万分，难以名状的。这里的医生对波丽娜关怀备至。他们的年龄比我们略大。我们很高兴有了新的对话者，对他们来说，救治孩子的希望并没有消逝。他们接受的是一项从技术上难以接受的任务，但是他们没有拒绝，他们勇敢地开始了别人已经结束的工作。我觉得，开始那几天，他们一心一意地关注着波丽娜的命运。外科医生动情而关注地站在波丽娜床头，异常真诚地关怀她。大概这样做是因为在这里照料孩子是很特殊的情况，而且，孩子的残废对他们来说要比成年人、老年人残废令人难以平静。也许他们自己都是小孩的父亲，他们难以不对我们的焦虑引起共鸣。也许这里还有另外一些隐秘的原因，只有他们自己才有解开这些生存秘密的钥匙。也许我还在执迷不悟地认为，波丽娜在最近几个星期里，还会对他们施展迷人的温存，而他们也会注意到她。她虽然虚弱、力衰，但是她并不像一个正走向死亡的小姑娘。痛苦没有按常规方式在她身上表现出来。疼痛没有激怒她，也没有将她带走，而是让她像一朵温柔芳香的花朵一样开放。疾病使她变得苍白，但是不能抹杀她温柔的个性。她不断地微笑、嘲弄人、调皮、对友爱的表现十分敏感，非常乐意把奉献给她的爱回报给人家。这样的孩子会死，似乎太令人难以想象了。

手术前夕，外科医生在他的办公室跟我们谈了很长时间，以便一起商定方案。他不可能准确说出会发生什么突然情况。现象不可能提供准确的信息。他不可能揣测肺部被打开后外科手术的准确可行性。病变的面积特别庞大，大量的癌细胞压迫了所有的呼吸器管。肿瘤长在右肺边缘，正朝着胸腔纵深发展，一直延伸到气管，包裹了腔静脉的一部分。它的边缘触及大量的活组织。医生们无法知道是否可以把肿瘤全部切除。也许内部病灶如此严重，有必要拒绝触及任何部位，并且立即关闭胸腔。也许——这是最大可能的猜测——可能部分减轻胸部压力负担，取出肿瘤的一大部分或者一小部分，然而却有某些部位无法触及。在这种情况下，医生只有暂缓一下，因为病变癌细胞从潜伏期开始，会持续发展几个星期，重新威胁到整个呼吸器管。最终还有一个赌注可以实现：这只是极微弱的可能，所有的癌细胞都被拿掉，这样，细胞指数可能降到零，一切都是可能的。总之，一切都可能变成一个持续的延缓过程直至预测反复多次。

我们回到波丽娜的房间。我想把即将发生的事情向她作个解释。我们不愿意让她一无所知。我想让她明白第二天早晨为什么让她去手术室。她很清楚因为有一个“球球”，但是她不太明白肺是什么。在她带来的玩具里，有几个塑料球。我吹鼓其中的一个，我告诉她怎么样把空气打进彩色气球。我告诉她有一根管子从鼻子插进，通过嘴部，到胸部，一直到两个被称作肺的球球。当人们呼吸的时候，球会鼓起来；当吐气的时候，球会瘪掉，空气对我们的生存来说，是必不可缺的。这就叫“呼吸”。那个“小球球”就长在其中的一个肺球里，它已经长得很大，我们希望摘掉肺部，让它不再受苦。波丽娜听着我说话，一言不发，当我说完以后，她加上一句：“爸爸，这不可怕，我可以用另一个球呼吸！”她完全理解了我所说的话，她完全明白了我期待她听懂的话。一开始她就猜到了我打算和她谈的问题。长时间以来，她都能走在我的前面。

送手术室的时间是第二天早晨。我亲吻了波丽娜和阿莉丝，把她们留在双人房间。我乘上电梯，到大楼下面，我长久地深深呼吸着夜晚清新的空气，看着街区中国餐馆闪闪烁烁的红黄广告。街道被高楼压在脚下，高楼闪光的窗户呈现出不规则的画面。在关闭的诊所围栏面前，我连续抽了一两支烟。我不想回家。我不饿。我着实感觉肚子里缺乏威士忌的热量。我径直朝早上停车的地方走去。林荫大道被隔壁体育场的探照灯照得雪亮，那里在争论一场足球赛的结局。车子不在那里。我这才明白自己把车子停在了从警戒非法停车区过来的中间地带。禁止停车的临时警示牌封住了往高处走二十米远的地方。一整天我都在无缘无故维持停车场停车计时器的计时。违章停车场的时限已过。我坐在一条长凳上又点上一支烟。在一个空无一人的停车场上，吐出劣质的哈威那牌子的烟气，我觉得好笑。在那座高楼上，我的妻子可能正在照顾我的女儿睡觉，给她读最后一个故事，亲吻她，抚摸她的额头，轻轻告诉她，明天一切都会好起来的，她无需担心任何事情。我就这样待了很长时间。我不再需要努力不去想什么。我只是窥视着。我看到一层窗户的灯光一个一个全灭了。最后，我呼叫了一辆出租车。司机向我解释说，私营公司晚上负责调走所有在街区里留下痕迹的违章汽车。诊所附近是他们捕捉这类车子最有利的地盘之一。在住院的惊恐之中，很多驾驶员随便停车。出租车把我带到贝尔西的违规车停放处。我签署了一张支票。我无心解释自己处境的原因，无心抗拒。车子停在十几辆车子当中。我顺着马雷索大街回家，在红绿灯和五光十色的街区穿行。巴黎在三月毫无生气的夜色中沉睡着。钥匙在锁孔转动时，我听到防护门那一边温迪尖声尖气的叫声。我给它倒上一大堆干粮，换了水，在里面放上半片遇水冒泡的多维压缩饼干。在电话录音机里，有两条录音，可是我不太明白内容，于是抹掉了。我倒干 J. and B. 商标的酒瓶的酒然后睡下了。我很快睡着了，尽管酒精使我的太阳穴很疼，但我的睡眠没有受到太大干扰。我很早醒来，马上开车去诊所。我无法前行，被早晨外环道路堵在那里。我到达时，波丽娜正躺在白色担架上，穿着棉布裙子，抬手向阿莉丝道别。她向我们说了“一会儿见”以后，灰色的电梯门便重新关上了。

7

事情往往是反反复复地发生，以致到这种程度：我们活着只是在重复司空见惯的感受。大约在一年前，波丽娜来到手术室，拿掉了手臂上不断扩展的肿瘤。今天，在巴黎的另一个地方，波丽娜还是来到手术室，我们可以看到电梯下降时，在电梯拉门突出位置上的闪光刻字盘写着楼层号码。同样的动作将由另外一些戴着面具和手套的人来完成。她还要再一次昏睡在药物麻醉中。担架一直要滑动到手术室，然后手术刀和金属器械开始工作。对此，我们简直难以想象，这事发生在春天一个明朗的日子里。太阳与往日没有什么不同，灿烂而辉煌。地球与往日一样在转动。在地球上，成千上万的肺在共同呼吸，在不同的海拔高度上吸进公众享有的空气，吐出二氧化碳看不见的雾气。他们的肝、肾、肠完成了日常排尿和排便的任务。血在弯弯曲曲的静脉和动脉中流动。肌肉带动了骨架的活动。肉体和皮肤遮掩了人体真实而赤裸裸的肌体。头颅里，有成千上万的脑细胞用难以理解的不同语言支配的不停涌动的思想，形成了编码，储存编码，解码振荡时永不休止的冲动。这一切几千次、几万次地讲述了每个人的神话和悲剧。他吸进的是公众共有的空气，吐出的是二氧化碳，但是任何一出悲剧都与我们的剧目不同。因为就在今天早晨，我们四岁的小女儿将进入巴黎诊所的手术室，而我们几个小时以后就会知道是否还存在着使她活下来的机遇。

我们在双人房间里等待着，孩子睡的床已经没有了。时间愈是流逝，我们寄予的希望就愈大。我们以为，手术的持续说明外科医生正在逐步把胸部从患癌区域中解放出来。我们在候诊厅里吸烟。这个大厅坐落在巴黎外环的一个体育场馆外，窗户敞开着，尽管汽车行驶的声音不断，还是可以听到网球场上的网球“噼噼啪啪”的响声。我们看见几个孩子在跑道上奔跑，还有几个在踢足球。午饭时间已过，但是我们并不饿。我们耐心地等待着，烟灰已经把烟灰缸涂得漆黑。这一天的阳光格外灿烂。整个巴黎似乎笼罩着无比明朗的气氛，犹如沉没在蓝色大海之中，而我们却有被大海淹没一样的感觉，呼吸困难。

经过一个地方以后，就只有祈祷了。但是喉咙锁住了。嘴巴僵死了。言语再也不会脱不开干燥和厚厚的口腔。人家说骨头将肉体覆盖后，皮肤将重新把它们包裹起来。它们在上帝的天使守护的峡谷里欢唱。身体会在尘埃中站立起来，把自己的被抹杀掉的形状的记忆召唤回来。风独自在棕榈树从中欢乐呼啸，上帝如此称赞道。但是我们只听到人类濒于灭亡的嘈杂声，恳求的人类无理的和动物般的呼唤。我不知道用什么词语。我只要求人类不死……谁在祈祷？圣母玛利亚让自己儿子的巨大身躯从自己的石头膝盖上倒下来，他被伤害，忍受着痛苦，在死亡的边缘变得迟钝呆傻。上帝无辜的双手被鲜血玷污：埃及的母亲们为他们的第一个婴儿哭泣。亚伯拉罕举起神圣的大刀砍向以撒。我就是这样的父亲，看着自己的孩子在火堆上忍受煎熬，任锋刃在她身体上挥舞。哪位天使能抓住我的手臂?

我觉得不太舒服，便下去待了一会儿，跨过诊所的玻璃大门。天空呈现出蓝色，冷冷的但令人满意，我站立在午间直射的阳光下。沥青路湿漉漉的，刚刚下过一阵大雨，令人莫名其妙。风已经挣脱了地平线的束缚，慢慢地升向天空，推动着白云钻出云层。白云散开时，只在天空留下一些松散的云带，其中两条最为显眼的，折成直角形状，勾勒成一个模糊的十字架，这是一个令人快慰的十字架……要到西米里，延着外环走，然后经过舒瓦西门。

我一动不动，站立在人行道上，不知道是在哪个区的什么地方。我用力吸着雪茄，没有什么地方可去，我觉得行人都很奇怪，他们竟然会不知道我在这里干什么。在词汇和阳光中，我觉得晕晕乎乎的，便莫名其妙地说出一篇祷词，没有针对任何人。后来我才明白实际上我在祈祷波丽娜。我喋喋不休、自言自语，头脑中回荡着自己的声音，我觉得她在听我说，而我说的尽是些无用的蠢话：

我的大女儿，不要丢下我们，再等一等，你那么想匆匆地离去吗？睡觉以前最后和我们玩一次捉迷藏好吗？啊，求你了，就这最后一次！瞧，今晚是我在求你呀。现在已经上床，可不是时候啊。看呀，天上的太阳多么高啊，看呀，它可不想去睡觉呢！当你在梦中与我约会，当我们苏醒、相互从白色的模糊边缘相对窥视时，乘夜色还没有和我们捉迷藏之前，我们再玩一会儿吧。你将会在阳光下走动。你会远远地向我招手。你微笑着，却不靠近我。你会偶尔说上几句话，却不离开我的怀抱。你的头枕在香花的枕头上，你困了，但是你却不能入睡，因为你要我给你讲的故事还没有讲完，看看那几页还没有讲完的故事吧。我可以读到天亮然后再读到晚上。可不要闭上眼睛哟……

我伫立在路边的人行道上，仰天朝向太阳。我闭上眼睛，眼前出现了蓝色和紫色的光环。我陶醉在这些感受之中，我听到在我身上自然而然地奏响了一曲旋律，它发自悲怆动人又令人反感的伤情。

下午三四点钟时，有人告诉我们说手术还远远没有结束。要到达肿瘤的某些部位，必须让孩子翻过身，挪到侧面的位置上，从肋骨那里另外打开一条接近的通道。手术室白天的一切计划安排都取消了，外科医生们都心甘情愿地为孩子把手术一直做到晚上。

直到晚上，外科医生才把我们叫到他的办公室。手术已经持续了整整一天。他向我们解释说，手术动得很成功。他们必须表现出顽强的精神，反复做很多次，冒险付出代价，但是终于使肺部脱离了大片毒瘤。他所描述的状况犹如肌体内的一场大屠杀：右肺被摘除了，一部分气管也被拿掉了，还必须换上一个人造腔静脉。但是这是一场有益于健康的大屠杀，也是拯救生命的唯一机会。这简直是不可能，甚至是难以完成的手术，一个十分艰难的手术过程。各种复杂情况都还可能出现。所以必须密切关注孩子的状况。我们和外科医生握握手，我记得不太清楚了，但是我觉得我们都没有向他致谢。我们不知道用什么话来表示谢意。我们完全处在绝对麻木的状态里，一心想重新获得希望。

8

我们的希望在手术后才实现。但是似乎除外科医生之外，没有人相信手术成功的可能性。他们尝试做了手术，却缺乏自信心。他们只是感觉孩子不应当被放弃掉，哪怕是只存在百分之一的机遇。然而，人们抓住了这个机遇。医学院的医生都在谈论这项外科成绩，考虑用最好的治疗方法来巩固手术成果。

波丽娜迅速站立起来了。手术第二天，她就开始正常吸气，但是却已经没有了气管。她可以离开床铺，走到椅子边上，喝一点儿牛奶和吃一点儿干粮。声带幸免于手术，但是声音还是十分微弱沙哑。允许她在不到一周的时间里稍稍离开急救室。波丽娜和阿莉丝重新踏上登上八层的路，在那里，等待着她们的是那个双人房间。每天孩子都要在走廊上尽量多散散步。她一直走到候诊室、报亭，走进咖啡厅喝上一杯橙汁。她又能吃上一些东西了。手术间里所经历的一切并没有使她倒下去。她的呼吸比手术前更为通畅。切割术不在外表，看不见。胸部两条长长的管子的伤疤一直延伸到后背那里才显现出来。

恢复期至少需要整整两周，以便防止可能出现的复杂的术后问题。我们重新理顺了日常生活的头绪。这里的诊所在我们看来比在医学院受到保护的病区要好得多。我们没有必要向什么人汇报什么情况。我们隐姓埋名，我们的焦虑不安对任何人来说都不是一场戏。两位医生和几名护士是我们唯一的对话者。我们两人当中得有一人睡在孩子身边，免得让她在每晚和我们道别时感到伤心。

我们又回到看动画片、看书、做游戏的生活里。我们已经把迪斯尼公司提供的各种录像带都看遍了。波丽娜发现了《小朋友晚安!》这部片子。她喜欢调皮捣蛋而可爱的尼古拉，还有潘坡奈尔，那个笨笨的小熊，总是在准备掉进孩子们设置的玩笑圈套。反复的睡眠习惯令她安心。小男孩或小女孩睡在并排的床上，就像是晚上让他们睡在妈妈身旁。小熊熄灭了灯。它爬上了绳索阶梯。在云朵上碰见了沙商。吹笛手吹起了摇篮曲。在孩子们熟睡的大楼上，它洒下了大把大把的碎金，压在他们的睫毛上，喷射到他们甜蜜的梦境里。它在夜色里点燃了“孩子们的星灯”，所有不安的孩子们都可以望见这盏关照着他们的灯。波丽娜很快成长起来，她已经有能力懂得更复杂的故事，她玩《国王与小鸟》，玩有普雷维尔参与对话的自由命运的动画片游戏。她对这个残忍的世界感到好笑，那里的国王长相丑陋，爱虚荣，牧羊人更喜欢那个“什么都不是的小烟囱清洁工”。看到可爱的小恋人滚下令人眩晕的噩梦阶梯时，她的心怦怦乱跳。她在内心为煽动大家的小鸟成功引导狮子、孩子和所有可怜人侵入王宫悬浮的迷宫鼓掌。波丽娜喜欢这个革命寓言。波丽娜从未读过安徒生和马克思，她并不知道在故事里除了有洞穴人和以数字命名的国王外还会有其他人。可是她让人感觉是本能的列宁主义者，不是在灵魂里有利于革命事业和无产阶级专政的原则。她只要求布尔什维克可以从多彩的羽毛上被识别出来，无产阶级能吼叫并有密密的长发，共产主义社会的首要动作是让笼子里的小鸟立刻解放出来。(当她很小的时候，我们就像玩游戏一样，和别的歌曲一起教会她唱《国际歌》，有时，让我们感到困惑不安的是，在赛富尔和勒库尔伯大街的高档商店里，她会举起小拳头，在顾客、售货员反感的目光下，唱起副歌。)

小说家的能量和那些选择为孩子们写作的人的魅力相比，显得多么软弱无力！艾玛·包法利、斯蒂芬·的达吕斯、于连·索莱尔、约瑟夫·K.、菲尔迪南·巴尔达木都是虚构的强大形象……但是彼得·潘！匹诺曹！他们的故事以我们忽略的神话形式久而不衰。当孩子们到上床的时候，这些故事不断在一个个枕头边流传。每个人都添油加醋，重写，创造，坚持到孩子们闭上眼睛，眼睑合拢，梦境的幕布降落。彼得·潘仍然是波丽娜最偏爱的人物，是她的“亲爱的”——就像我们说话时的口气一样。但是波丽娜所熟悉的彼得·潘只属于她自己。巴里所讲述的传奇故事只是提供了一个长期淡忘后的借口。每天晚上，都要写出新的篇章。我和阿莉丝轮流即兴创作新鲜的故事，可以和女儿的想象形成对话。我们并不忠实于原著，而是施展我们自己的权利。彼得·潘属于生病的孩子。自己的版权和英国议员的权利都让给了这些病孩子。根据一项特殊的立法，巴里永远刷新了这项著作权。于是我们抓住故事的开头，波丽娜一定会喜欢。巴里并不像人们所认识的是苏格兰著名的文人，他实际上还是英国一家医院的医生。这是一家波丽娜经常走过的医院，坐落在布鲁姆斯布瑞区，离爸爸原来的办公室只有两步之遥。在这家医院里，前来治疗的都是孩子。但是事情发生在很久以前，一个世纪以前。那时，还没有发明“强力药剂”，比现在还要难于治疗孩子的疾病。温迪是个和波丽娜一样大的有病的小姑娘。她在某个部位长了个“球球”，故事没说明长在什么地方，她在自己的白色房间里，度过了长长的童年。爸爸和妈妈都在她身边，妈妈白天和她一起玩，爸爸晚上讲故事。爸爸发明了一个被称为“梦幻之乡”的缤纷世界，只能飞着去，还要触摸到天空出现的第二颗星星后向右转，直到天明。每天晚上都可以通过想象去拜访这个仙园里的一个新的省份。王国里有印第安人部落，鳄鱼出没的小海湾，人鱼居住的礁湖，那些失落的孩子就睡在大树洞里。在宽阔的海面上，沉浸着一条遇难的海盗船。温迪是这些传奇故事的女主人公。她的梦中情人叫彼得·潘。彼得带着温迪在传奇和梦境中飞旋。爸爸的故事一直讲到孩子睡着为止。门的另一端，巴里伸长耳朵在偷听。他默默地用脑子记下了这些故事，然后写下了我们熟悉的这本书。也许情况正好相反，巴里就是爸爸，是医生晚上回家后讲述了这些故事。谁也弄不清是怎么一回事了。这都是发生在很久以前的故事了。

只有一个事实是确实的。一天晚上，爸妈刚走，温迪就醒了。她在夜空里找寻属于孩子们的那颗闪亮的星星，只见有一个黑影在她的窗前晃动。黑影从玻璃窗缝隙钻了进来，一直走到病床跟前。这是一个小男孩，长着一对尖尖的耳朵。红棕色的头发上戴着一顶绿色便帽，上面插着一根尖尖的羽毛。他穿着同样颜色的上衣和紧身裤。这就是……说到这儿，波丽娜欣喜若狂，神采奕奕，浮现出微笑，因为她知道，只有她才有这个权利叫这个小人儿的名字……他就是……彼得·潘！

为什么波丽娜会如此喜爱这个故事呢？因为她完全被飞翔的魔力迷住了。彼得在玩飞翔这个游戏时，比超人还要厉害。他抓着叮叮仙女的羽翼，让她东荡西晃，神奇的雨纷纷从她身上降落，星星点点的金雨撒落在孩子们身上，这些孩子开始飘然起飞。波丽娜开始有些不安起来。她发现温迪飞起来的时候，要伸手臂，可是如果疾病使她没法抬起左臂，她也能够这样飞起来吗？当然可以！仙女的金粉就是重要的保证。然而重要的是那些美好的意愿托起了身躯，把人带到了飞毯上。波丽娜总是怀着美好的向往。她完全可以从世界尽头展翅高飞。

波丽娜带着重重幻想飞向梦幻乡，因为巴里用自己的智慧在那里创立了一个世界，那里的孩子们总是有理，没有人教他们怎样，否定自己的本性，他们在那里过着童年时代真正的幼稚生活。梦幻乡的世界并不是一个完美无瑕的世界。这是一片神奇而残酷的土地，可怕的野兽四处游荡，植物张牙舞爪，繁殖生长。海盗、印第安人和丢失的孩子们总是在那里打仗，毫不留情。波丽娜和彼得不同，她是温迪，是个小女孩，聪明、善良、温顺而漂亮，总是步履轻盈，沉醉在各式各样的铁钩大棒当中。她是一个文静优雅的孩子。她发现了生活的荒谬闹剧，赞叹不已。那些大男孩，傻乎乎地把她当成了靶子，那些老实的人鱼却总想把她淹到水里去。

铁钩船长和彼得交战，没有邪恶与善良之分。这是一帮匪徒之间的战争，流氓与盗匪之间的争斗，为了共同分享热带的一个少数民族居住区，每个人都在为自己的荣耀而努力，每个人都领导着一个驯服而相对落后的部落。就像要在游戏课程上取得重大成果一样，要战斗就要取得胜利。这样做不是为了生存，而是制造一个永恒的证明：人是可以活得很好的！彼得和铁钩就像是白和黑这两种颜色一样，他们因此相互仇视。他们忘记了为什么会产生矛盾。他们两个都是孤儿，都是被丢失的孩子。他们都想在自己的范围里成名。他们像波丽娜一样，有一个共同的敌人，它被称作时间。彼得拒绝长大，铁钩不想去死。

彼得还是小宝宝的时候，就趴在维多利亚式住宅的窗户上向外张望了，他诞生在这座屋子里。爸爸妈妈睡着了。他长久观看着夜空中飞翔的小鸟和昆虫，注视着路灯放射出的雾蒙蒙的光亮。然后他觉得自己的身体变得轻飘飘的，一直飞到康辛顿公园上空。仙女和天鹅接待了他。几个月过去了，他很想见妈妈，可是当他飞回家的时候，另外一个宝宝睡在他离开时的摇篮里。此时此刻，彼得明白，每个孩子在成人世界里占据的位置真是微乎其微。于是他飞到梦幻乡，在那里，他再也长不大了。

铁钩是个孩子，他也是穿着海盗服，于是在宽松的衣裳里就可以漂浮起来。他是一个孤儿，很快接受了生活的重重磨炼。他失去了一只手，是被大鳄鱼咬掉的。这块肉的味道如此鲜美，使这家伙一直不肯放弃。它静静等待着整个猎物到手，躲在水下，陪伴着船只。它耐心等待着饱食这顿现成晚餐的一刻。它贪得无厌，一口连船吞进了肚皮。在它的胃里，有一口钟的发条和齿轮还在继续转动，它那冰冷的肠腔里发出“滴滴答答”的声音，十分凄凉。铁钩睡不着觉了。这“滴答”声令他恼火，它不仅标志着大鳄鱼一直在紧跟着他，而且分分秒秒、时时刻刻都在响，紧锣密鼓，毫不留情。犹如生命消失过程中发出的噪声。彼得和铁钩都不愿意时间逝去。他们希望完美的永恒，在永恒的状态中像两个相互不信任的男孩那样进行战争。这一切既不涉及善良，也与邪恶无关。他们的唯一敌手是那个贪得无厌的，会“滴滴答答”作响的时间。

波丽娜绝不放弃《彼得·潘》，除非另一本书在形式上足够与她喜欢的这第一本书相像。你还记得《列那狐的故事》是怎么开头的吗？不，你不知道列那狐与和他勾结在一起的伊桑格兰之间的大战永远没完没了。你已经记不得他们之间争执时令人迷醉的大叙述，你不愿意相信“谁不信任书本，就会处在恶果收尾的危险上”。然而叙述下雪、树木和灰尘的故事以后，自这本古老的故事中的故事出来以后，我感觉人们的创作并没更大进展。一个四岁的孩子愿意听到这些话。一切都说清楚了。文学故事在明显的语言神话里重新开始。列那狐和伊桑格兰，彼得和铁钩船长，被砍掉的手和切断的尾巴，陷阱和残酷，笑声和眼泪……生活这本巨大的书就这样打开了，难以形容和亲切的残忍剧情在岛屿和树林的背景下搭建起来……还有一次……总会还有一次四岁的女孩儿会听到一个声音向她讲述恐怖和欢乐的、长长的冒险故事，这些故事俯身于一本神奇的形象五光十色的相册。

我们读的书当然是根据孩子的意图缩略过的、加以说明的版本。但是改编者很聪明，没有过于给语言润色，而是给了它乐感和神秘感。什么是“培根”、“母鸡”、“田鸡”或者“雌猎犬”？不知道。没有一个孩子能够认识大人读给他的书里的所有单词。但是他走进了故事，分清了自己的打算，破译了谜语。古法语是和英语一样的语言，除非大家都不太弄得懂它，再也没有人说它了。于是有人放上一个词替代另一个词：列那狐叫古皮，可是列那狐就是古皮的名字！波丽娜很熟悉那些故事。她在拉封登那里读过。可是名字都变换过了：乌鸦叫提瑟兰，公鸡叫桑代克莱尔，猫叫提贝尔，还有奶酪、鸡舍、香肠什么的一堆问题。

和彼得一样，列那狐不知好歹。他轮流利用这个那个的达到自己的目的。他爱自己人：太太艾莫丽娜，孩子马尔布朗士和佩尔瑟海伊。其他所有人都轮流与他同谋或者对头。他不能担保对人忠诚。任何出击都行得通，诡计多端的那个制胜。波丽娜面对被她称作列那狐的那些“闹剧”惊愕而惊喜。那些闹剧挺恐怖！伊桑格兰的尾巴被切断，布兰的爪子被捏碎。我就不提那么多小偷小摸的了……这就是一个顾忌不到预测发生什么事情的英雄。他整个沉浸在行动的欢乐中。

有时他胜利，有时他失败。但是任何失败都不是他命中注定的。他权利在握，因为他生活的那个世界也是一个残酷的仙境。必然造就了法律！没有吃的，寒气逼人；草丛里，人类撑起能截断四肢的铁制圈套，他们手持木杖监视着鸡舍，放开他们的狗。列那狐幸免一死，他跑开，逃掉，耍花招，拦路抢劫，杀害生灵。他的生活就是在贪婪狂野中快乐逃窜，消磨时间。

哎呀，我忘记讲述故事的结尾了！彼得来到医院看温迪。他想把她带到梦幻之乡去。温迪的爸爸向她描述过那里的情景，但是想象力特别贫乏。那里的一切是那么丰富而美好。彼得打开所有的玻璃窗。温迪在爸爸妈妈嘴边留下了睡梦中的一个长久而柔情的亲吻。她知道自己再也见不到他们了，便把自己的手放进彼得手里，一起跳上儿童病院的窗台。两人追随着叮叮仙女划出的一缕流光，共同飞向黎明。

9

然而，高烧始终不退，X光照片表示肺腔正在迅速积水，必须放置一个引流管，抽出积水才可以保证没有任何感染的危险。孩子还得回手术室。这次的手术不大，但是这次手术显然在胸腔内壁显出令人怀疑的征兆。肿瘤可能已经扩散到胸膜以外。这个发现当然不是医学院安排这次治疗的原因。他们老早就作了决定：加强辐射，治疗病灶的边缘部分，预防随时可能出现的复发。外科术的任务已经完成了，化疗无能为力，只好指望辐射了，希望它是拯救性命的医疗工具。这个解决办法也很灵活机动；也许，射线对癌细胞的杀伤作用可以让我们重新看到治愈的希望，或者，无法控制肿瘤重新扩散，但是大家都清楚，射线所发挥的常规作用是减轻痛苦，改善患者的健康状况。

手术后半个月过去了，波丽娜的健康已经不向良好的状况发展，进食愈来愈少，有时受到窒息的威胁。一阵阵冷汗顺着她的秃头流下来。她显得疲劳，不愿意走路。我们很想认为她仅仅是手术反应，不想住院，回到家一切都会好起来。三天连续高烧退烧后，医生允许我们回家了。医生和我们约好尽早开始放射性治疗。我们以为，回家对波丽娜来说，就像每次治疗后一样，是恢复起来的迹象，这样我们就可以去日本餐馆，她可以重新进食、游戏、渴求新鲜的冒险刺激。

可是这一次波丽娜躺在蓝色长椅上动弹不得，她没有能力摆脱灾难。为了让我们高兴，她接受了这样那样的出游、这样或那样的游戏。可是我们从她的脸上看出这些细微的动作要求她作出的努力已经够多了。她的痛苦一点儿都没有减轻，配给她的吗啡剂量达到了最大限度。第二天夜里，高烧重新惊人地发作起来。

我们和医学院、和诊所都打了交道。我们弄不清楚和谁对话更好。由于我们从哪一方都得不到明确意见，所以最终选择了诊所。我们更希望认为，波丽娜新遭受的痛苦可能是癌转移和手术的副作用，肺科专家和外科医生都会找到对策。检查结果说明气管重新受到压迫，因此孩子呼吸困难的原因得到解释。压迫本身可能是纯手术机械作用的结果，可以借助置放人造气管的办法，在身体里面留一个开口，暂缓气管狭窄造成的呼吸问题。选影检查定在后天。只对照片作出解释有特别的难度，但是转移后的癌周边在增长是毋庸置疑的。癌症像是一朵在宽阔的纸页上跳动的火焰，火焰已经烧尽，但是残存的蓝色和黑色的余火在跳动，蚕食了纸页并延续到纸面边缘。这一切发生之快，无论是麻醉药还是手术刀都无法在速度上与病变细胞的增长抗衡。波丽娜第二天还要去手术室。为了日后的治疗，医生们还会给她安置一个导管。

大家都说四月份是最严酷的一个月，但是我给波丽娜读巴里的故事，不十分关注艾略特。然而那一年的四月却十分美好，阳光充满生气，在城市上空燃烧。我们下楼来到诊所花园，波丽娜已经离不开手推车了。我把她搁在树阴下，然后三个人一起讨论问题。波丽娜微笑着看着鲜花。她在自己头顶上方的树枝上，听到一只小鸟在“啾啾”啼鸣。于是，她对我说：

爸爸，你听到了吗？我的小鸟在那儿。我就知道它会回来。它在为我唱我唱过的歌。正像你对我解释过的那样……你记得吗？有好长时间了……

我记得，但是我什么都没有说。我相信她说的话，我只是说了声“是的”，便笑了起来。我问波丽娜是不是想到乡下去。阿莉丝表示，她已经想到一个我们可以去的地方。波丽娜说她同意妈妈的想法，而且妈妈总是对的，因为她和她一样还是个小姑娘。我很高兴又一次变成了少数派。我们开始一本正经地讨论所有的问题。伦敦的公寓一旦卖掉，我们马上就去买已经打算买下的房子，在等待期间，我们可以租一个朝阳、有花有草的地方，不要离巴黎太远，因为每天必须返回医学院做放射治疗。但至少不用再呼吸烟尘，风尘仆仆，汗流浃背，不用在沥青路上奔波，在黑暗中长眠不醒，在树丛中间散步了。波丽娜明天要去手术室，这只是一个小小的手术，但是手术很必要，以便放置导管，使波丽娜可以自由自在地呼吸草坪上雨后的新鲜气息，暴风雨过后被打落的花瓣散发的清香。我在听阿莉丝说话。她俯首贴在波丽娜耳边，对她说：“不能再等了，我的心肝宝贝……我们这就出发……赶快逃到没有痛苦的地方去……逃得愈快愈好……”

第九章

雪中漫步

……事情就这样周而复始，只要孩子们是快活的，天真的，没心没肺的。

1

死亡抹不去世界的光彩，它只能使美变得毫无意义，使光彩黯然失色。清晨凯旋而归，只是给宇宙空间带来一缕清风。从医院的平台上，我们才真正看清了巴黎的全貌。我们跨出一道禁止通行的门窗，踏上一条碎石小路。这条路夹在两个金属和水泥材料建筑之间，路上还有先前从这里走过的人丢下的香烟头。从这条秘密突出的缺口上看去，令人眩晕的视线中浮现出一个视野广阔的城市全貌。庭院、花园一览无余，阳台落在了脚下，咖啡酒吧的建筑错落有致。屋顶和门面形成几何图形，街道交错画出幅幅图画。近郊则是一片荒芜，充斥着垃圾和荒草。太阳渐渐升起来，预示着宁静而充满阳光的一天。蓝天上一团团云朵在有序地流动。随着吹动的风，云朵的边缘消失在云影中。光明普照大地，云彩逐渐消失殆尽。这个逝去的孩子是永恒的。她的每时每刻都可以计算出来，但是时间对她来说是在穿越过程中展现出来的。每一秒钟都在它的里面隐蔽着对白，日积月累，形成了一个又一个长久的世纪。整个未来都积累在一瞬间，而不可能立即变成将来。当某个冰冷寂静的时刻开始后，一切都僵持不动了。因此，今天早晨在电话里出现了这个情况：值班医生的声音过早地告诉了我们最新的检查结果：扫描结果比原先预计的还要严重。为了避免呼吸不畅，必须立即给病人插上管子，从此以后波丽娜就不可能正常吸气了。放置人造管子之后可以补救呼吸道狭窄的问题。目前她的气管已经受到异常的挤压，因为上面有大量转移后的癌细胞。没过几天，胸腔开始剧烈地燃烧，在她身上又孕育了一个更大的肿瘤，威胁比先前那个还要大。肺部的另外一半也受到感染：在上半部分出现了大量的结节。如果 X 光照射从技术上变得不可能，那么对病区采取这种治疗办法是不现实的。过多地放置管子会使孩子感到痛苦并立即死去。

对于垂死的人来说，从那以后，最后一口气都呼不出来了，一条长长的塑料“舌头”经过他们的鼻孔进入喉管，这条“长舌”被细细的黏胶带贴在嘴巴上方。受到这种照顾以后，他们可以用这种方式呼吸，但是却发不出任何声音。技术迅猛发展，唤起了这些生命尚存的人说话的欲望。但是瞬间就会发现这太迟了。尽管还不是死亡，但是除了昏睡，就已经悄然无声了。本该早说。垂死的人们，你们不会愈来愈需要光明，你们不会说自己陷入了黑暗，你们不会宣称闹剧的幕布已经垂下，在弯向开裂的土地的，持有石块和火把的手下，已经没有给你们留下最后一口气说“不”。在垂危之际，人们把亡者的嘴巴堵住。坟墓封闭了静默。于是，只有谜语般的死神在舞蹈，因为我们只能解读他们的唇部活动，辨识他们痛苦而乞求的古怪表情。一个知道自己就要死去的女孩会说什么呢？本来仅有的简单词汇，由于没有能力让自己明白是怎么回事，变得更加贫乏，她鼓足勇气，想尽办法，正理智地最后一次战胜自己。她说她想从床边移到椅子上去，站起来，喝一口牛奶，走一走，重新走到抢救室外面的那条路上去——她所熟悉的，已经走过的一条路。她说她不想睡觉。她反反复复地说同样的话，说服听她说话的人。她的唇部、面部肌肉，努力表现出一些迹象，但是却再也没有人能够理解。

医生过来了，在波丽娜的床头看到我们。不一会儿，他把我们拽到另外一间办公室。看看吧，我们是不是已经走到这一步了？一时间，空气冰凉，我们无言以对。疾病发展之迅速，已经到了治疗的路完全被堵死的地步。所有的尝试，即便是最低限度的尝试，都将变得毫无意义。一步步精心筑起来的堤坝顷刻间倒塌下来，它曾经被滚滚浪潮包围，与死亡毫无牵连。每一个尝试手段都没有奏效。死期临近了吗？只剩几分钟，几小时了吗？心脏仍然完好，但是心脏跳动不久会在心电图上疯狂蹿动，突然停下来。那个狭小的房间不过是一眼透明的深井，平静而充满恐惧。外科医生本人已经无话可说，他只说了一半，就中断了那些不够充足的解释，忍不住默默地抽泣。当一个四岁的女孩面临死亡，除了哭泣，还有什么办法?！当一切可能的办法都不存在，只剩下熄灭的生命阴影在荒谬地闪动着，勇气并不体现在眼泪中，接纳它的只是眼泪无端的奇迹。唯有这个同情的标志陪伴着眼泪直到死亡降临。这个男人不顾职业惯例，对一个小姑娘的死亡表现出绝望，而几个星期以来，他一直那么爱她。事实凝聚在这个不恰当的场景中，这个庄重的举止只与灾难相协调。三个人在几秒钟内无话可说。他尽力控制自己的声调，站在那里，手指抹了抹眼皮。

肺科医生回到办公室。他是技师，能让急救见效，使生命回归，使死亡降临，能巨量用药，还能操纵沉重的机器。在这样的情况下，他们所采取的治疗措施是希望亲人回避，让濒临死亡的病人处于睡眠状态，直到一声电话铃响，通报他们一切都已告终。这个电话铃声往往是半夜响起的。他们当然不会禁止他们将孩子关注到最后一刻，守在她的床头，甚至不阻拦他们把孩子叫醒，用清醒的那一刻，仓促悲凉地向孩子道别。死神笼罩着他们，保护着他们，赋予了他们一切权利，死神让他们享有几个小时的特权，保证在事先安排好的与灾难分割开的那段时间里，有自己的自由。这是一个小时，一天，还是……

孩子就这样第一次醒来，全身赤裸，四肢被皮带固定在床上。她很快就会松绑，身上放上一个圆圆的发送器，用电流向机器传递信息。小姑娘心惊胆战，因为从远远的一个笨重的家伙那里，她还会看到他们模模糊糊的脸，正是因为看到他们，她才看到了世界的面貌。在这些笨重繁多的金属和塑料装备的压迫下，哭泣还是微笑都太艰难了！发生了什么事情？睡吧，宝贝儿，让我的手抚摸着你的额头，进入梦乡吧。相信我的谎言吧。我的谎言可以夺去你身上的一切污秽的真实，我们在那里支撑着……我们向你保证……

可是孩子不肯睡。从她已经没有气息的喉咙里发出的声音证明，她自以为就像以前一样，她还能坚持下去。新的考验没有吓住她，但是她已经有了一种新感觉：她从那些俯身探望她的人那里，感到俯身于她的床头的那些人抛弃和忧伤的神情。这些人自私地把她唤醒，向她解释说，她应该睡得比别人更沉更深。她当然不会再相信他们了，但是因为他们要求她这样做，她被扔在他们的怀抱里，她发觉新买来的布娃娃在她的床头：小熊，尼格拉还是潘坡奈尔……那个沙商呢？“他会来的，我的孩子，他会来的……”她把三个布做的娃娃贴着自己，仰着头，立即沉浸在冻结的令人作呕的遗忘里。

当她睁开眼睛的时候，一位老人正在用一只衰老而颤抖的手，用从盥洗间拿来的无脚杯，往她的额头上倒冷水。洗礼的细流倒在棺材上，倒在干燥的光亮的注定要烧掉的木头上。那个人只拿来了两册灰布登记簿，格式是按天堂的官僚主义定制的。他想邀请那两个人祈祷，这样说：“我们的圣父在天堂……请把我们从灾难中解救出来！……”但是你的意愿很难达成……或者还可以说：“向您圣母玛利亚致敬……可怜的罪人”——有多少罪人呀！——……“现在和我们死亡的那一刻……好吧，时辰已到，不是吗？必须让使用过的词汇有一天在某一时刻找到它们的意义。”

黑夜从未如此开放。在捏碎了十字架的纺织女的妒忌背后，黑暗有足够的时间挖掘、加深自己的几何图形。在外环线的另一侧，白色大楼的一面墙上窗口的灯火已经全部熄灭。色彩在大大减少。只有惨淡的白光在没有星星的天空中思考，那是标牌，路灯的光亮。不累、不渴也不饿。只有一支香烟在几个小时不停地抽。身体整个在头脑里闯过，思想上不敢肯定它是否愿意延续到许诺的时间以外。还剩下不多的时间来准备记忆没有结束的工作了，手指、眼睛、嘴唇都记录下了从可爱的身体上消散的东西。

东方欲晓，小鸟已经“唧唧喳喳”开始歌唱。医院犹如一只不动的船，停泊在桥头，从那里不断有一队队的人进进出出。医生和护士永远跨不出那个痛苦的围栏，他们走进去，启动了走近死亡的时针，他们观察着控制屏，屏幕上显示了最后时刻的反映，愈来愈明显。五点钟时，小姑娘稍稍抬起右手，在她的食指上红色的信号灯在闪烁，信号灯上有一根细细的线连着控制器。她的父亲就在跟前，他利用这段神秘的清醒时刻，爱抚着她，和她说话。她静静地微笑着。他毫不费力地听懂了从她的唇部发出的两个音。必须把在隔壁休息片刻的“妈妈”找来。妈妈奔跑过来，我想象，在她渴望见到的这张面孔上，孩子纯洁的生命已宣告终结。一切都很完美。然而心脏仍在坚持工作。它留给自己几个小时，在有规律地跳动。心脏和头脑在这具小身体无名的崩溃以后仍旧可以坚持下去。在病情监护器的屏幕左上角，不断画出凸起和笔直的弧线，芬太尼和催眠剂的用量已经过多了。要等待。生命还可以这样永久延续下去。他们会站在床脚，观察孩子脸上不稳定的表情和在药物作用下懵懂睡眠时的短暂清醒。如果那些作用提供给了她，他们就会像接受一种恩惠那样，在恐怖中接受这个睫毛跳动的生命。他们会认为自己有幸在这样狭小的限度里呼吸，在那里，创造出了一个不会动弹的梦境世界，在医院床单的白色反面留下了痕迹。但是连这一点都并没有留给他们。

这一天阳光静静直射的中午即将来临。巨大的电灯照明柜，从病床的各个角度，管理垂危的病情，它第一次让人听到了警笛声。生命跳动发生了紊乱。人们又一次把他们劝出了房间。当小孩子陷入吗啡的麻痹状态，对自己的死全然不知，毫无知觉的痛苦已经无法在神经的脉络上有所反映时，去经受那些无法支撑的痛苦还有什么意义呢？可是他们会到什么地方去呢？人家说，在临死的那一刻，那个并不存在的灵魂会从已不存在的身体出壳，静静地在上空盘旋，在宇宙空间旋转飞舞，在没有跌进温暖而明亮的深井以前，会听到被抛弃的活人撕心裂肺的哭喊，它会用同情而发自内心的语言回复他们。怎么能拒绝这最后一个信息所带来的，哪怕是微不足道的运气呢？于是他们都对着她的耳边细语。殊不知，他们的滔滔话语可能全部都会丢失。

他们一个又一个地对她说：

> 我的孩子，紧紧靠在我的声音里，在这沉寂的夜晚，你将会渐渐隐退而去。我的孩子，我们不会久久地让你一个人孤独而去。随着时间的跳动，我们会与你碰面的，记住我们悄悄对你说的话。请你学学样子……这张床就是节日之船，它将绕过块块卵石，穿过朵朵睡莲和星星闪烁的倒影飘然而去。我不知道怎样去找这样一盏灯，可以照亮你的黑夜。没有这样的灯，请原谅我……到时候，拿好所有发亮的东西，在幽深黑暗的深

井上方，摆脱淡忘的记忆。我把灯给你带来了；月亮和最明亮的星星……来吧，让那个已经不存在的你，到我的嗓音里来吧，它是永远不会背叛的。你曾经说过：睡着了，就飞起来了。天上的第二颗星星被点亮以后，然后就径直飞奔到第二天早上了。但是那个早晨对我们这些生活在无限悲痛中的人来说，多么遥远而不可靠。我知道，到哪里去寻找唯一能使我们快活的想法，而且把我们带走呢？真是难以想象！睡吧！乖孩子的时钟敲响了。晚安，我的小亲亲。紧紧靠住我的声音，带上我和你一起走进那温柔寂静的摇篮吧！

她的眼睛睁开了，瞳孔凝固在睫毛之间，然后翻滚到头颅里面。他们还在说话，她的心脏开始剧烈而又奇怪地跳动起来。由于肺部摘除变得空洞的位置，给了心脏过多的空间，似乎它每一次跳动都要蹦出封闭的肋骨。濒临死亡的每一次冲击都反映在她的脸上，在她的脸上，写满了令人费解的难以辨析的惊讶表情，这是即将失去生命的人的表情。不，她已经没有了痛苦的感觉！她已经失去了知觉。然而度日如年。她至少是第二次在抽搐。于是他站了起来，走了几步，想知道当身体在僵挺的过程中是否再也没有痛苦的感觉了。他希望得到肯定的回答，并且问道，能否让孩子避免临终前那种可怕的抖动。医生不慌不忙，让人拿来戊硫巴比妥药液，给孩子注射进去。屏幕上的图像已经消失，已经没有丝毫生命的信息对检测器作出反应。孩子的身体苍白而细长，躺在白布单上，上面盖满错落杂乱的探测器，透明的盖布下面吊着管子，各种仪器上星星点点的灯光疯狂地闪动着。渐渐平静下来的胸部在有规律呼吸的节奏中轻轻起伏，他们需要几秒钟弄明白是怎么回事。只有机器还在计算着她的呼吸节奏，它维持着孩子的生命，然而这个身体已经解脱了，一切都结束了。你们知道吗？生命就是这样终结的。

2

白色是亡故孩子的颜色。

这个人曾经活着，接着一切销声匿迹，生命隐退而去。停在床上的不再是那个孩子。濒临死亡还称得上生命尚存，接着发生了新的事情，死亡是瞬间的真实。它钻进时间，包裹了时间，变成了时间本身。在抓不住却不停流逝的分分秒秒中，只有一刹那是唯一存在的，并且把这一刻的名称交赋给了其余所有的时间。将来不可能变成过去，从现在的时间闸门里溜走。现在不可能朝过去移动它永远饱含现实的界围。“过去”和“将来”是对立的。它们是两个不能够移动的纯粹透明的整体。有人曾生活在过去，有人将不存在，一切就此消失。因为一旦曾经活着的人逝去，他无法经历的未来和已经过去的现实都会成为两个触摸不到的并不存在的幽灵。每个人都生活在一段特殊而又荒谬的时间段里。死亡消除了这个荒谬，在临终的那一刻，意识消失了，形成一片空白，一切也随即消失。

死亡本身并不在延续的过程段里面。它停留在理论上存在的短暂的闪电之中。然后我们听到长长的雷鸣，在毫无生气的人间轰响。虽然死亡不在时间之中，但是死亡的变化形式却反映在时间上。首先，身体表现不出寒冷和苍白，但是都变得难以想象的沉重。在半睁半合的睫毛下面，还有一丝神采，但是好像有什么东西把这一线之光远远地拉到后面去了。呼吸结束之后似乎在胸部留下了一个大大的空洞。这个不包含物质的空洞从外面吸进了虚无沉重的粒子，填满遗体，准备把它交付给土地。孩子的身体不会在一时间改变，但是四肢却显得格外沉重，头部、肩膀、髋部、膝盖、脚踝，这些身体活动的部分全都平展展地被白色的被单覆盖着。一种本能的活动开始秘密地拆散身体的各个部分，把身体碾成了石粉。孩子赤裸裸地躺在那里，眼皮却不肯马上闭起来。我们把她的两只小手放在她的肚子上，摆成一副平时从未有过的卧相。脸部毫无表情。药物的作用使这张脸变得比平时迟钝麻木。头发还是长了不少。她的嘴巴里还含着婴儿的奶嘴，奶嘴下面的部位将逐渐收缩。为了睡着觉，她总是少不了这个塑料的护身法宝。冰霜慢慢覆盖着皮肤，面孔白净透明。昔日的红润进入了根根血管，如图案一般。血液在颈静脉部位开始凝固。那条环绕左肩在肘部隐没的长长疤痕变成了淡粉色，胸部星星点点、隐隐约约地流露出导管伸进肉体时的洞孔痕迹。胸部以下的位置上有一个更大的星状图案，那里还粘着细细的蓝色引流管。大块大块的红色斑迹从胸部一直延续到喉咙。

没有人再提起“孩子”这个词。对她的名字，也不大提起。死去的人首先丧失的是被命名的权利。我们问：从现在起，波丽娜身上将发生什么变化？他们回答我说：躯体马上就会被送到下面的梯形解剖室去。波丽娜从现在起将会有其他的名字，也可以说是“躯体”，是“遗体”，只是回避了

"尸体"的说法，在这个梯形解剖室里，没有人发言，没有人会演讲，也没有人滔滔陈词。在这里上演的悲剧平淡无奇。这个地方事实上是一个冰柜，一个冷藏室，在那里，人们把曾经是活人的肉体堆放在一起。医院的地下室犹如一个肉铺，可以省去的是那些吊肉的钩子。波丽娜在一间从地板到顶棚都铺满石板的房间里等我们。那里就像一间没有设备的厨房，一间空荡荡的洗澡间，一个大洗碗槽。墙壁上隐现出一幅赭石夹灰白色的景象，犹如秋末的一片荒原，让人感到凄凉而沉寂。在一张矮脚桌上摆放着一支在教堂里使用的大蜡烛，人们可以用打火机把它点燃，这样就可以抹去照在孩子面孔上的霓虹灯光。四肢完全冰凉。面部僵冷。我把我的上衣搭在孩子身上，让她免受冰冻之苦。阿莉丝亲吻了她，随后我也用力亲吻着她，好像她身上残存的血肉中有鲜血在血管中流动似的。

一个妇女过来说躯体需要料理，要我们出去一会儿，当他们允许我们进入房间时，波丽娜变了。她变得美丽，但是是出自人工修饰的令人作呕的美。甲醛使肌肉定型，死者渗水的所有孔道都被堵塞住。脸部做了精心修饰。睫毛变成蓝色，双颊粉红。她的美是一种人体模型才有的非正常人的美，是一个从未有过生命的布娃娃的美。我们再也不能去碰她的腿和手臂了。这些地方全被涂上了一层蜡状物质。脚和腿被固定成一个奇怪的角度，这样，身体放进棺木以后能够完全放平，而不至于掰断脚踝。

只有我们在。该走了。阿莉丝在孩子两边各放了一个布娃娃，他们是尼古拉和潘波奈尔。她感到宽慰的是，奶嘴还会留在嘴巴里。她再一次抚摸了大理石般的额头，留下一个吻，她深深吸进那熟悉的气味，因为这个记忆将会被抹去。她不愿离去。在脊椎骨以下的部位，她给孩子留下了她准备好的最后一份礼物。为了减轻孩子背部的痛苦，她送给波丽娜一个垫子，上面系着一个毛茸茸的小兔子。她把垫子从头部下面送下去。从垫子里抽出一根细绳，用手一拽细绳，放在垫子里的一只音乐盒便会奏乐。波丽娜在被抢救的过程中，周身插满管子，总是盯着那个垫子。她希望我们之中的一个人操纵机械，也希望她熟悉的摇篮曲陪伴着她。我抓起阿莉丝的手，把她拉出停尸房。我们吹熄了蜡烛，熄灭了灯光。我们走过去拉开门，把孩子关闭在黑暗中时，阿莉丝挣开我的手，回到孩子身边。在孩子冰冷的头颈下，她摸索着寻找那只音乐盒。她操作机械让音乐盒唱了起来，然后挨近我。我们关上大门，听到摇篮曲“叮叮当当”放出单调的音节，在漆黑的深夜里，它将陪伴着我们逝去的小女儿，孤独地迈开死亡的第一步。

我们在白色中埋葬了死去的孩子。

一辆救护车开来接波丽娜，担架把她装进一只塑料口袋。他们把她放在担架上，走上我们常去度假的路。他们直向大西洋驶去。我们又租了一个房间，它位于大树底下，小鸟“啾啾”鸣唱。我们将在花园旁边睡觉。特许权总是有的。我们紧随着孩子的身体前行，车子以高速公路上行驶的速度在沥青路上前行。我们是在外省首府的一个停尸房里发现我们的孩子的。一个铜十字架守护着她，她比原来更重更冷了。我们要交涉许多费用上的细节。我们没想过坟墓的外表会使我如此感到不安。一个牧师走过来，他听到我们所说的话，表示同意。他对这幅景象表示震惊：任何宗教都无法应对这个场面。柩车一直把我们带到终点。焚尸炉在花丛中耸立着，灰蒙蒙的。它靠近一个高尔夫球场，球场的名称和波丽娜待在她妈妈肚子里时，我们住的那座苏格兰城市的名字一样。那只小小的棺材等待着大火降临。现在还可以给她留下一个吻或者用手指画出十字。早晨，该说的话已经说过了，我们从未为波丽娜读过《圣经》。我总觉得还有时间。阿莉丝要人们为她演奏一支熟悉的曲子，最后一支催眠曲。晚安，孩子们！沙商点燃了冥界上空的儿童之星。他用笛子奏出了伤感的儿歌，把所有的孩子带出了冥界的长河。在方形教堂的圣母玛利亚的小圣堂里，我点燃了一支蜡烛。以西节书第三十七节这样说："我收到了朗读神谕的指令，这时候出现了一个声音，产生了一个动作：那些枯骨相互靠近，我看到那上面有神经、增长的肌肉、伸展的皮肤。但是都没有呼吸。那个声音说：'对呼吸读出神谕吧，读读吧，人类之子；请对呼吸说话：于是上帝开口说：呼吸吧，请从四面八方过来吧，对这些死者呼吸，他们会转世复生。'我收到了朗读神谕的指令，呼吸进入了他们的身体，他们复活了；他们站立起来：形成一支浩荡的军队。"耶利米书第三十一节这样说："在罗摩，人们听到酸楚的哭声发出哀怨的声音，那是瑞秋在为自己的孩子哭泣，她不愿意得到安慰，因为孩子们已经逝去。”《圣经》中《诗篇》的第一百三十七篇中说：

当我们坐在巴比伦河畔，一想起熙雍[①]即泪流满面。

“在临近土地的柳树丛中，我们丢掉了我们的齐特拉琴。在那里征服我们的人要我们唱歌，屠杀我们的刽子手让我奏起欢快的乐曲：‘给我们唱点儿熙雍教堂的歌。’在一块陌生的土地上，如何去歌颂天主？如果我已将你忘记，耶路撒冷，那么让我的右手也忘记弹奏的艺术吧！如果我不再想念你，如果在没有找到其他欢乐之前，我还没有放弃耶路撒冷，就让我的舌头顶住硬腭吧！”还有些句子说：“孩子们，朝我走来吧！”“为什么要在死亡者中找寻那些活着的人呢？”

坟墓空空如也。大理石和碎石将置入坟墓之中。水泥板还没有被水泥封住。白色的骨灰盒将被放进石块，进入地下。几朵灿烂的白花在石头上傲然怒放。名字在被花瓣截开的灾难中闪光。时间的停留只是为了一个动作。今天早晨，她的身体已经消散在空中。人们紧闭双目，腾空而起，她曾经这么说。当颗颗微粒分散在人类生存的蓝色晨曦中时，还有什么可以指望呢？当颗颗微粒附着烟囱的通道上无奈地向往着奔向天空，享受自由自在的生活时，又有什么可以指望的呢？

---

① 耶路撒冷的教堂。耶路撒冷是犹太教、基督教和伊斯兰教圣地。

天地万物都包裹在白色之中。虚无缥缈的团团雪花点缀着他们的肌肤。他们永远停留在幻想之中。他们三个人永无休止，行进在崎岖的雪路上。他们手牵手，沐浴着纯净的阳光。他们在沉甸甸的松树林中和铺满白雪的荆棘丛中穿行。他们并不知道这条闪光的白雪路将他们引向何方。或者说，他们已经记不清楚了。他们一边哼着儿歌，一边在树丛中漫步。这里没有狼，狼都在牙齿背后积蓄着口水，湿润着下唇。他们不知道一切，也不记得这些了。狼就在那里，它不会吃掉他们。

3

我把我的女儿变成了纸上可爱的小精灵。每当夜晚降临，我的办公桌便成了笔墨舞台，那里正上演着关于她的故事。我画上句号，把这本书和别的书放在一起。话语帮不了什么忙，我却沉浸在梦境之中：清晨，她用欢快的声音把我从睡梦中叫醒。我奔上她的房间。她柔弱不堪却面带微笑。我们聊了些家常话。她已经不能独自下楼了。我抱起她，托起她轻飘飘的小身体。她的左臂挂在我的肩头，右臂搂住我的身体。我的脖子能感受到一只小小的光脑袋温柔的触动。我扶着楼梯，抱着她。我们再一次走下笔直的红木楼梯，走向生活。

一九九六年四月二十五日至六月二十五日

完稿于圣塞西尔

译后记

我在梦境中神游，当我到达彼岸时，我译稿中的小主人公波丽娜已经飞向天空，我的老母亲也结束了她辛劳的一生。母亲离开人世令我伤心至极。那些天，我在奔波医院的路上，恍恍惚惚，腿脚无力，好似踩在云朵上一般。波丽娜陪伴我在四岁童年的梦里，在巴黎的街道上奔跑，在诺曼底海滩游泳，在凡尔赛宫巨大的画幅前驻足……一切恍如隔世，一切又都像近在眼前……

我母亲去世时八十六岁，波丽娜四岁就辞世而去。四岁的女孩儿如含苞待放的花朵，需要精心的呵护与浇灌。我得到了这一切，那时我们居住在波丽娜的故乡。我的父亲终日工作读书，母亲精心照料全家，我们在异国他乡过得愉快幸福。波丽娜却没有我幸运：她在我同样的年龄、同一个地方忍受着疼痛，与病魔抗争……我在翻译中回忆着童年，感受着母亲住院时的痛苦，把爱的情感倾注在翻译中，把对生还的渴望寄托在母亲和波丽娜的身上。但是，当我的翻译结束时，她们都被病魔夺去了生命。

人生命的意义在于活着，死了，就变为虚无，失去意义，西方哲学家这么说。不对！生命的意义并不在生死交替的刹那之间。母亲停止呼吸以后，我思念她对我的教育和爱护；波丽娜变为她梦想的小天使以后，她勇敢、求知、关心他人的可爱形象却永远印在我的脑海之中。你所爱却离你而去的人，无论年长年少，他们的精神永存，他们的生命永恒。

向《永恒的孩子》作者菲利普·福雷斯特致谢，他给中国读者送来了他的女儿的传记。但愿那个金发碧眼的小姑娘也会在中国读者中得到永生。